Attends-moi mon amour

Clelia et Léon Ventura

Attends-moi mon amour

Flammarion

ISBN : 978-2-0802-3962-4

Avertissement

Inspiré de l'histoire vraie de Lino Ventura, notre père et grand-père, et de sa rencontre avec Odette, sa femme ; construit d'après les archives en notre possession qui donnent un éclairage intime aux faits historiques, notre roman comprend des personnages, événements et dialogues fictifs qui ont dû être ajoutés pour les besoins de la narration et dans un souci de cohérence avec les faits.

Lino étant autodidacte en français, il nous a été parfois nécessaire d'apporter quelques corrections à certaines lettres que nous avons retranscrites, pour faciliter la lecture.

Nous espérons que nos lecteurs aimeront découvrir cette histoire d'amour, de jeunesse, de courage dans des temps troublés, et qu'elle leur apportera un souffle d'optimisme.

Clelia et Léon

« Il n'y a jamais trop de livres ! Il en faut, et encore, et toujours ! C'est par le livre, et non par l'épée, que l'humanité vaincra le mensonge et l'injustice, conquerra la paix finale de la fraternité entre les peuples. »

Émile Zola

Début juin 1936, l'été s'annonçait beau.

Dix années déjà que le jeune Lino était arrivé en France avec sa mère. Un Eldorado salvateur promis par Giovanni, son père. Malheureusement, le pied à peine posé sur le quai de la gare de Lyon, Louisa et son fils de sept ans eurent à se débrouiller seuls, Giovanni ayant disparu sans laisser d'adresse. C'est ainsi que de Montreuil au square Montholon, entre la barrière de la langue et les problèmes pour trouver du travail, le manque cruel d'argent et la faim au ventre, les brimades et les humiliations, la providence espérée se transforma pour ce petit garçon et sa mère en une lutte permanente pour survivre.

En sa seizième année, la roue tourna enfin en la faveur de Lino. Employé comme coursier cycliste à la Compagnie italienne de tourisme depuis deux ans déjà, une opportunité se présenta : le service comptabilité cherchait quelqu'un aux écritures. Lino ne manqua pas de saisir cette chance. Sa verve audacieuse et sa bonne mine firent le reste. Son efficacité fut telle qu'elle lui valut de passer au rang d'aide-comptable dès la fin du premier mois. Il troqua définitivement son vélo contre un stylo, sa tenue de cycliste contre un complet-cravate. Et en ce premier jour de juillet 1936, tandis qu'il effectuait sa tournée quotidienne auprès des différents guichets de la salle des ventes, son regard fut attiré par une jeune fille qui se tenait de dos devant la caisse centrale.

Une blouse couleur crème dessinait délicatement ses épaules, une jupe à taille haute soulignait ses hanches et des escarpins à petits talons mettaient en valeur ses jambes qui n'en finissaient pas. Une vraie figure de magazine. Une émotion inconnue le fit frissonner jusqu'à l'âme et il fut saisi d'une envie irrépressible de remettre en place une boucle de cheveux qui s'était échappée de son chignon pourtant si bien arrangé.

« Bon Dieu ! Qu'est-ce qui m'arrive ? » fut sa seule pensée.

Le grand patron, en pleine conversation avec la belle demoiselle, l'interpella.

La jeune fille se retourna. Elle était jolie comme un cœur. Et des yeux… d'un bleu plus profond encore qu'un ciel d'été en Toscane.

— Odette Le Comte, enchantée, dit-elle.

Pris au dépourvu et surtout pour dissimuler son trouble, Lino ne trouva rien de mieux que de faire le pitre. Courbé en deux, il fit mine de jouer le fidèle serviteur devant son maître. La belle ne put réprimer un sourire. Lui resta foudroyé.

Au bout de longs mois d'une cour digne des plus grands romans d'amour, les parents d'Odette voulurent rencontrer ce jeune homme qui faisait tant tourner la tête de leur petite dernière. Dans cette famille de travailleurs patentés où le père était chef cuisinier au service du comte de Paris et la mère première main chez Chanel, les valeurs de la famille se défendaient corps et âme. Et ils ne voulaient pas d'un « moins que rien » pour leur fille.

Le jour des présentations arriva enfin. Pour l'occasion, le père s'était attelé à ses fourneaux et la mère avait dressé sa plus belle table. Pour son grand oral, Lino, lui, n'avait pas manqué de se mettre sur son trente et un.

Dans le petit deux-pièces de la rue Hamelin, où la famille Le Comte l'attendait de pied ferme, l'effervescence était au rendez-vous. Mais quand Odette fit entrer son amoureux, quel ne fut pas leur désappointement ! Un Macaroni se tenait devant eux ; autrement dit, avec la réputation que les Français s'accordaient à donner aux Italiens : un voyou. Un voyou avec un bouquet de marguerites certes, mais un voyou quand même.

Une fois la stupeur passée, les bonnes manières faisant le reste, le repas se déroula sans plus de commentaires. Le message fut pourtant clair : s'il voulait continuer à fréquenter Mlle Le Comte, le Rital qu'il était n'allait pas avoir droit à la moindre erreur.

Au fil des mois, des années même, le jeune homme réussit à se faire accepter. Même si secrètement ils espéraient que cette tocade de jeunesse finirait par passer, les parents d'Odette devaient bien reconnaître à Lino certaines qualités : il était travailleur et il ne manquait ni d'intelligence ni de savoir-vivre.

Lino, lui, goûtait tout simplement des jours heureux : il avait un travail régulier qui lui plaisait et à son bras la plus belle femme de Paris. Bien sûr, il n'était pas Crésus, mais il pouvait malgré tout emmener sa douce au cinéma. Parfois, il réussissait même à lui payer un restaurant !

Être amoureux ne l'empêchait pas non plus de continuer à vivre sa passion : la lutte. Plusieurs années auparavant il s'était juré de devenir champion alors, dès qu'il le pouvait, il allait se démener sur le tapis où il remportait victoire sur victoire.

Cependant que les deux tourtereaux filaient le parfait amour, les nuages s'amoncelaient sur l'Europe. Au printemps 1939, l'inquiétude commença à se faire sentir. Lino, resté italien, allait avoir vingt ans et était en âge d'être appelé sous les drapeaux dans l'armée du Duce. Pour lui, c'était hors de question ! La France était sa patrie d'adoption : il ne quitterait pas Paris, encore moins sa fiancée.

Le 1er septembre 1939, Hitler envahit la Pologne, et, deux jours plus tard, la France et le Royaume-Uni déclarèrent la guerre à l'Allemagne. Les journaux et les actualités étaient loin d'être rassurants, et l'hiver de cette année 1939 fut à l'angoisse et aux interrogations. Malgré tout, le monde continuait d'espérer qu'Hitler reviendrait à la raison.

Courant mai 1940, les troupes allemandes fondirent sur la France. Femmes, enfants, vieillards se retrouvèrent par milliers sur les routes pour fuir l'ennemi. Quand, début juin, les Allemands furent aux portes de Paris, à leur tour les Parisiens abandonnèrent la capitale.

Le 10 juin, par pure fanfaronnade, Mussolini déclarait lui aussi la guerre à la France. Les frontières se fermèrent, ce qui mit le jeune Lino dans tous ses états : sa mère, partie à Parme au début du printemps dans sa famille, était maintenant bloquée de l'autre côté des Alpes !

En quelques jours seulement, la France fut mise à genoux et signa l'armistice avec l'Allemagne et l'Italie le 22 juin.

Dans Paris occupée, il régnait une atmosphère étrange. Tous semblaient s'accommoder de la présence des Allemands. À Pigalle, le Moulin-Rouge affichait complet. À l'opéra Garnier, on jouait Wagner. À la Bastille, on dansait jusqu'à l'aube sur Charles Trenet. Et chez Maxim's, on sablait le champagne.

Du côté du square Montholon, chez les Ritals, ils étaient plus d'un à se demander à quelle nouvelle sauce ils allaient être mangés. Aberrante ironie du sort, d'immigrés détestables, ils se voyaient propulsés malgré eux dans le camp des vainqueurs détestés. Le jeune Lino, qui avait tant eu à se battre pour gagner sa place, s'interrogeait sur ce qui pourrait dorénavant l'empêcher de retrouver dans le regard des autres ce mépris avec lequel il avait appris à grandir.

Il était de plus en plus inquiet : victime collatérale de la guerre, la Compagnie italienne de tourisme dut fermer ses portes et tout le personnel fut congédié. De plus, son ordre de mobilisation devait être prêt, quelque part dans les bureaux de l'administration du Duce, et son inquiétude d'être appelé sous les drapeaux tournait à l'angoisse.

À l'automne 1941, suite à un énième mot de sa mère le pressant de la rejoindre en Italie, il prit la décision de partir la retrouver. Mais au moment de boucler sa valise, ne pouvant se résoudre à quitter sa fiancée, il en prit une tout autre : il fit sa demande en mariage. Un défi de taille en cette période trouble où épouser un Italien pouvait soulever au mieux d'acerbes persiflages, mais il avait fait son choix. Il ne voulait pas courir le risque de perdre celle qu'il aimait. Il écrivit donc à sa mère pour lui annoncer la nouvelle et lui demander de rassembler tous les papiers nécessaires afin de régulariser la situation auprès de l'administration française.

Ce fut loin d'être une mince affaire et il fallut des mois avant de les obtenir. Mais Lino s'en fichait bien ! L'important était d'unir sa vie à celle de Mouky. Sa Mouke, sa grosse boule, son Aimée…

I

Paris, jeudi 8 janvier 1942

Sept heures. Les sirènes retentissent. Encore une alerte. Cette fois, je ne descendrai pas. Pas aujourd'hui. Aujourd'hui, je me marie. Aujourd'hui, je suis invincible. Alors la cave, ce sera pour un autre jour. La mort aussi.

Devant mon miroir accroché au-dessus de l'évier, je me rase de près. Je fais gaffe, il ne s'agirait pas de me retrouver avec coupure et pansement le jour de mon mariage. Ça ferait désordre, et Mouky ne me le pardonnerait pas. Il faut que je sois le plus bel homme pour le plus beau jour de sa vie et je le serai.

Huit heures dix : fin de l'alerte.

Comme si les Anglais étaient assez bêtes pour envoyer leurs aviateurs au suicide le jour de mes noces, jour de pluie qui plus est. Par réflexe, je regarde le ciel : l'aube est proche. En bas, je vois quelques personnes que les sirènes ne semblent pas avoir troublées plus que d'ordinaire. Il faut dire que depuis le temps qu'elles nous assourdissent, on se demande si ce n'est pas un stratagème des boches pour nous maintenir les nerfs à vif. Ils sont capables de tout, les vert-de-gris.

J'aperçois Coco qui vient de tourner au coin de la rue. Il porte par-dessus son épaule une housse à vêtements. Je souris. C'est sans aucun doute mon costume qu'il est passé récupérer chez son oncle à Gambetta. Coco traverse la rue et pénètre dans mon immeuble. Je me précipite sur le palier pour guetter son arrivée. Je l'entends souffler comme un bœuf alors qu'il s'arrête au niveau du troisième. Je lui crie :

— Oh, dis-moi, Coco, on n'a pas toute la matinée ! Je te rappelle qu'on doit être à la mairie à dix heures trente !

— Oui, oui, voilà, voilà, j'arrive !

Au bord de l'apoplexie, Coco arrive enfin et me tend le précieux colis.

— Monseigneur…

Alors qu'il reprend son souffle appuyé contre le mur, les mains sur les genoux, je lui claque une bise bruyante sur les cheveux.

— Tu sais que t'es le meilleur, toi !

— Oui, je sais, je sais… Mais t'es gentil, si tu voulais bien arrêter de me baver dessus, ça m'obligerait. Tu vas bousiller ma Gomina et au prix où on la paye ! dit-il en se recoiffant.

— Et voilà ! Tu peux pas t'empêcher de râler ! C'est fou, ça !

— J'râle pas, je constate ! Tu vois comment t'es ! Je me traverse tout Paris à pas d'heure pour que monsieur soit paré comme un prince et voilà que je me fais engueuler ! Un ingrat, voilà ce que t'es !

— Mais je t'engueule pas ! C'est toi qui prends toujours tout mal ! Et ça date pas d'hier.

Pas d'hier, ça, c'est sûr ! Coco, je l'ai rencontré en juin 1934, à la salle des Gobelins. Cela faisait déjà près de deux ans que je me frottais au tapis et plusieurs semaines que je m'entraînais pour ma première compétition officielle de gréco-romaine. J'allais fêter mes quinze ans. Coco aussi.

Notre amitié, nous la devons à certains points communs. Comme moi, il est italien ; moi de Parme, lui de Capestrano, un petit village des Abruzzes. Comme moi, il est arrivé en France seul avec sa mère. Comme moi, la vie, il l'a apprise par lui-même.

Lors d'une de nos conversations, nous nous sommes même aperçus que nous avons eu affaire au même employeur ; pas au même moment, mais c'était bel et bien le même énergumène. Un pharmacien de Montreuil qui trouvait dans les enfants immigrés italiens fraîchement débarqués « du docile à pas cher ». Ce gras du bide n'hésitait pas à faire récurer ses fioles de préparation dans l'arrière-cour de son officine par des temps « à ne pas mettre un chien dehors, en revanche un cancrelat d'Italien… ». À sept ans, ne pas tout comprendre, ça sauve parfois de la bêtise… Mais du froid, non. Et j'ai bien cru que j'y laisserais mes mains, dans cette vache d'eau glacée. De toute façon, où qu'on aille, c'était toujours la même histoire. Et à l'école, c'était pire ! Alors à survivre ainsi dans un monde hostile, et comme on ne guérit jamais tout à fait de son enfance, on garde des traces indélébiles vouées à un impossible oubli. Moi, c'est une profonde colère d'injustice ; lui, un pessimisme exacerbé sur l'humanité.

Des années que Coco nous déballe ses funestes prédictions. Ses tirades prophétiques vont des cataclysmes à répétition à l'extinction de la race humaine. Seulement ses divagations dystopiques, on finit par ne plus les écouter au bout d'un moment, tant elles sont déprimantes. Mais on ne lui en veut pas, on met ça sur le compte d'Herbert

George Wells dont il dévore les ouvrages depuis des années et avec lequel il se dit être « en parfaite communion d'esprit ». En attendant, avec ou sans Wells, Coco, je me dis qu'on devrait l'écouter plus souvent. Cette satanée guerre, il nous en rebattait les oreilles déjà en 1936 ! Après les Jeux olympiques, ce fut pire… Chaque fois que nous sortions du cinéma et qu'il voyait Hitler aux *Actualités*, il passait son temps à répéter : « Cet homme pue la haine et la vengeance ! »

À l'époque, je ne me faisais déjà plus aucune illusion sur la nature humaine, et même si nous nous accordions tous à dire qu'Hitler était pire que Mussolini, nous refusions en bloc l'hypothèse d'une nouvelle guerre : c'était absurde ! Mais combien de fois Coco ne s'est-il pas emporté en maudissant notre aveuglement :

— Arrêtez de vous obstiner à croire qu'il ne va rien se passer ! Il faut savoir écouter ce que l'on ne veut pas entendre.

Cet été-là, il est vrai que j'avais la tête ailleurs. Loin de moi l'idée de prendre au sérieux ses sinistres augures ! Cet été-là, je rencontrai Mouky, l'amour de ma vie et, pour la toute première fois de mon existence, je me sentais infiniment heureux.

— Lino, tu m'écoutes ?

— Pardon, tu disais ?

— Tu te fiches de moi, ce n'est pas possible ! T'es où, là ?

Je lui souris.

— À nos souvenirs…

— Oui, ben, fais-moi plaisir, habille-toi et laisse nos souvenirs là où ils sont.

En découvrant le complet-veston que Coco m'a promis, je suis ému et aux anges. Il n'a pas menti : le costume est tout simplement magnifique. Gris anthracite à fines rayures noires, comme j'en rêvais.

— Fantastique ! Un vrai magicien, ton oncle ! Merci, Coco !

— Quand je te disais qu'il ne fallait pas t'inquiéter !

Je l'enfile illico. Il me va comme un gant. Pas peu fier, le Lino, Mouky va adorer. Je me retourne vers Coco qui me paraît un soupçon tendu.

— Alors ? Qu'est-ce que t'en dis... ? De quoi j'ai l'air ?

— J'en dis qu'on ne va jamais, jamais, jamais y être... Sinon, un vrai milord !

Je regarde ma montre : neuf heures vingt-six.

— Coco ! Nom de Dieu ! T'as vu l'heure ? Faut y aller, là !

— T'es vraiment pas croyable, toi ! Ça fait une heure que je me tue à te dire de te dépêcher.

— Non, tu ne m'as rien dit ! Et puis on n'a plus le temps de discuter. Allez, allez, on y va !

Je le pousse sur le palier et nous voilà à dévaler les escaliers, puis à remonter tout aussi sec parce qu'il a oublié son chapeau. Je me régale.

— Merde, Coco ! T'exagères ! On va vraiment finir par être en retard !

— Ah bah mon vieux, c'est pas la gêne qui t'étouffe !

Nous voilà repartis à dégringoler les cinq étages, tout en dissertant sur la mauvaise foi de l'un comme de l'autre. Des années qu'on se chamaille comme des gosses et qu'on aime ça. À croire que ça doit avoir quelque chose de rassurant. Sauf que voilà : aujourd'hui, on n'a pas vraiment de temps à perdre à jouer à « Qui a tort ? Qui a raison ? Qui paye le coup ? ». Alors nous capitulons gaiement et nous nous mettons à faire la course pour rejoindre la station Rue Montmartre, direction mon mariage.

Parmi les mines sombres et les épaules voûtées par le froid, je me sens d'un autre monde : je suis au paradis. Coco semble l'être lui aussi, pour une fois. Aujourd'hui aucune mauvaise intuition, aucune prophétie désastreuse, rien sur personne ni sur quoi que ce soit.

Ce jour est décidément béni !

Arrivés à Trocadéro, on se met à attaquer l'avenue Henri-Martin au pas de charge. À l'approche de la rue de La Pompe, je t'aperçois, Mouky, au milieu des passants, devant les grilles de la mairie.

Je te reconnaîtrais entre mille. Tu es de dos. Je vois ta nuque et tes cheveux remontés en chignon. Une boucle s'en est échappée ; toujours la même. J'ai soudain un frisson, à l'instar de celui qui me parcourut le jour où tu entras dans ma vie. Six années déjà et après toutes ces heures passées à tes côtés, je te connais par cœur ou presque.

Une chose est sûre : tu es nerveuse. Tes deux aînées, Yvonne et Marie-Louise, t'encadrent de près. Petites, brunes et rondouillardes, elles n'ont aucun point commun avec toi. À croire qu'elles ne sont pas de la même famille. Dans leurs habits du dimanche, elles pourraient presque être jolies si elles n'avaient pas cet air si revêche. Louis et Marie, mes futurs beaux-parents, se tiennent légèrement en retrait. Ils dominent l'assemblée. Ils sont tous deux impassibles, comme toujours. Marie, emmitouflée dans sa pèlerine en fourrure à poil long, est telle une lionne surveillant ses petits. Et lorsque je croise son regard, celui-ci n'a pas changé depuis notre première rencontre : dur et méfiant. Louis est égal à lui-même : d'une taciturne gravité. Son épaisse et blanche moustache, son regard noir et son visage rond lui donnent des faux airs de Georges

Clemenceau. Quoique, je doute que Clemenceau fût aussi bon cuisinier. Chose formidable : tous les quatre affichent une vraie tête d'enterrement. Mais je m'en fiche pas mal. Ils peuvent bien afficher toutes les têtes qu'ils veulent, avec toi, ma Mouky, ma Mouke, ma Grosse Boule, on va se dire oui pour la vie. Je sais bien que, jusqu'ici, personne n'y croyait à notre histoire. Personne. Peut-être même pas moi. Moi, le Rital, le Macaroni, le métèque comme je l'entendais dire parfois… Tout bien considéré, il faut avouer que mes chances d'épouser une Bretonne pure souche étaient plutôt minces. Les préjugés défavorables ont malheureusement la peau dure, les étiquettes plus encore, et le chemin fut bien audacieux pour faire admettre à tous que nous nous aimions pour de bon. Durant ces dernières années de chaos, nous marier était même devenu un défi, motivé par un furieux désir de nous prouver que rien n'était tout à fait perdu et que le bonheur, on y croyait.

Malgré tout, à quelques mètres de notre union, bien que je ne m'attendais pas à un déchaînement d'enthousiasme, j'espérais un peu plus de gaieté. Toi aussi. Derrière la brume noire de ta voilette, je croise ton regard bleu.

— Ne t'en fais pas, mon Amour, aujourd'hui, il n'y a que nous, me glisses-tu à l'oreille.

Mon cœur bat au rythme du tien. Tous deux ont appris à se parler sans mot dire.

Dix heures vingt-cinq. Tout le monde est arrivé, sauf Fausto. Fausto est toujours en retard. Il ne peut pas s'en empêcher. C'est comme une deuxième nature chez lui. Mais Fausto est un malin. Pour ses retards, il a trouvé l'excuse imparable : « Le temps n'existe pas et la ponctualité est une règle aliénante. Preuve en est : la pointeuse ! » Preuve en est surtout que Fausto a réponse à tout. C'est le seul d'entre nous qui a été à l'école jusqu'au bout, alors on respecte. Quoi qu'il en soit, Fausto, ça fait belle lurette qu'avec Coco nous l'avons déclaré « maître absolu », surtout en ce qui concerne ses théories farfelues. La plus foldingue qu'il ait pu trouver, c'est celle de ces prétendus chercheurs américains qui travailleraient en secret sur un supposé projet consistant à envoyer des hommes sur la Lune. Je me souviens qu'un jour, alors que ma mère nous faisait la *pasta*, elle qui se mêle pourtant rarement de nos conversations, n'avait pas pu s'empêcher d'intervenir, car si Fausto n'en démordait pas, ma mère non plus.

— *Ma dai*, Fausto, arrête un peu avec tes histoires de fou ! Tu sais quoi ? Moi, la lune, j'irai à bicyclette !

— Vous verrez, Louisa, l'avenir me donnera raison ! L'homme marchera sur la Lune et ce sera « un grand pas pour l'humanité », vous verrez !

En attendant, ce qui serait « un grand pas » tout court, c'est qu'il arrive, le Fausto !

Mais qu'est-ce qui m'a pris de lui demander d'être mon témoin ? Je l'ai pourtant prévenu que je le tuerais si jamais il me faisait le coup de ne pas être à l'heure. La seule qui peut savoir où il est, c'est Jacqueline, sa fiancée, ta meilleure amie.

— Dis-moi, Jacqueline, tu ne saurais pas où il est ton fiancé, par hasard ?

— Tu le connais comme moi, non ?

Ça, pour le connaître, je le connais, le Fausto. En dix ans, les seules fois où je l'ai vu être à l'heure, c'est aux séances de cinéma. Et là, ce n'est pas du cinéma. En revanche, je vais le tuer, c'est sûr !

Je me vois déjà lui tordre le cou quand il déboule tout sourire en pointant une montre que je ne lui connaissais pas.

— Vingt-huit, vingt-huit ! Il est vingt-huit ! J'ai deux minutes d'avance, deux !

Arrivé à notre hauteur, il se ressaisit et, comme si de rien n'était, il fait son tour de piste tout en charme. Il me tapote la joue d'un « Ça va, mon grand, pas trop nerveux ? », saute sur la bouche de Jacqueline en lui lançant un langoureux « Tesoro », enchaîne avec Mouky qu'il complimente sur sa tenue – « Madame, vous êtes tout simplement divine ! » –, pince la joue de Coco – « Alors, Nostradamus, pas de fin du monde prévue pour aujourd'hui ? »

Nous, nous sommes tout simplement muets de stupéfaction.

Fausto est à l'heure. C'est un miracle ! On doit tous afficher de drôles de têtes car il explose de rire.

— Eh bien… Oh ! Qu'est-ce que vous avez ? Vous êtes bizarres ! Pourquoi vous me regardez comme ça ? On dirait que vous avez vu un revenant !

— Non, non… Pas un revenant, Fausto… Pas un revenant… Juste un gars à l'heure ! dis-je, éberlué.

Dans un silence solennel, nous montons l'imposant escalier qui mène à la salle des mariages. Nous nous retrouvons à attendre avec trois autres couples. La joie ne fait pas partie de leur tableau. Que font-ils là, les mines déconfites ? « Ils se sont trompés je crois. Les divorces se déroulent au tribunal », te dis-je en chuchotant. Tu joues les offusquées en me faisant tes yeux en billes accompagnés d'un « Chéri ! » réprobateur, mais tu ne peux rien me cacher : ton petit sourire au coin des lèvres acquiesce. Je le sais.

Notre tour vient après quelques minutes seulement. Là, dans cette vaste salle, l'officier municipal auquel je n'accorde pas la moindre confiance nous attend derrière son faste bureau surplombé d'une imposante cheminée. « Pour le meilleur et pour le pire. » Il vient de nous déclarer mari et femme en moins de deux secondes. Deux secondes pour toute une vie. Je ne pensais pas qu'unir nos deux existences et sceller un destin commun serait aussi bref qu'expéditif. J'avais imaginé mieux, du moins un peu plus d'humanité. Mais ça… ça ne doit pas être inscrit dans la loi. L'épilogue de cette réflexion sera pour plus tard, la bénédiction religieuse nous attend. Direction Saint-Pierre-de-Chaillot, où tu me dis de nouveau « oui » devant le saint homme auquel je ne prête guère plus de crédit qu'au fonctionnaire aux accointances vichyssoises, mais qui me paraît présentement plus fiable. On y croit. On n'a pas le choix.

Après un service divin à la lenteur indigeste de bonnes paroles, nous nous retrouvons enfin unis pour de bon. Sur le parvis, il fait toujours aussi froid et aussi gris, mais tu es si belle que tu illumines à toi seule toute l'avenue Marceau.

Vient l'heure de la photo souvenir. Coco, seul à avoir un appareil, s'autoproclame photographe du jour.

— Bon Lino, Odette, messieurs dames, je ne voudrais pas vous presser, mais le temps se gâte alors si vous voulez bien prendre place !

Les clichés s'enchaînent, et alors que nous sommes tous en rang d'oignons sous les ordres de Coco, une volée de cloches résonne haut dans le ciel. Le chant est si puissant qu'il arrive à couvrir le bruit du claquement des bottes d'une patrouille qui passe au pas de l'oie. Comme d'habitude, on fait semblant de ne pas les voir. Les ignorer, c'est tout ce qu'on a trouvé jusqu'ici pour pouvoir espérer.

Coco râle une fois de plus.

— Lino ? S'il te plaît !

— Oui, quoi ? Qu'est-ce qu'il y a encore ?

— Comment ça « Qu'est-ce qu'il y a encore » ? Pour la dixième fois, pourrais-tu te concentrer sur l'objectif !

— Et toi, est-ce que tu pourrais arrêter de râler, juste pour une fois ? Juste pour aujourd'hui !

— Moi, je veux bien, mais après j'te connais, qui est-ce qui gueulera parce que les photos du mariage de monsieur sont ratées, hein ?

Alors on y retourne. Personne ne bouge. Tout le monde sourit. Nous sommes parfaits.

— Voilà ! Ce n'est pas si compliqué quand on y met un peu de bonne volonté !

Coco, satisfait, donne un tour de manivelle à son Rolleiflex.

— Maintenant, une petite dernière, rien que les mariés… Lino, Mouky… S'il vous plaît… Si vous pouviez vous rapprocher !

Tu t'accroches un peu plus à mon bras. Coco appuie une dernière fois sur le déclencheur et immortalise notre magnifique sourire de tourtereaux.

À peine la séance terminée, la pluie s'invite à la fête. C'est donc bien serrés sous notre parapluie que nous ouvrons notre marche nuptiale vers la rue de Ponthieu, où Eugène, un vieux camarade de Louis, tient un petit restaurant. À les voir tous les deux, on pourrait les croire frères, sauf que leurs caractères sont aux antipodes - Eugène, contrairement à Louis, est plutôt du genre expressif. Ça fait un bail qu'ils se connaissent. C'était durant la Grande Guerre. Ils ont été enrôlés comme cuistots pour la même compagnie. Par pudeur et par humilité surtout, ils n'évoquent que rarement cette période au cœur des tranchées. Le peu de fois où ils partagent leurs souvenirs, leurs exploits culinaires me laissent songeur. Là où beaucoup de leurs alter ego ne faisaient que pauvre pitance, eux rivalisaient de débrouillardise et d'inventivité. Ils n'hésitaient pas à courir la campagne à la recherche de l'herbe fine afin de magnifier la plus banale des denrées fournies par l'intendance. Leur seul et unique but : faire oublier à leurs camarades combattants l'effroyable réalité, le temps d'une bouchée. Leur obstination à faire toujours mieux les avait même sauvés un matin d'octobre. Alors qu'ils étaient partis en quête du champignon rare, un obus avait explosé à moins d'un mètre de leur roulante. Par chance, il n'y eut ni morts ni blessés. Louis et Eugène avaient bien entendu la déflagration, mais ne se doutaient pas un instant qu'ils avaient frôlé la mort. Comment auraient-ils pu ? Les obus, il en pleuvait des dizaines par jour. La peur, ils l'avaient, mais ils la tenaient à distance. Ce jour-là, quand ils se retrouvèrent devant leur roulante en cendres, ils comprirent. Malgré tout, en bons chefs cuisiniers qu'ils étaient, panier de girolles et d'herbes folles en main, ils furent partagés entre deux états d'âme : heureux d'être en vie certes, mais totalement dépités de voir leur belle promesse de bœuf aux champignons réduite à néant.

Nous n'avons pas besoin de frapper qu'Eugène nous ouvre déjà et nous accueille à bras ouverts.

— Vive les mariés ! Soyez les bienvenus ! Entrez, entrez !

Au moment même où nous franchissons le seuil, une douce chaleur aux senteurs de genièvre nous enveloppe. C'est divin. Je ne résiste pas et pose discrètement la question à Eugène :

— Ne me dites pas que vous nous avez mitonné votre fameux civet de lièvre…

Eugène m'adresse un clin d'œil.

— Si, mon grand ! Grâce à Louis qui en a tué deux exprès pour l'occasion. Il nous a aussi rapporté un plein sac de pommes de terre ! Et ce n'est pas tout : il a même réussi à réunir tout ce qu'il fallait pour vous faire un baba au rhum ! Ce n'est pas formidable, ça ? Bon d'accord, il ne va pas être au rhum, mais j'ai un copain normand qui m'a apporté de quoi en calvados. Alors avec Louis, on a décidé que ça serait baba au calva !

Je n'en reviens pas et pendant que tout le monde braille formidablement, je me sens démuni de mots pour dire tout simplement « Merci ». Mon beau-père, qui déteste les démonstrations en tous genres, se renfrogne une fois de plus.

— Pensez donc ! Pensez donc ! Ce n'est pas tous les jours qu'on marie sa fille… bougonne-t-il derrière ses moustaches.

Il me fait penser à un vieux hibou ronchon. Il ne changera jamais. Quant à Eugène, égal à lui-même, il déborde d'enthousiasme.

— Allez jeunesse ! Vous savez… La vie, il n'y a rien de plus sérieux que d'en rire ! Alors, comme on ne sait pas ce que nous réserve demain, réjouissons-nous de ce moment ! Réjouissons-nous d'être ensemble, réjouissons-nous d'être en vie, et puis… et puis… champagne ! lance-t-il la voix remplie d'émotions, bouteille et sabre bien en mains. C'est l'unique et la seule ! Alors s'il vous plaît, savourons-la !

Nous levons haut nos verres. Nous pensons à nos absents. À ma mère. À Jean, ton frère, toujours prisonnier en Allemagne… Nous levons haut nos verres. Nous trinquons à un avenir sans fridolins. À un monde en paix. Nous levons haut nos verres… Nous souhaitons longue vie à notre bonheur.

II

Paris, mercredi 25 février 1942

Le thermomètre de Réaumur accroché au volet de notre fenêtre indique maintenant moins treize degrés. Encore deux degrés de perdus. Rien de bien neuf. Cela fait des semaines que ça dégringole et que nous n'avons pas vu de températures positives. Mais nous nous en moquons bien, car nous sommes tout à notre bonheur de jeunes mariés. Et puis, en ces temps incertains, ce qui compte pour nous, c'est de nous aimer aussi longtemps que le temps nous en laissera le temps.

Avec Mouky, nous nous sommes installés dans le petit appartement qu'occupait Maman rue Baudin, avant que le monde s'écroule autour de nous. Comme il se trouve au cinquième, nos amis nous ont surnommés « les gardiens de phare ». Il faut dire que l'escalier, à partir du troisième, semble ne plus avoir de fin. Mais nous, on s'en fiche, on y est bien. Nous avons tout ce qu'il faut pour être heureux. Notre pièce principale, bien qu'elle ne soit pas bien spacieuse, est capable d'accueillir tout le confort : une table, quatre chaises, un poêle à charbon, une gazinière, un évier et même un vieux fauteuil en cuir véritable. Notre chambre, quant à elle, est carrément exiguë. Un lit et une armoire y prennent toute la place et chaque fois que nous voulons atteindre notre coin lavabo, il nous faut faire une gymnastique digne des meilleures acrobates.

Ce matin, après avoir préparé un ersatz de café et enfilé mon bleu de travail, je décide de me mettre en retard pour regarder la nymphe qui a passé la nuit à mes côtés. Je souris. Un orteil dépasse des couvertures dans la fraîcheur de l'aube. D'un geste, je le recouvre pour que tu ne prennes pas froid. Puis lentement, très lentement, je dessine ton corps jusqu'à ta chevelure blonde où se mirent les derniers faisceaux de lune.

D'une tendre caresse, ma main dégage une mèche de cheveux pour faire place à un dernier baiser, un dernier regard. Puis, à contrecœur, je t'abandonne aux bras de Morphée.

En franchissant le seuil de la porte d'entrée, je suis frappé de plein fouet par l'air glacé qui a pris possession de la cage d'escalier. Je resserre mon écharpe, relève haut le col de mon manteau et enfile mes gants. Je respire un grand coup, empoigne mon vélo pour le caler sur l'épaule et m'attelle à la descente des cinq étages.

Depuis plusieurs semaines, le froid et la pluie ont fait de Paris une vraie patinoire et déambuler tranquille sur les pavés, auxquels tout bon Parisien est habitué, n'est désormais qu'un lointain souvenir. Que ce soit à pied, à deux ou quatre roues, circuler est un véritable sport et chaque mètre gagné un exploit olympique. La bonne nouvelle est que cette météo fiche une pagaille de première chez les vert-de-gris ! Au fil des jours, les carrefours sont devenus le théâtre de carambolages à répétition donnant lieu à de formidables escarmouches, et les voir ainsi se ridiculiser n'est pas sans nous déplaire.

Pas plus tard qu'hier matin, alors que je m'apprêtais à traverser le boulevard Magenta, voilà qu'une de leurs berlines officielles patine, dérape, manque de renverser le planton à la circulation pour venir s'encastrer dans une Volkswagen de la Wehrmacht à l'arrêt. À l'intérieur, deux officiers et leur chauffeur. Il n'a pas fallu plus de trois secondes pour que deux, trois... cinq cirés noirs ficelés par le milieu s'éjectent en furie de ladite berline, alors que les deux officiers d'en face faisaient de même. Là, telles des autruches montées sur échasses, fébriles sur leurs appuis, ça vole, ça virevolte, ça aboie en allemand, ça valse dans tous les sens, ça zigzague, ça aboie de plus en plus fort, ça glisse, ça s'agrippe comme ça peut, ça finit les quatre fers en l'air, ça ne dit plus rien. Moi, ça m'a bien fait marrer.

Personnellement, c'est sans encombre et avec une maîtrise totale de ma mobilité que jusqu'ici je traversais cette nouvelle ère glaciaire.

Mais voilà, comme toute maîtrise a ses limites, à peine ai-je posé un pied sur le trottoir ce matin-là que je manque de me flanquer par terre. Mon vélo me servant d'appui, je réussis, Dieu sait comment, à me rattraper. Le trajet jusqu'au garage de mon beau-frère où je travaille, rue de la Grange-aux-Belles, me paraît tout à coup périlleux et je décide de m'y rendre à pied. Sur le trottoir d'en face, j'avise Denise qui balaie le pas-de-porte de son bistrot. Denise, c'est notre maman à tous dans le quartier. L'âme généreuse et plus modeste que l'humilité elle-même, elle allaiterait la terre entière pour y supprimer toute la misère si elle le pouvait.

Le balai en suspens, elle éclate de rire.

— T'as raison de faire de la bicyclette par ce temps ! T'as pas mieux à faire que de te casser une jambe ?

— Si, justement, je me demandais si tu ne pouvais pas me le garder pour la journée, ça m'éviterait d'avoir à remonter !

— Tu sais bien que je ne peux jamais rien te refuser, mon grand. Allez, mets-le-moi derrière, mais s'il te plaît reviens le prendre à dix-huit heures, pas plus tard. Tu sais bien que le jeudi, c'est le jour de mes visites à mes petits vieux et il faut que je sois de retour avant le couvre-feu.

— Tu me connais ! Je serai là à dix-huit heures tapantes !

— Parfait ! Et maintenant file, je ne veux plus te voir ! me fait-elle en se remettant à balayer.

J'ai beau avoir vingt-deux ans, elle s'adresse toujours à moi comme si j'en avais dix.

Fort de mes acquis, c'est en retard d'une bonne demi-heure, mais entier, que j'arrive au garage. Georges est déjà là, assis à son bureau. Au travers de la vitre qui sépare l'administratif de l'exécutif, je le salue d'un geste de la main accompagné d'un de mes plus joyeux « Bonjour Georges ! ». Il me répond d'un hochement de tête agacé qui se veut sûrement être une réponse. Ce n'est pas la première fois qu'il a ce genre de comportement. Je n'y prête guère attention, car j'ai décidé depuis longtemps de mettre ses sautes d'humeur sur le compte de son ulcère. Cette maladie le fait souffrir, c'est sûr. Elle l'empêche surtout d'exécuter certaines tâches ce qui, je suppose, a favorisé mon embauche trois ans plus tôt. D'autant plus qu'à l'époque son vaillant mécanicien l'avait laissé en plan à l'annonce du franchissement de la Marne par les boches.

Au début, le travail m'a paru insurmontable. Il est vrai que j'ai fait mon malin en disant à Georges que je me débrouillais en mécanique. Il ne lui fallut pas plus de deux minutes pour voir que je n'y connaissais strictement rien et qu'un moteur de Citroën était un mystère total pour moi. Georges était certes bourru, mais patient, et il se mit en charge de m'apprendre le métier. En quelques semaines, il m'enseigna comment détecter l'origine d'une panne rien qu'en écoutant le bruit d'un moteur. Il n'arrêtait pas de répéter : « Quelle que soit la mécanique, souviens-toi bien qu'une seule chose compte : l'oreille ! Un moteur au repos doit ronronner comme un chat et à pleine vitesse rugir comme un tigre. »

C'est ainsi que, le champ lexical de la mécanique en poche et le bon sens de déduction acquis, je devins mécano. Je n'avais pas vingt ans quand j'ai commencé à travailler chez Georges et avoir ma propre voiture n'était encore qu'un rêve, alors, en réparant celles des autres, je me les appropriais un peu. Les soirs où il partait plus tôt, je montais dans l'une d'elles, je m'installais au volant et comme un enfant je jouais à l'adulte.

Là, le rêve prenait toujours le dessus… « Le jour où j'aurais mon automobile, on fera le tour du quartier avec les copains, histoire de leur montrer à tous que les Macaronis peuvent aussi avoir droit à la belle vie ! J'emmènerai ma Mouke chez moi à Parme et puis, quand on aura des enfants, on ira voir la mer. Et ma mère !… Ma mère, elle, je l'emmènerai voir le Mont-Saint-Michel, depuis le temps qu'elle m'en rebat les oreilles ! »

Immanquablement, le voyage se terminait. Toujours trop tôt. Toujours trop vite. Et cela me rendait toujours un peu triste car il y avait bien longtemps que je n'étais plus un enfant, même si mon être tout entier s'accrochait à cet éphémère état d'innocence si précieux à mon âme.

En cette fin de journée, alors que je viens de battre le record du monde au volant d'une magnifique Panhard, mes yeux se posent sur mon alliance. Comme chaque fois, cette vision me ravit. Elle me rappelle qu'un de mes rêves les plus chers s'est réalisé. T'avoir à moi, rien qu'à moi et pour toujours. Cela fait maintenant un mois et dix-sept jours que nous nous sommes unis pour « le meilleur et pour le pire » avec la ferme intention de tenir « le pire » en respect jusqu'à notre dernier souffle.

Tout à coup, j'entends quelqu'un frapper avec insistance sur le rideau de fer. Le garage n'est fermé que depuis à peine un quart d'heure, et la lumière encore allumée a certainement laissé croire le contraire.

— Vous ne voyez pas que nous sommes fermés ? Revenez demain matin ! On ouvre à huit heures ! criai-je en direction de la porte.

— Lino ? C'est moi, Mouky !

Je me précipite pour t'ouvrir. Venir à l'improviste n'est pas dans tes habitudes. Ta mine déconfite ne fait que renforcer mon inquiétude.

Tu me tends une lettre, déjà ouverte, sur laquelle je reconnais le sceau du consulat d'Italie.

— C'est arrivé pour toi au courrier d'aujourd'hui. C'est en italien, je n'ai rien compris. Je t'en supplie, dis-moi que tu ne pars pas !

— Mais non, Mouky, tu te fais du mouron pour rien. Ça doit être une formalité de plus pour notre mariage. Tu sais bien comment ils sont à l'administration, ils ne peuvent pas s'empêcher de jouer les pointilleux.

J'ai beau essayer de faire tout mon possible pour te rassurer, le pâle sourire que je réussis à te soutirer ne parvient pas à chasser la peur que je lis dans tes yeux.

Dans l'espoir de faire disparaître ce tourment, je traduis en jouant les désinvoltes. « Monsieur, Nous vous prions de vous présenter sous quarante-huit heures à notre consulat, 5, boulevard Émile-Augier afin de vous faire enregistrer au Bureau de recensement des Italiens en France. »

Comme une gangrène, l'angoisse m'envahit. Pour ne rien laisser paraître, je replie la lettre et la glisse au fond de ma poche comme un vulgaire mouchoir.

— Tu vois bien, ce n'est rien. Juste une formalité administrative de plus à remplir, c'est tout ! Allez, Mouky, sois rassurée. Je vais m'y rendre demain matin, à ce bureau de recensement, et comme ça, nous n'en parlerons plus.

Au moment de partir, je laisse une note à l'attention de Georges lui expliquant mes obligations du lendemain. Pour l'heure, le couvre-feu n'étant plus très loin, il nous faut rentrer chez nous sous les ultimes lumières de la ville tamisées par la brume hivernale.

Paris, jeudi 26 février 1942

Notre nuit s'est passée sans un mot et notre réveil n'est guère plus loquace. Je n'ai pas réussi à fermer l'œil, assailli de pensées peu optimistes quant à cette soudaine convocation. J'ai beau essayer de me raisonner, ma gorge est nouée par une incontrôlable anxiété. Comme je ne veux toujours rien te montrer de mon inquiétude, je reste silencieux plutôt que d'avoir à mentir sur mon état d'esprit.

Au moment de te quitter, je te serre tout contre moi, te dépose un baiser au coin des lèvres et tente de t'offrir mon plus beau sourire en guise d'au revoir.

Devant la grille du consulat, deux gardes tiennent l'entrée d'une main de fer. Seules les personnes ayant une autorisation d'accès établie en bonne et due forme peuvent espérer être admises à en franchir le seuil. Devant moi, il y a un couple d'Italiens accompagné de triplés. Trois bambins qui ne doivent pas avoir plus de cinq ans. Le père gesticule tant qu'il peut en tentant d'expliquer à l'un des deux gardes qu'il a perdu ses papiers et que, par conséquent, il ne peut donc pas les lui montrer. Que s'il a traversé la moitié de Paris pour se présenter au consulat avec sa femme et ses trois garçons, ce n'est pas pour passer le temps. Tout ce qu'il veut, c'est obtenir un laissez-passer pour repartir chez lui à Naples. Le troufion allemand, qui n'a aucune idée de ce que lui raconte l'homme, commence à montrer des signes d'impatience. Le Napolitain, quant à lui, se met à ajouter des noms d'oiseaux à toutes ces fins de phrases. Et voilà que les enfants eux aussi se mêlent de la partie. Ils jouent à chat autour de leurs parents comme si de rien n'était. C'est alors que le père leur fait sentir d'une envolée de torgnoles sur le sommet du crâne qu'il est grand temps de se calmer. Ils se mettent à chouiner, se réfugiant dans les jupes de leur mère qui, visiblement, a rendu les armes depuis belle lurette. Comme je sens que ce cirque risque de tourner au vinaigre, je décide d'agir. Je tape gentiment l'épaule du Napolitain, le stoppant net dans ces gesticulations explicatives. Il se retourne alors vers moi. Je le salue courtoisement et m'adresse à lui en adoptant un de mes tons les plus aimables, tout en lui montrant ma convocation officielle :

— Mi scusi Signore ma non ho davvero il tempo di aspettare che questo casino finisca. Allora... Permesso [1] ?

---

1. Excusez-moi, monsieur, mais je n'ai pas vraiment le temps d'attendre que tout ce cirque se termine. Alors... Permettez ?

L'audace de mon intervention le laisse bouche bée. Il réussit pourtant à articuler un léger « *Prego* » tout en me cédant la place. Je le remercie, salue sa femme d'un « *Signora* » appuyé et tends ma convocation au soldat qui me l'arrache des mains. Il l'examine à peine et me la rend en m'indiquant d'une main excédée une majestueuse porte vitrée coiffée d'un imposant auvent en fer forgé.

Je pousse la lourde porte d'entrée et pénètre dans le vaste hall au milieu duquel se trouve un bureau. Curieusement, je suis saisi par la chaleur qui règne. Je me surprends à penser tout haut que le rationnement de charbon, ce n'est pas pour tout le monde. Je m'approche du bureau derrière lequel une femme d'une quarantaine d'années au physique sec et anguleux est en train d'écrire.

Sans lever la tête de ses papiers, elle s'adresse à moi sur un ton des plus dédaigneux :

— C'est pour quoi ?

— C'est pour ça, lui dis-je en lui tendant ma convocation.

Elle y jette un vague coup d'œil et me pointe de l'index la direction à suivre.

— Porte à gauche de l'escalier et au fond du couloir à droite.

Une boule installée au creux de l'estomac, j'ai l'étrange sensation que chacun de mes pas peut changer mon destin.

Dans le couloir, plusieurs hommes sont déjà assis à attendre. À l'unisson, leurs regards se tournent vers moi. Il règne dans l'endroit un silence oppressant. Je prends place et attends. Je suis surpris par la rapidité de chaque entretien et quand vient mon tour, je sens mes mains devenir moites. En pénétrant dans le bureau, la première chose que je remarque, c'est la disproportion entre l'officier consulaire et son fauteuil. Le premier est sans grande consistance, mis à part ses moustaches, rendant ainsi le second un peu trop imposant. Au-dessus de ce paradoxe trône le portrait du Duce qui semble me regarder avec une narquoise insistance.

D'une moustache formidablement taillée et excessivement fournie, s'échappe une voix de castrat.

— Asseyez-vous, monsieur… ?

— Ventura.

À l'aide de sa plume, il se met à chercher dans un registre mon patronyme et à chaque nom qu'il épluche, sa lèvre effectue un mouvement nerveux et sec qui laisse transparaître une certaine impatience.

— Ah voilà ! Monsieur Ventura. Angiolino Ventura, né à Parme le 14 juillet 1919. C'est bien cela ?

— Oui, monsieur.

— Bien.

Il se lève mollement, se dirige vers un meuble à tiroirs d'où il extirpe un dossier puis revient à son bureau tout aussi mollement, où il reprend place au millimètre près.

— Donc… Je lis que vous avez un départ prévu pour Parme le 9 mars prochain…

— Pardon ? C'est quoi, cette histoire de départ ? C'est sûrement une erreur ! Moi je suis juste venu me faire recenser, c'est tout ! Et puis vous voulez que j'aille où ?

Le moustachu réajuste ses lorgnons et regarde de plus près le document.

— Écoutez, moi je lis ici que vous devez vous présenter à votre bureau militaire à Parme le lundi 23 mars pour faire votre service obligatoire…

— Ça, ça ne va pas être possible !

— Pardon ? Comment cela, « ça ne va pas être possible » ? me répond-il interloqué.

— Je viens de me marier ! Je ne peux pas laisser ma femme seule ici ! Il doit sûrement y avoir une solution !

Devant mon insistance, il pose sa plume avec laquelle il joue nerveusement depuis le début de notre entretien. Maintenant, il me fixe, excédé, les coudes sur la table, le menton posé sur ses mains croisées.

— Probablement… Mais trouver une solution n'est en aucun cas de mon ressort. Vous verrez ça directement à Parme où vous pourrez très certainement demander une dérogation étant donné votre situation maritale. En attendant, voici votre ordre de route, votre laissez-passer et votre titre de transport. Voilà. Au revoir, monsieur !

Abasourdi par ce que je viens d'entendre, je suis comme paralysé, le souffle coupé. Je finis par prendre malgré moi les documents qu'il m'agite sous le nez, sans aucun état d'âme. Ce cauchemar n'est pas en train de m'arriver, ce n'est pas possible.

— Pardon, mais… je ne comprends pas bien : vous me dites que je suis obligé d'abandonner ma femme ici, à Paris, pour me rendre à Parme et leur demander de rentrer ici même ?

— Vous avez tout compris !

— Mais… Ce serait quand même plus simple de régler ça directement avec vous !

— Vous êtes du genre tenace, vous ! Je viens de vous le dire : le consulat n'a pas le pouvoir d'intervenir dans les affaires militaires. Nous pourrons peut-être appuyer votre demande, mais il est impératif que cela passe par le haut commandement en Italie. Vous n'avez pas d'autre choix que de vous y rendre, monsieur Ventura.

Effondré, j'insiste :

— Et ma femme ? Comment elle va faire ici, sans m…

Exaspéré, il m'interrompt :

— Bon, écoutez ! Votre femme, ce n'est pas mon problème. Vous devez vous rendre à votre convocation, un point, c'est tout ! Et maintenant, je vous prie de bien vouloir sortir de mon bureau. Au revoir.

Alors que j'ai la main sur la poignée, prêt à sortir, il m'alpague.

— Au fait, monsieur Ventura…

Tendu comme un arc, je me tourne vers lui.

— … Si jamais vous envisagiez de ne pas vous présenter comme prévu, sachez que vous seriez considéré comme déserteur et dans ce cas bien précis, pas besoin de vous faire un dessin, ce sera le peloton. Suis-je assez clair ?

Derrière son bureau, assis sur sa chaise faussement Louis XV, il me donne envie de vomir car, à lui tout seul, il représente l'inadmissible pouvoir accordé à la bêtise humaine.

En refermant la porte derrière moi, j'ai comme l'épouvantable impression que l'absurdité de ce monde vient de sceller mon destin. Ce constat résonne tel un coup de semonce dans tout mon être. Comment trouver les mots pour t'annoncer cette nouvelle ? Comment t'expliquer…

Passé la porte cochère, je lève les yeux au ciel avec une terrible envie d'insulter Dieu et tous ses saints. Comme par expérience je sais que cela ne sert à rien, je me dis que marcher me libérera peut-être de l'assaut de ces pensées.

Mes pas m'emmènent jusqu'au square Montholon. La neige a pris possession du lieu et sur ce tapis immaculé, chacun de mes pas laisse derrière lui l'empreinte de ma tristesse. Je m'arrête à la hauteur de la statue qui domine l'endroit et secrètement je me surprends à jalouser ce groupe de femmes dont le marbre a gravé à tout jamais l'insouciance. Sans prêter attention au temps qui s'écoule, je reste là, debout, prostré. Seules mes mains engourdies par le froid me font sortir des méandres dans lesquels mon esprit se perd…

Je décide alors d'aller te chercher à ton travail.

Au moment même où j'arrive, tu sors à peine du magasin. Te voir me donne la douce sensation d'un premier soleil de printemps. En m'apercevant, tu me souris et te précipites dans mes bras.

— Alors, qu'est-ce qu'ils t'ont dit au consulat ?

La tristesse de mon regard me trahit.

— Tu pars ? C'est ça ? dis-tu d'une voix tremblante.

— Oui… Mais fais-moi confiance, ma Chérie, tout va très vite rentrer dans l'ordre ! Tu vas voir, tout va s'arranger…

— Oui, mais quand ?

— Bientôt, ma Mouky, très bientôt… J'ai juste besoin que tu aies confiance.

La gorge nouée, je ne trouve rien d'autre à dire. Pour faire taire mes propres craintes, je te serre d'autant plus fort contre moi. Sous la neige qui s'est remise à tomber, nous rentrons ainsi accrochés l'un à l'autre dans le jour qui décline.

Paris, mardi 3 mars 1942

Les jours se succèdent sans que je veuille y croire, et je laisse volontairement au fond du placard cette valise que je ne me décide pas à remplir. Peut-être ai-je le fol espoir d'une lettre annulant cet ordre aberrant ou, mieux encore, un gros titre dans les journaux : « La Guerre est finie ! » Seulement, rien ne vient.

Six jours avant mon départ, en pleine nuit, les sirènes retentissent tous azimuts. Cette fois-ci, c'est sûr, on doit descendre se mettre à l'abri. Pas plus tard qu'avant-hier, les Anglais ont balancé des milliers de tracts sur Paris pour prévenir :

> *« Il y a quelques mois, nous avons annoncé notre intention de bombarder en France occupée les usines qui travaillent pour le compte d'Hitler. Nous savions d'avance que vous approuveriez cette décision. En France comme ailleurs, nos objectifs sont choisis d'après des renseignements précis. Nous viserons aussi exactement que possible, et nous connaissons notre affaire. Il y aura fatalement des bombes qui passeront à côté. Aidez-nous à éviter les pertes de vies françaises. Mettez-vous à l'abri. »*

C'est donc manteaux et chaussures enfilés à la hâte, couvertures sous le bras, gourde remplie d'eau et lampe de poche en main que nous partons nous terrer. L'abri le plus proche se trouve à l'angle de notre rue et de la rue Lafayette. Sur la porte d'entrée, une indication peinte au pochoir : « ABRI 33 personnes ». Nombre depuis bien longtemps dépassé pour ce sous-sol humide et sombre à peine plus grand que notre appartement. Nous nous faufilons entre les sacs de sable dressés en renfort de fortune dans cet espace où pelles, pioches, haches et scies sont posées ici et là pour nous rappeler un possible ensevelissement. Ce n'est pas la première fois que nous nous y réfugions et nous y avons, en quelque sorte, nos habitudes.

Chacun a pris possession d'un espace et le respecte au millimètre près. Nous venons à peine tous deux de retrouver notre petit coin dans la soupente de l'escalier que le bruit étouffé des premières explosions nous parvient. Très vite, leur fréquence s'intensifie. Nous nous replions un peu plus sur nous-mêmes, tels des animaux tapis au fond d'un terrier attendant que le loup passe son chemin. La peur est là. Son odeur se répand dans l'atmosphère. Âcre… Cette odeur qui tétanise l'esprit, aiguise les sens et prive du moindre répit.

Pour tenter de la dissiper, chacun l'affronte comme il peut. Ici, une femme compte et recompte les mailles d'un tricot à n'en plus finir ; une autre calme son nourrisson en lui donnant le sein ; là, un père, une mère et leurs cinq mouflets sont à genoux à égrener leurs chapelets ; ici encore, un couple ne cesse de s'embrasser langoureusement ; d'autres font semblant de lire et puis il y a ceux qui, dans une immobilité absolue, fixent désespérément le plafond. Toi et moi, nous ne faisons qu'un dans les bras l'un de l'autre.

Huit heures trente. Le signal de fin d'alerte résonne enfin. En sortant, nous voyons l'aube chargée de nuages de fumée noire. L'étrange cortège que nous formons, à l'issue de cette nuit sans trêve, reste un moment tétanisé devant le funeste tableau. Puis, sans un mot, hébété, chacun reprend malgré tout le chemin de son quotidien.

Paris, vendredi 6 mars 1942

Il ne reste que trois jours avant mon départ. Rien n'est prêt et moi, encore moins. Nous avons emménagé à la hâte dans l'appartement des parents de Mouky, rue Hamelin : eux sont partis se réfugier au Val-Saint-Germain, là où il y a moins de privations, et Mouky, qui connaît mieux le quartier et ses gens, se sent un peu rassurée.

Bien évidemment, j'ai prévenu Georges que j'allais devoir m'absenter quelque temps, mais qu'il ne devait pas se faire de soucis pour moi. « Sauf qu'avec la guerre, les visages s'en vont et ne reviennent pas toujours. » Il aurait pu avoir des mots plus réconfortants, mais je dois avouer qu'il n'a pas tout à fait tort. Depuis plusieurs années déjà, beaucoup de mes amis ont quitté la France et, effectivement, je ne sais pas si nous nous reverrons un jour.

Avant de s'exiler, l'un d'eux m'avait même dit : « Un seul dictateur au monde, c'est déjà un de trop, alors quatre sur un même continent, c'est l'apocalypse assurée ! » À l'époque, du haut de mes dix-sept ans, je n'y avais prêté que peu attention, rejetant en bloc les sujets politiques et tout ce qui s'en approchait. Et puis j'étais amoureux ! Je venais de rencontrer Mouky et je n'avais qu'une idée en tête : l'épouser. Aujourd'hui, ses mots résonnent en moi avec le goût amer d'une injuste sentence.

Ce soir, c'est à mon tour de dire au revoir. Avec Fausto et Coco, on s'est donné rendez-vous chez Denise. Quand j'arrive, ils sont déjà là, assis à notre table habituelle, autour d'une bouteille entamée. Pourtant, c'est un jour « sans alcool ». Seulement Denise, les lois imposées par les doryphores, elle s'en tape le coquillard !

— Vive la France ! répète-t-elle à tout bout de champ. Il n'est pas né celui qui m'empêchera d'être qui je suis et de faire ce que je fais !

D'ordinaire, ces propos ont le don de réjouir Fausto. Pourtant là, il n'a pas l'air au mieux. Le regard triste, tournaillant son verre. Je le connais, je sens qu'il est prêt à me ressortir son discours alarmiste sur les risques qu'encourent les appelés italiens. Notamment celui de se voir envoyer sur le front russe. Mais je ne suis pas d'humeur.

— Salut les gars !

Fausto reste impassible et Coco me fait les yeux ronds.

— Ben quoi, qu'est-ce qu'il y a ?

— Il l'envoie à Livourne ! dit Coco.

— À croire que c'est devenu contagieux, dit Fausto dépité.

Et dire qu'il venait à peine de s'installer avec Jacqueline. Je m'assieds. On a tous besoin d'un verre, je crois.

— Non mais Coco, tu nous vois, Lino, moi, combattre aux côtés de ces bachi-bouzouks, despotes et autres chevaliers de l'Apocalypse ?

— Tu parles de deux taches dans le décor ! dis-je d'une voix creuse.

Nous trinquons. Désabusés, nous ne trouvons rien à dire ; seuls nos regards se perdent dans le dépôt de tanin gisant au fond du verre. Fausto nous sert de nouveau.

— Pour la patrie, qu'ils m'ont dit ! Sans rire, ils ont osé !... *Che patria* ? Je vais vous le dire, moi ! Celle des chemises noires qui a ravagé notre monde au nom de la pensée unique ! Notre exil ne leur a pas suffi, non ! Aujourd'hui, il faut rejoindre leurs rangs ! Les rangs de ceux-là mêmes qui nous ont persécutés, meurtris. Où sont-ils, tous ces architectes de la bien-pensance ? Sur les champs de bataille, séparés de ceux qu'ils aiment ? Où sont-ils, tous ces souverains ? Dans les foyers à soigner les affres de la déshumanisation ? Non, non ! Je vais vous le dire, moi, où ils sont : derrière leur bureau ou confortablement assis dans leur sofa à avancer leurs pions sur l'échiquier de la folie ! L'innocence infantile vous fait penser que l'homme est foncièrement bon. Eh bien non ! L'homme ne l'est pas ! Et aujourd'hui, je vous le dis : j'ai définitivement cessé de croire que les politiciens haut placés, épargnés par la sauvagerie de la guerre, arrêteront un jour d'envoyer les autres la subir !

Fausto est reparti, une fois de plus.

— Je vous avais bien dit, les gars, de vous faire naturaliser ! lance Coco, pragmatique.

— Et tu feras quoi, toi, si Hitler cherche à enrôler des petits Italiens naturalisés français pour aller lui torcher le cul ? ironise Fausto.

— Eh bien moi, je te dis que ce n'est pas demain la veille que je torcherai le cul du moustachu !

Coco s'emporte. Pas longtemps. Nous ne sommes pas seuls. Fausto lui tire gentiment la manche. On ne sait jamais qui écoute. Paris est devenue une ville gangrenée par la délation. Alors on parle du temps d'avant, qu'on en a vu d'autres et que… quand on sera vieux, on sera trop vieux pour s'en souvenir ! Le plus important, c'est qu'on s'aime. C'est tout.

Les verres s'enchaînent, le niveau de la bouteille descend et le débat se clôt. D'une étreinte virile, nous nous disons au revoir sans savoir si nous nous reverrons. Alors on fait semblant, et on se dit à bientôt.

Pourvu que ce soit vrai…

Paris, lundi 9 mars 1942

Le moment fatidique de boucler ma valise est arrivé. Il est cinq heures. La lune danse encore avec les étoiles. Je n'ai pas dormi. J'ai passé la nuit à veiller sur ton sommeil, ma tendre aimée. Une nuit à mémoriser tes formes, à savourer la moindre ondulation de tes lèvres, à caresser de tout mon être ta peau pour ne pas en oublier la douceur. Comme j'aurais aimé ajouter des années à ces heures passées pour ne jamais avoir à te quitter !

À peine ai-je le temps de mettre le pied par terre que tu m'agrippes le bras.

— Et si tu ne partais pas ?

— Ils ne m'ont pas laissé le choix, tu sais ! Mais ne t'inquiète pas, tu connais ton bonhomme, je vais tellement leur en faire voir qu'ils me paieront pour que je revienne !

Je te souris mais n'y crois qu'à moitié. Le temps d'y aller est arrivé.

La neige a laissé la place aux giboulées de mars, comme si le ciel pleurait, lui aussi, la fin d'une époque. Plus nous nous approchons de la gare, plus l'idée de rebrousser chemin m'obsède. Je n'ai aucune envie de te lâcher la main. Devoir te laisser seule dans cette ville perdue qu'est devenue Paris me rend fou.

Aux abords de la gare règne une pagaille épouvantable. La police française a visiblement renforcé les contrôles sous l'œil des vert-de-gris. Il nous faut près d'une demi-heure pour pénétrer à l'intérieur. Sous la verrière du grand hall, la bousculade se poursuit et se frayer un passage à travers cette marée humaine me fait l'effet d'être à bord d'une barque dans l'œil du cyclone. Sur les visages, l'angoisse a remplacé les belles émotions d'antan, comme seule une gare peut en susciter.

Là, au milieu de cette foule, accrochés l'un à l'autre, nos mains se serrent comme pour taire notre tristesse. Nous restons sans bouger, sans rien dire, sans même avoir le courage de nous regarder, de peur de voir en l'autre sa propre détresse. Là, au milieu de cette foule, plus rien n'existe. Il n'y a que toi, mon Aimée, ta chaleur, ton parfum. Toutes ces petites choses que j'essaie d'ancrer au plus profond de ma mémoire. Là, au milieu de cette foule, contre toute attente l'impensable se produit : je pars. Je leur ai pourtant bien dit pour notre amour. Mais rien n'y a fait, je pars.

Soudain, les haut-parleurs se mettent à hurler : « Attention ! Attention ! Les passagers du train 8114 à destination de Lyon pour la correspondance pour Milan sont priés de se présenter quai numéro 5. » Tu ne peux m'accompagner plus loin. Un deuxième barrage nous sépare d'un inconcevable au revoir.

III

Parme, vendredi 13 mars 1942

J'ai fini par arriver à Parme. Le voyage m'a complètement abruti et ce n'est qu'en descendant du train que je prends conscience que tu n'es plus là. Je n'aurais jamais pu imaginer un tel cauchemar et si je n'avais pas tous ces gens autour de moi, je pleurerais comme un gosse.

Le temps est aussi moche qu'à Paris et la mine des passagers guère plus réjouissante qu'à mon départ. Seule l'architecture aux teintes orangées pourrait faire la différence s'il n'y avait pas tous ces portraits du Duce placardés partout.

Près de quatre ans que je n'ai pas foulé le sol qui m'a vu naître et près de deux ans déjà que je n'ai pas vu Maman ; pourtant, j'ai l'étrange et désagréable sentiment de ne pas être à ma place.

Je m'arrête net, comme pour m'extirper d'un mauvais rêve. Un soldat, qui me suit, manque de me rentrer dedans.

— Oh mais il ne peut pas faire attention, l'empoté, non ! marmonne-t-il en me dépassant.

Je comprends qu'il s'adresse à moi. D'ordinaire, j'aurais trouvé le répondant nécessaire, mais là, j'en suis incapable. Tout ce que je suis est resté avec toi au-delà de la frontière.

Dans sa dernière lettre, Maman m'a laissé sa nouvelle adresse et celle du café où elle travaille. Celui-ci est situé Strada Massimo d'Azeglio, de l'autre côté du fleuve, dans le quartier de l'Oltretorrente que je connais bien pour l'avoir arpenté en long, en large et en travers.

Je me mets en route tel un fantôme et pour la première fois de ma vie, en marchant dans les rues de mon enfance, aucun souvenir ne vient me tenir compagnie. Seul ton visage, mon Aimée, se tient devant mes yeux.

Je me retrouve devant le fameux café. La bâtisse ocre jaune est passablement détériorée ; par la négligence des hommes ou faute d'argent peut-être – les deux, sans doute –, les assauts du temps se sont chargés du reste. J'aperçois alors un panneau « Fermé » accroché à la vitre. Maman m'a prévenu que son patron, à l'humeur changeante, effectuait certaines fermetures intempestives. Je ne saurais dire pourquoi, mais soudain je sens une colère sourde monter du fond de mes entrailles. L'absurdité de tout ça, sans doute. Je serre les mâchoires pour retenir une indicible envie de hurler.

Quand j'arrive au Borgo Fiore où habite ma mère, tout en marchant au milieu de la chaussée, je me mets à hurler « Mamma ! ». Sur ma droite, au dernier étage d'un petit immeuble aux murs jaune ocre, une fenêtre s'ouvre. Je vois ma mère qui me fait de grands signes.

— Ooooooh... *Ma dai !* Linetto, mais qu'est-ce qui te prend de crier comme ça, *Madre de Dio* ! Tu vas me faire mourir ! Viens vite ! Monte !

Je lâche ma valise et lève haut les bras vers elle.

— Mamma, c'est moi, ton fils ! Mamma, je suis là !

Ma mère fait mine de s'arracher les cheveux.

— *Santa Madonna !* Je vois bien que c'est toi, mon fils ! Mais s'il te plaît, je t'en prie, pour l'amour du ciel arrête de hurler comme ça !

Arrivé sur le palier, mon cœur se serre. Elle se tient debout sur le pas de la porte. Je la reconnais à peine, elle est devenue l'ombre d'elle-même.

— *Caro !* arrive-t-elle à articuler.

Elle a les yeux pleins de larmes et les bras grands ouverts. Je m'y précipite. En la serrant contre moi, j'ai presque peur de la casser tant elle a maigri. Nous restons sans bouger dans les bras l'un de l'autre, sans même nous regarder, laissant ainsi parler le silence à notre place. Puis elle se dégage délicatement pour prendre mon visage entre ses mains.

— Mon fils, mon fils, mon fils ! Que c'est bon de te voir !

— Toi aussi Mamma, toi aussi…

Mais comment lui avouer que ma seule envie est de te voir toi, mon Amour ?

Je reste planté sur le seuil quelques instants, puis j'entre. Je divague, je sens ton parfum, ta présence, j'entends ta voix me dire « Bonjour », me demander comment se sont passés ma journée, mon voyage, t'inquiéter de savoir comment va ma mère, ma famille, si je ne suis pas trop fatigué, si j'ai faim… Mais il n'en est rien. Ça me rend fou.

Mes affaires posées au sol, je m'assieds tel l'iceberg se décrochant de son glacier. Maman s'éclipse dans ce qui doit être la cuisine car j'entends un bruit de vaisselle.

— Tu te souviens de Gianni ?

— Lequel ? Celui qui est mort du typhus ?

— Grand Dieu, non ! Le voisin de ton cousin Alberto.

— Celui qui fait du vin ?

Elle réapparaît tenant deux verres et une bouteille de vin.

— Oui. Eh bien Alberto lui a dit que tu allais arriver sous peu, alors il est passé l'autre jour m'en déposer deux bouteilles. Il est très réussi, cette fois !

Je me dois de la croire sur parole étant donné le sourire qu'elle affiche, mais avec la production à laquelle l'ami Gianni nous a habitués, le doute est toujours permis.

À peine la bouteille ouverte, les premiers effluves me donnent raison quant à la piètre qualité du breuvage. Et ce n'est que par pure politesse et sans aucune envie d'ivresse que j'y trempe mes lèvres.

Maman prend alors mes mains entre les siennes et me dévisage avec une intense douceur.

— Linetto *mio*, laisse-moi te regarder. Comme tu as changé depuis tout ce temps ! J'ai laissé un jeune homme et voilà que je me retrouve avec un homme magnifique.

— Toi, je te trouve bien amaigrie. Tu n'es pas malade, au moins ?

— Non, non mais que veux-tu, la vie est loin d'être facile. On manque de tout et puis tout le monde se demande quand et comment tout ça va finir. Mais pourquoi ont-ils recommencé ?

— Je ne sais pas, Mamma… Que veux-tu que je te dise ? Sans doute les hommes n'ont que faire des leçons du passé: Sans doute ont-ils la mémoire courte. Je ne sais pas. Mais parle-moi de toi, de ta vie ici. Comment ça va ?

— Oh moi, tu sais, il n'y a pas grand-chose à dire. À chaque jour son lot de peines, mais je ne suis pas la plus à plaindre. J'ai un toit, un travail et aujourd'hui je suis comblée : mon fils est revenu !

En disant cela, tout son visage s'est illuminé. Même si je m'en veux, je ne peux lui répondre que par un soupçon de sourire.

Ma pauvre mère… Comment lui dire que si j'avais pu, je ne serais jamais revenu, même pour elle ? J'espérais pourtant que la revoir m'aurait un peu soulagé, mais cela ne fait que rendre ma peine plus profonde encore.

Je suis là, assis sur cette chaise, face à l'entrée, espérant que tu vas te retrouver devant moi, d'un seul coup, comme par magie. Seulement voilà, rien ne se passe et le regard fixé sur la porte fermée, je me mets à pleurer. Je ne veux pas que Maman me voie comme ça, alors j'essuie mon chagrin d'un revers de main. Je tente de me rassurer, me persuadant que ce n'est peut-être qu'une simple réaction à la fatigue et je me fais la promesse de ne plus me laisser aller, pour toi et un peu pour moi aussi.

Maman a réussi à confectionner des spaghettis à la tomate et tout en mangeant, elle me raconte la ville, la famille, les amis, mais je n'arrive pas à l'écouter. Je n'arrive pas non plus à avaler la moindre bouchée du repas qu'elle m'a si maternellement préparé, ne pensant qu'à une chose : t'écrire.

— Linetto, que se passe-t-il ? Tu n'as pas touché à tes pâtes. Elles ne sont pas bonnes ?

— Si, Mamma, si ! Mais…

Elle est vexée. Il est vrai que d'ordinaire j'aurais dévoré toute la soupière en moins de deux, mais là… même une simple cuillerée à soupe, j'en suis incapable.

— Je suis désolé, Mamma, mais je n'y arrive pas, dis-je en repoussant mon assiette.

Ma mère a l'air désespérée de me voir ainsi.

— Qu'est-ce que je peux faire, dis-moi ?

— Tu aurais de quoi écrire ?

La demande ne la surprend qu'à moitié.

— Je te donne ça tout de suite.

Ma mère me caresse la main, se lève et va farfouiller dans une commode sur laquelle trône en bonne place la photo de notre mariage. Te voir si belle me vrille le cœur un peu plus. Ma mère troque mon assiette contre quelques feuilles de papier et une enveloppe. Je croise son regard. Je n'ai pas à lui expliquer, elle comprend. Comme elle a dû ressentir mon besoin d'être seul, dans un silence qui se veut respectueux de mon manque de toi, elle disparaît dans sa cuisine.

Mon Amour chéri,

Cela fait à peine quelques heures que je t'ai quittée et pourtant cela me paraît être des siècles. Je voudrais pouvoir t'écrire de belles choses, des paroles inoubliables mais d'une façon que personne ne comprenne, rien que pour toi mon Amour. J'ai le cœur trop plein de ces belles choses que je voudrais te dire sans pouvoir te les exprimer, mais je suis sûr que si tu pouvais les lire dans mes yeux, eux te le diraient. Vois-tu, si j'étais capable d'exprimer tout ce que mon être renferme de toi, si j'étais un artiste par exemple, je n'aurais qu'à fermer les yeux pour voir ton image et dessiner ton visage. Je suis bête, n'est-ce pas ? Mais j'essaie tous les moyens pour te crier mon amour.

Je t'aime Mouke et vraiment je m'aperçois que sans toi, je suis complètement perdu ! Sans toi, la vie et même tout ce qui m'entoure me paraît tellement fade, sans intérêt, inutile.

Si tu savais ce que je ressens… Être désespéré quand on aime tellement, c'est bête, n'est-ce pas ?…

Les mots qui filent sous ma plume ne font que renforcer la douleur de ton absence et plus je te parle plus je me rends malheureux.

Alors que je suis sur le point de te dire au revoir, je sens Maman me déposer un baiser sur le front.
— Surtout n'oublie pas de lui dire que je l'embrasse.

À la poste, ma lettre a passé le seuil du non-retour. Moi je n'ai pas le cœur à rentrer. Je suis tellement dégoûté. Je voudrais partir d'ici, ne plus voir Maman, ne plus voir personne d'ailleurs. Je préfère être seul dans mon coin car comme ça, je peux penser à toi, bavarder avec toi tout haut comme si tu étais à côté car mon seul bonheur à présent est d'essayer de vivre comme si tu étais près de moi parce que sans toi je ne suis plus rien. Plus rien.
Je m'effondre en pleurs.

Parme, lundi 23 mars 1942

Aujourd'hui, je voudrais me persuader que je suis moins malheureux, mais je n'y arrive pas. Mon rendez-vous au bureau militaire est dans quelques heures à peine et je m'efforce de ne pas croire en cette fatalité. Depuis que je suis arrivé en Italie, rien n'a réussi à me faire émerger de cet épais brouillard de tristesse qui s'est créé autour de moi. Dix jours que je tourne en rond à attendre de me rendre à ma convocation. Dix jours ! Et toutes ces heures perdues qui me privent de toi… C'était bien la peine de me faire venir aussi précipitamment !
Je regarde ma montre. Onze heures quatre. Mamma m'a dit que Bruno devait arriver de Bologne par le train de midi. Bruno. Seule la perspective de le revoir me fait sortir du lit.
Avec Bruno, nous n'avons peut-être pas le même sang, mais nous partageons la même âme. Notre petite enfance,

nous l'avons vécue sans jamais nous quitter, ou si peu, car nous étions soudés l'un à l'autre comme peuvent l'être des jumeaux. Puis ma mère et moi avons dû partir pour Paris. Du jour au lendemain, la vie nous a séparés. Nous n'avions pas encore sept ans. Ce fut un déchirement terrible que seuls ceux qui ont été arrachés à leur terre, à leur famille peuvent concevoir. Et cette douleur d'enfance, que je croyais éteinte, a refait surface quand j'ai dû m'arracher de tes bras. L'injustice du sort s'acharne sur moi aujourd'hui encore et je n'arrive pas à comprendre pourquoi.

Le train en provenance de Bologne fait son entrée en gare entouré d'un magnifique nuage de vapeur. Lorsqu'à son dernier souffle, la locomotive lâche son grincement de fatigue, les portes des wagons s'ouvrent et il ne faut que quelques secondes pour que le quai se retrouve envahi par une nuée de voyageurs. Au milieu de cet essaim hébété, j'aperçois enfin Bruno. Je me surprends à sourire. Il ne me sait pas à Parme et d'un coup je décide de m'amuser un peu. Tout en me cachant de lui, je siffle les cinq notes qui ont toujours été notre signal de ralliement. Je le vois redresser la tête, puis la secouer comme s'il avait mal entendu. Alors je recommence. Là, il s'arrête et regarde tout autour de lui. Comme je me suis planqué, il reprend sa route. La troisième est la bonne. Il pose sa valise, sourire aux lèvres, il se met à tourner sur lui-même en répondant par le même sifflement, une octave plus bas.

Comme il ne me voit toujours pas, il s'énerve gaiement.

— *Ma dai*, Linetto ! Je sais que c'est toi ! Alors montre-toi, maintenant !

À pas de loups, je m'approche de lui par-derrière. Avec mon bras droit, je lui enserre le cou et le maintiens coincé contre mon buste.

— Alors, p'tite tête, c'est qui, le meilleur ? lui dis-je en lui frottant gentiment la tête.

— C'est toi, c'est toi ! répète-t-il, faussement vaincu.

Je relâche ma prise. On se regarde. Il n'en revient pas de me voir là, pour de vrai. Moi non plus. On tombe dans les bras l'un de l'autre.

— Mais qu'est-ce que tu fais à Parme ? Ne me dis pas qu'ils t'ont rapatrié ?

— Eh bien si, tu vois, malheureusement !

— Et Odette ?

D'entendre ton nom, tout s'obscurcit soudain. Me voyant me décomposer, Bruno comprend sa maladresse et s'en trouve terriblement gêné.

— Excuse-moi, Lino ! Je ne sais pas ce qui m'a pris. C'est complètement idiot. Allez, viens ! Restons pas là. Je t'emmène à la maison, c'est Maman qui va être contente de te voir.

En grimpant l'escalier de l'immeuble du 14 Borgo Paggeria, je prends mon enfance de plein fouet. La mère de Bruno, Clelia, est pour moi comme une deuxième maman. Non seulement elle fut ma nourrice durant mes toutes premières années de vie mais elle me recueillit aussi à l'âge de neuf ans, lors de la Grande Dépression. Cette vague de misère, qui n'épargna pas la France, ne fit que renforcer la haine de l'immigré et nous étions devenus des cibles idéales. C'est la mort dans l'âme que ma mère, apeurée, prit la décision de me renvoyer à Parme, chez Clelia. De me savoir « chez moi » parmi les miens, ça la rassurait. C'est ainsi que près de trois années durant, Clelia s'occupa de moi comme de son propre fils.

Arrivé au troisième, Bruno me fait signe de ne pas faire de bruit et toque à peine avant d'entrer chez sa mère.

— Bonjour Mamma, c'est moi, Bruno ! Tu ne devineras jamais qui est avec moi ! dit-il enjoué.

Tout en accrochant son manteau à la patère dans l'entrée, il me fait signe de le suivre vers la cuisine d'où s'échappe une odeur d'ail chaud. Clelia, comme à son habitude, est à ses fourneaux. Quand elle me voit, son visage s'éclaire d'un magnifique sourire.

— Linetto ! Mais ce n'est pas possible ! Ta mère m'avait dit que tu allais venir, mais je ne la croyais pas. Et te voilà ! Viens que je t'embrasse.

Elle s'essuie à la hâte les mains à son tablier et me serre dans ses bras.

— Je suis si heureuse de te revoir, *Caro* !

— Moi aussi, Clelia, moi aussi...

L'abattement derrière mon sourire ne lui échappe pas.

— Hmmm, tu vas me faire le plaisir de rester déjeuner avec nous, Linetto !

— J'aimerais bien, mais je ne suis pas sûr d'avoir le temps, je dois me rendre au bureau militaire pour quatorze heures.

— Eh bien nous le prendrons ce temps et tu seras à l'heure. Alors je t'en prie, ôte donc ce pardessus et assieds-toi. Et pas d'histoires, veux-tu !

Durant le repas, nous parlons de tout, de rien, de toi beaucoup, et puis on en vient immanquablement à cet abruti de Mussolini. Nous nous enflammons à tour de rôle, d'autant que notre aversion pour ce pantin ne date pas d'hier. Clelia, qui le déteste depuis toujours, le fustige avec un plaisir non dissimulé.

— Il doit avoir un problème au cerveau, cet homme-là, je ne vois pas d'autres explications et c'est dans un asile qu'il devrait être ! Pour moi, ils sont tous bons à enfermer ! Que ce soit Hitler, Franco ou Staline... Tous les mêmes :

à enfermer ! Ils sont terrifiants, tous autant qu'ils sont ! La Grande Guerre ne leur a donc rien appris ! Comment ont-ils déjà pu oublier toutes ces atrocités ? Tous ces morts !... Caporetto [1]...

La voix de Clelia s'est faite tremblante. Son père ainsi que ses deux frères ont laissé la vie lors de cette défaite sanglante le 3 novembre 1917.

Même le délicieux ragoût que Clelia a cuisiné ne parvient pas à nous sortir de l'accablement dans lequel notre conversation nous a plongés. Et c'est lourd de ce poids qu'après le repas je me rends au bureau militaire.

Prostré sur le trottoir devant le sinistre bâtiment, je reste à regarder les allées et venues des hommes en uniforme. Je ne veux pas y aller, mais les paroles de menaces de l'officier consulaire résonnent en boucle dans ma tête : « Si jamais vous envisagiez de ne pas vous présenter comme prévu... vous seriez considéré comme déserteur et... ce sera le peloton. » Je n'ai pas le choix. Il faut que j'y aille. Je vais leur expliquer et tout rentrera dans l'ordre.

En franchissant le seuil, je prie de toutes mes forces que cela n'aille pas plus loin. Mais les diatribes du sous-officier chargé du recrutement qui me reçoit me font vite comprendre le contraire : « La mère patrie mon fils » et « à la gloire de l'Empire romain ». Il essaie de se convaincre de quelque chose à coups d'inepties qu'il répète tel un perroquet. Plus j'écoute son discours fanatisé et plus je comprends que lui demander quoi que ce soit sera peine

1. La bataille de Caporetto, douzième bataille de l'Isonzo, est une bataille qui eut lieu du 24 octobre au 9 novembre 1917 au nord de l'Italie. Il y eut plus de 30 000 morts du côté italien et 20 000 du côté germano-austro-hongrois.

perdue. Mais je résiste. Je lui raconte tout : toi, Paris, nous, notre vie. Lui continue son discours. Je lui montre ta photo à laquelle il ne prend même pas la peine de jeter un coup d'œil. Il me regarde simplement d'un air narquois et me dicte sur un ton métallique les instructions à suivre pour me rendre à Gorizia d'Isonzo. J'ai vingt-quatre heures.

De retour chez ma mère, je suis soulagé de ne pas la trouver. Je fais mon paquetage à la hâte et lui laisse un mot en guise d'au revoir. J'ai une boule au ventre. Serais-je devenu lâche ? Non, mais je n'ai peut-être pas le courage de l'affronter et lui parler serait trop éprouvant. Je préfère souffrir de son silence que de la voir pleurer pour mon absence. De la lâcheté déguisée en courage, voilà ce que c'est.

Je décide de me rendre chez Bruno. Chez qui d'autre pourrais-je aller crier ma douleur ?

En ouvrant la porte, au regard dépité que je lui lance, Bruno devine que je n'ai pas obtenu ce que j'espérais.

— Non mais regarde où ils m'envoient, ces abrutis ! lui dis-je en lui plaquant ma feuille de route sur la poitrine.

Bruno parcourt les lignes à toute vitesse, manque de s'étouffer quand il lit le nom de « Gorizia ».

— C'est à la frontière slovène, ça…

— Et mon départ est prévu pour demain matin six heures cinquante !

Je ne sais plus quoi dire, je n'ai plus de mots… Bruno non plus. Mouky avait raison : je n'aurais jamais dû quitter Paris.

IV

Gorizia, mardi 24 mars 1942

Le son strident d'un sifflet à vapeur me transperce. Je verrouille mes paupières déjà closes. Je te vois, je m'abreuve de toi. Je ne veux surtout pas interrompre le fleuve de mes pensées. Et pourtant je finis par ouvrir les yeux. Un long et épais nuage de fumée gorgé de charbon recouvre les tristes mines allant et venant dans ce terminus. Je ne me soucie même pas d'être arrivé à destination.

Sur cette banquette en bois de troisième classe, je pourrais servir d'équerre tant je suis immobile, comme inanimé. L'inconfort m'est égal. Happé par mes pensées dans cette inébranlable gravité, je retarde le moment où je vais devoir rejoindre les sentiers d'une gloire qui m'est absurde.

Puis, comme un pavé jeté dans la mare, le *controllore* me ramène à la réalité à petits coups de soulier ciré dans le mollet. Derrière sa barbe grise, se dessine un sourire sincère, presque amical.

— Il faut y aller, jeune homme !

— Où sommes-nous ?

— Gorizia.

Je sais trop bien où je me trouve, mais, tout comme à mon arrivée à Parme, j'espère encore entendre : « Paris, terminus, tout le monde descend ! » Résigné, je me lève, attrape ma valise et sors à reculons de ce foutu wagon. En haut du marchepied, je m'arrête et regarde d'un œil vide cette gare désertée à la hâte par les passagers. Tout y est sombre et obscur, comme si la guerre avait modelé cette terre à son image. Après des secondes d'éternité, je me décide enfin à descendre sur ce quai qui me déroule son tapis de solitude.

La caserne est située Via Trieste, à deux pas de la gare. En arrivant au mur d'enceinte, je me mets à le longer avec la désagréable sensation qu'à chaque pas tout mon corps se fait plus lourd, que tout mon être se recroqueville.

Devant l'entrée principale, une imposante grille contraste avec la guérite dans laquelle un planton est vautré sur une chaise, visiblement bien plus à sa sieste qu'à une quelconque surveillance. Je m'approche de lui et toussote poliment. Il prend peur et adopte sur-le-champ une position digne de son poste. En une fraction de seconde, son regard effrayé passe à un regard supérieur et mauvais.

— C'est pour quoi ? me lance-t-il.

— Convocation, dis-je en lui tendant mes papiers.

Il se met alors à la disséquer en la ponctuant de petits coups d'œil méfiants à mon égard. Décidément, je ne peux m'empêcher de penser que, d'un côté de la frontière comme de l'autre, la bêtise s'est passé le mot. Dans un râle, suivi d'un vague geste de la main, il finit par m'indiquer le bureau où je dois me présenter.

Mon point de chute : un baraquement plutôt vétuste. Je ne rentre pas tout de suite. Je lève les yeux au ciel pour contempler le bleu qui me surplombe. Étrangement, pas un nuage ne vient troubler le vacarme de cette journée.

Seule la danse provocatrice d'une hirondelle qui passe et repasse au-dessus de la caserne. Le soleil est à son zénith et je n'ai toujours rien mangé ; d'ailleurs je n'ai pas faim, une boule au ventre m'empêche d'avaler quoi que ce soit. Moi qui ai toujours eu ce que l'on peut appeler un appétit féroce, voilà que pour l'heure la faim ne me fait même pas souffrir.

À peine ai-je frappé à la porte qu'une voix rauque, sûrement usée par des années de vices, émane d'au-delà de la pénombre :

— Entrez !

Au moment même où j'ouvre, des faisceaux lumineux s'engouffrent avec moi, donnant au lieu une atmosphère de film noir. À part un écriteau où est écrit « Capitaine Silvio Maggio », j'ai peine à distinguer l'officier derrière son bureau. Un nuage de fumée flotte tout autour de lui. Sa cigarette, posée sur un cendrier, laisse échapper une épaisse volute qui s'évanouit une fois son regard atteint. Il me dévisage et d'un geste brusque amène à sa bouche la tasse émaillée qu'il tient dans la main. D'une traite, il s'envoie le reste de son café auquel je trouve une curieuse odeur d'alcool blanc.

— Bien. À nous !

Il me tend la main, que je serre. Il me regarde d'un drôle d'œil, surpris par ce geste auquel il ne s'attend visiblement pas. Il esquisse un sourire et je comprends instantanément que ce n'était pas chose à faire.

— Votre convocation, je vous prie.

— Monsieur, pour tout vous dire, je ne sais pas ce que je fais ici. À Paris, où je viens de me marier, on m'a expliqué que je n'aurais qu'à me faire réformer au bureau de Parme pour retrouver mon épouse. Mais voilà qu'à Parme on m'a expliqué que c'était ici que je devais me rendre pour me faire réformer. C'est à n'y rien comprendre.

— Écoutez, je ne sais pas ce qu'on vous a dit avant, mais ici on ne s'occupe ni des affaires de Parme ni celles de Paris et encore moins des histoires conjugales ! Ici, nous sommes à Gorizia, ville de garnison, et vous êtes là pour faire votre service obligatoire. Un point, c'est tout.

— Mais monsieur…

— Il n'y a pas de *mais* qui tienne. Et ce n'est pas « monsieur » ni « capitaine », mais « mon capitaine ». Voici votre livret individuel que vous présenterez chaque fois que l'on vous le demandera et ce jusqu'à votre libération. Maintenant, vous allez vous rendre à l'infirmerie pour votre visite médicale. Ensuite, vous irez récupérer votre uniforme ainsi que l'ensemble de votre équipement…

Là, d'un geste de la main, il désigne ma tête.

— … Et puis vous allez me faire raccourcir tout ça et au trot. Il n'y a pas de place pour les cheveux longs dans cette caserne. En ce qui concerne votre affectation, repassez me voir une fois que vous aurez terminé. Des questions ?

— Mon capitaine, j'aimerais savoir quand est-ce que je pourrai rentrer chez moi.

Celui-ci lève les yeux au ciel.

— Décidément, vous, les appelés, vous n'avez que cette question à la bouche. Qu'est-ce que vous voulez que je vous dise ? Vous rentrerez chez vous quand on vous en donnera l'autorisation. Point.

— Mais ma femme alors… Quand pourrai-je la revoir ?

— Ça, le bleu, ce n'est pas pour tout de suite. Mais si ça peut vous rassurer, les permissions sont accordées à ceux qui le méritent. Alors un bon conseil : faites profil bas, soyez assidu à l'instruction, exécutez les ordres sans broncher et vous reverrez sans aucun doute votre femme ou qui bon vous semble, d'ailleurs ! Maintenant, circulez !

Moi qui croyais être vacciné contre les désillusions et la violence, voilà que je me retrouve devant cet homme comme le petit garçon que je fus : spectateur impuissant de mon destin. Un curieux mélange de rage et d'abattement m'envahit, mais je reste planté là, les poings serrés, incapable de dire ou de faire quoi que ce soit.

— Un problème, le bleu ?

J'aimerais bien lui rétorquer que c'est lui, le problème, lui et tout ce qu'il représente, cette garnison, cette guerre, la bêtise des hommes, l'absurdité de cette situation. Mais la vie m'ayant appris qu'il est inutile de se battre contre des moulins à vent, je me contente de lui demander où se trouve l'infirmerie. Tout en se rallumant une cigarette, il me marmonne comment m'y rendre.

Dans la cour principale, il ne règne pas une activité des plus palpitantes. Je croise quelques hommes qui n'ont franchement pas l'air très habités par la fibre militaire. Certains sont avachis sur des chaises crachant leur fumée de cigarette à la tête du soleil, d'autres s'amusent vaguement à s'échanger des passes avec un ballon, d'autres encore discutent, le bras reposant mollement sur leur manche à balai. Cette satanée guerre les a réunis sans qu'aucun n'ait l'air de comprendre pourquoi ; en revanche, il semble très clair qu'aucun d'entre eux n'a envie de la faire.

J'arrive devant une porte sur laquelle une croix rouge sang délavée est à l'honneur. Je vais pour frapper, mais à peine mon poing frôle le bois que la porte s'ouvre. Un homme manque de me rentrer dedans. Il ressemble comme deux gouttes à l'homme qui m'a bousculé à ma descente de train à Parme. Il me dévisage.

— J'te reconnais, toi ! Décidément, t'as le don de te mettre dans mes pattes ! Qu'est-ce donc que tu fais là ?

— Je peux vous retourner la question !

L'homme, tout en m'affichant un sourire moqueur, s'adresse par-dessus son épaule à une personne que je ne peux voir.

— Tenez-vous bien, docteur : voilà qu'les bleus posent des questions, maintenant !

Il se penche vers moi et enchaîne sur un ton acide.

— Ici, c'est moi qui suis chargé de l'instruction des petits nouveaux comme toi et je peux t'assurer que la tienne ne commence pas du bon pied !

Je lui dirais bien le fond de ma pensée, à lui aussi, mais je reste de marbre encore une fois. Plus je ferai profil bas, plus vite je sortirai d'ici et plus vite je serai dans tes bras. Alors je me contente de regarder ce petit chef s'éloigner avec l'arrogance d'un paon.

J'entre dans l'infirmerie. L'endroit est plutôt précaire. À l'entrée, une armoire à pharmacie, dont le contenu laisse supposer un certain manque d'approvisionnement, est posée contre un mur. Une lampe suspendue en piteux état domine la pièce de sa lumière crue. La table d'examen fait face à un bureau en métal où s'amoncelle une montagne de dossiers. Je m'en approche pour y déposer mon livret.

Le médecin me regarde par-dessus ses lunettes, attrape mon livret et me prie de prendre place. Un peu absent, je cherche de quoi m'asseoir. Il interrompt mon égarement.

— Bon, le bleu, vous n'êtes jamais allé chez le médecin ? Vous vous déshabillez et vous montez sur le pèse-personne.

Je m'exécute. C'est alors que le médecin consent à se lever pour effectuer la pesée. Je ne peux m'empêcher d'esquisser un sourire.

— Qu'est-ce qu'il y a le bleu, je te fais rire ?

— Du tout docteur, c'est juste que monter sur une balance, ça m'évoque la pesée, la veille des combats. Je suis lutteur, vous savez !

— Lutteur ? Vous m'en direz tant ! Gréco-romaine ?

— Oui, monsieur. Je lutte à 74 !

— Alors il vous faudra un peu de temps pour récupérer votre poids de forme. Vous faites un petit 67 et je ne voudrais pas être pessimiste, mais ce n'est pas avec le régime d'ici que vous allez retrouver votre catégorie. Mais bon, vous me direz qu'on n'est pas là pour faire de la lutte !

Gêné, je ne sais que répondre. Est-ce une plaisanterie de mauvais goût ou simplement une maladresse ? Le toubib enchaîne :

— Des problèmes particuliers à signaler ?

— Mon œil droit. Je n'y vois rien et parfois, pour je ne sais quelle raison, il me fait terriblement souffrir…

— Hum… Mais vous y voyez du gauche ?

— Encore heureux !

— Alors il servira pour deux ! s'esclaffe-t-il.

C'est décidément des comiques, dans cette garnison.

Il se dirige ensuite vers son armoire à pharmacie. Sur une des étagères en verre, il attrape un flacon ainsi que tout un nécessaire à piqûre.

— C'est pour quoi, ça, docteur ?

— Typhus. Une vraie saloperie. Peut-être même pire que la guerre elle-même !

Le regard que je lui lance doit en dire long sur son affligeante réflexion, car il s'arrête net.

Après m'avoir injecté son sérum, il me dit quelque chose que je n'entends pas. Je suis ailleurs, le regard perdu dans l'horizon du mur, immobile.

— Oh ! Dites-moi, le bleu, ce n'est pas le moment de rêvasser ! Je ne vais pas vous le répéter cent fois ! J'en ai fini avec vous, rhabillez-vous !

Je m'exécute sans la moindre hâte et me plante devant lui, attendant qu'il me rende mon livret. Il termine d'y mettre sa prose et y appose un coup de tampon « Apte pour le service ».

— Vous présenterez ça à votre officier instructeur. Avec ce que je viens de vous injecter, vous risquez fort d'être dans le coaltar ces deux prochains jours, mais visiblement vous l'êtes déjà. Vous pouvez disposer ! Et n'oubliez pas de passer récupérer votre matériel.

C'est un peu groggy que je me présente à l'intendance pour récupérer mon barda. Là, on me dit qu'il faut que j'aille d'abord chez le coiffeur, à l'autre bout de la caserne. Je traverse la cour en traînant des pieds, l'air hagard. En pénétrant dans ce qu'ils appellent par courtoisie « coiffeur », je devine sans mal que la coupe sera à la hauteur de ma désespérance.

Je ne sors pas déçu. Le plus gros de mon élégance venant de passer à la trappe, il me faut encore subir l'habillage et de ce que j'ai pu en voir, il est des plus gratinés. Rendu où j'en suis, je n'attends plus qu'avec impatience les effets définitifs du vaccin pour parfaire le tableau.

Ainsi tête rasée, tunique gris-vert en laine épaisse sur le dos et front suant, je me pointe devant mon capitaine. Lui a l'air satisfait. Moi, je n'ai plus l'air de rien.

— Voilà qui ressemble à un soldat ! Je vous félicite ! Je vois que vous êtes bon pour le service. Bien. Vous êtes affecté au 24ᵉ régiment d'infanterie. Votre instruction se passera sous les ordres du lieutenant Toledano et se déroulera de la façon suivante : réveil cinq heures trente, café, toilette, rassemblement à six heures trente et instruction jusqu'à dix heures trente. Ensuite repas. À midi, vous repartez pour l'instruction jusqu'à seize heures trente. Puis souper. Après quartier libre. Les sorties sont autorisées en ville jusqu'à vingt heures. Vingt heures trente, couvre-feu. Dimanche, quartier libre, à moins que vous soyez de garde. Des questions ?

— Pour le courrier, comment ça se passe, mon capitaine ?

— L'intendance vous fournira de quoi écrire si vous avez de quoi payer et ici, notre vaguemestre fait deux distributions par jour. Autre chose ?

— Je n'ai rien mangé depuis hier, mon capitaine.

L'officier regarde sa montre et affiche une moue qui se veut ennuyée.

— Pour aujourd'hui, c'est terminé. Mais vous pouvez toujours aller en ville. Vous avez juste le temps.

N'ayant plus un sou en poche, le problème du souper est chose réglée et, en me dirigeant vers ma chambrée, j'ai l'étrange sentiment d'être un automate, à qui on demande de ne plus penser, seulement d'obéir. Or, avec moi, ils sont mal tombés. Depuis ce quai de gare où je t'ai laissée, il n'y a pas une seconde sans que toutes mes pensées me transportent immanquablement vers toi. Je te vois là-bas à Paris en train de te coiffer devant la glace parce qu'il est l'heure de partir. Puis je t'imagine sur le quai du métro ou encore au magasin avec une cliente… Toute ta petite vie se déroule ainsi devant mes yeux, minute par minute. Sans moi.

V

Caserne de Gorizia, jeudi 26 mars 1942

Voilà trois jours que je suis soldat et je n'ai encore pas quitté ma chambrée. Hier, je devais faire une marche de vingt-huit kilomètres, mais ils m'ont mis au repos à cause de ce fichu vaccin qui m'a rendu malade comme un chien. Seulement aujourd'hui le repos, c'est fini, mon instruction commence pour de bon. Malgré tout, tandis que les autres s'agitent autour de moi, je reste prostré sur mon lit, les yeux grands ouverts à fixer le plafond. Je ne peux pas t'effacer, ne serait-ce qu'une seule seconde, de ma pensée et je doute avoir un jour le courage de vivre loin de toi.

La chambrée s'est vidée peu à peu et maintenant que je suis seul, voilà que je pleure. J'ai honte de me laisser aller comme ça, comme un gosse. Je me demande si vraiment je suis un homme… Pris par l'envie de fuir cet endroit qui empeste le cafard et la tristesse, je m'habille, enfile mes croquenots, mon manteau, et rejoins le réfectoire.

En ce début de printemps, à cette heure-là, le soleil n'est pas encore levé et le froid de l'hiver perdure. Dans la cour, je croise quelques groupes d'hommes disséminés sous les lumières jaunâtres de la caserne. Ils sont collés les uns aux autres d'une telle manière qu'ils me font penser à des naufragés au milieu de l'océan. Le réfectoire dans lequel je pénètre est tout aussi empreint de cette glaciale solitude, même si un sourd brouhaha s'élève des tables alignées dans une géométrie parfaite. Une file d'attente s'étire dans l'allée centrale jusqu'au comptoir de service. Je prends place dans cette lugubre procession tout en regardant autour de moi avec l'espoir fou d'y croiser un regard amical. Peine perdue. J'ai vite fait de ressortir café en main et cigarette aux lèvres. Dehors, j'avise un rebord de fenêtre qui m'apparaît des plus propices pour penser à toi. Seul parmi tout ce monde, je suis sûr maintenant que je ne vis que pour toi, qu'à part toi, rien n'existe et que mon seul but à présent est de te revoir, te serrer dans mes bras, prendre ta tête entre mes mains et te regarder dans les yeux. Ces yeux que j'aime tant et qui, pour moi, sont le plus beau des livres parce que je peux y lire tellement de choses.

Soudain, un clairon m'arrache à ces douces pensées.

— Rassemblement ! Matériel opérationnel, et que ça saute ! hurle le lieutenant instructeur que j'ai malencontreusement croisé par deux fois déjà.

Une certaine agitation s'empare alors des hommes, chacun partant récupérer ses affaires à la hâte. Je suis le dernier à regagner les rangs qui se sont vaguement formés. Après une série d'ordres agrémentés de menaces allant crescendo, le gradé finit par obtenir la formation en rangs serrés qu'il souhaitait. Il se met alors à faire les cent pas tout en nous déblatérant, dans un jargon militaire, un discours bien rodé sur ce qui nous attendra désormais dans notre quotidien de soldat. Tout y passe : le respect des ordres, la tenue, le comportement, la rigueur dans l'exécution des tâches, l'esprit de corps et que sais-je encore.

Malgré son impressionnante voix de baryton, cela fait belle lurette que je ne l'écoute plus quand il arrive à mon niveau.

— Dans le rang, le bleu ! Et plus vite que ça ! Vous n'êtes pas là pour rêvasser ! Je n'admettrai aucun retard et je vous préviens : au prochain tire-au-flanc, c'est toute la section qui sera sanctionnée ! L'esprit de corps, soldats ! L'esprit de corps, ne l'oubliez jamais ! *Credere, ubidire, combaterre*[1] *!*

Le Baryton nous énumère les réjouissances du jour, à commencer par une marche de vingt bornes le long de l'Isonzo jusqu'aux portes des Alpes juliennes. Dans les premiers kilomètres, certains gars trouvent à plaisanter, mais la montagne leur fait vite comprendre qu'il vaut mieux économiser sa salive. C'est ainsi qu'après trois heures de sentiers escarpés, tous sans exception avancent dans un silence d'église. Ce détail n'échappe pas à notre formidable petit lieutenant qui ne peut s'empêcher de nous railler haut et fort d'un « Alors les comiques ? On fait moins les malins ! ». Il se croit drôle sûrement. Moi, je me demande combien de temps je vais pouvoir supporter ce type et son air supérieur qui a le don de me mettre les nerfs en pelote. Et s'il croit me faire perdre mes guiboles, avec sa balade en montagne, il se trompe. J'en ai vu d'autres !

De retour à la caserne, à peine le portail franchi, la cloche de la soupe retentit. Ceci a pour effet immédiat de faire accélérer le pas de tous les ventres creux.

Gavette[2] remplie, je me mets à l'écart. Attablé devant ce bouillon chaud, je fais marcher mon imagination. Je nous vois chez nous, dégustant chaque cuillerée de cette pitance insipide comme si elle était un mets rare. Même

---

1. Croire, obéir, combattre !
2. Italianisme de Lino. Signifie « Gamelle », de l'italien « Gavetta ».

avec le soin tout particulier que je mets à cette dégustation, tout est avalé en moins de cinq minutes. Je n'aurais pas dit non à une deuxième ration, malheureusement il n'y a pas le moindre rab. Je ne peux que contempler le fond de ma gavette désespérément vide. Alors que je l'examine sous toutes les coutures, une idée lumineuse me traverse l'esprit. Je prends mon canif, et tout comme le font les amoureux quand ils écrivent leurs noms sur les arbres, je grave un grand « Mouky » sur ses quatre côtés. Dorénavant, un peu de toi sera avec moi pour partager mes repas. C'est peut-être bête, mais mon amour est tel que rien ne me fait penser au ridicule.

À peine ai-je fini de t'immortaliser sur cet objet en fer que je sens par-dessus mon épaule un regard inquisiteur.

— C'est qui « Mouky » ?

— C'est ma femme !

Je me surprends moi-même à répondre aussi promptement à ce parfait inconnu, mais j'ai un tel besoin de parler de toi… En moins de temps qu'il n'en faut pour le demander, je lui montre ta photographie.

— Tiens, regarde, c'est elle !

— Ben mon vieux… Tu t'ennuies pas ! Et tu l'as laissée où, ta femme ?

Ma gorge se noue.

— À Paris…

— Sans blague ? T'es un Italien de France, alors ! Et t'as laissé une belle femme comme ça toute seule à Paris ?! Ben mon vieux, t'as pas peur !

Si, j'ai peur, mais je n'ai aucunement l'intention de perdre mon temps à expliquer à cet abruti que je me passerais bien de cette sorte d'encouragements.

Le lieutenant fait alors une entrée fracassante dans le réfectoire.

— Les bleus, je vous veux tous sans exception en salle d'instruction dans moins de dix minutes. Et au trot !

D'emblée, je sens que ça va me plaire.

Et je ne suis pas déçu. Trois heures maintenant que nous supportons le discours didactique du Baryton sur les différents types de manœuvres d'infanterie, la topographie de la région, le maniement des armes et autres sujets tout aussi réjouissants.

Comme tout cela est loin de moi. Je ne veux pas être soldat ! Et encore moins apprendre à tuer ! Comment leur faire comprendre que je n'ai rien à faire ici ?

La cloche de la soupe résonne enfin comme par miracle, nous tirant ainsi des griffes de cet ennui. Il est tout juste seize heures trente. Tels des écoliers, nous rangeons nos pupitres et, sans réel entrain, nous nous dirigeons vers le réfectoire. Je n'ai aucune envie de parler à qui que ce soit. Je prends ma ration de soupe aux fayots et m'installe dans mon coin.

Maintenant que je partage mon repas avec toi, je me mets à te parler à voix haute, comme chez Maman. Je sais bien que si quelqu'un m'entend, il me prendra pour un fou, mais je m'en fiche éperdument.

— Au contraire ! Je m'aperçois que c'est splendide de t'aimer de la façon dont je t'aime !

Quatre gars, qui fument leur cigarette non loin de là entendent mon envolée lyrique et, comme je l'ai supposé, me regardent d'un œil plutôt bizarre. Moi, ça me fait sourire.

— Je crois que nous nous sommes fait griller ! dis-je tout bas.

Il est temps de regagner ma chambrée. Là, j'entends l'appel du vaguemestre. Mon sang ne fait qu'un tour. Nous nous précipitons tous dans la cour pour nous agglutiner autour de lui telles des abeilles autour de leur reine. Je suis dans un état de fébrilité dépassant tout entendement car j'attends ton courrier tel le malade sa potion calmante.

— Ventura, soldat Ventura, vous auriez du courrier venant de Paris ?

— Du calme, Ventura, tu n'es pas le seul ! Attends ton tour comme tout le monde.

Puis mon nom arrive enfin ! Je me sens transporté de joie quand, au premier regard, je reconnais ton écriture sur l'enveloppe bleue qu'il me tend.

Sourire au cœur, je regagne ma chambrée. Une fois sur mon lit, je mets plusieurs minutes avant de l'ouvrir, comme on pourrait le faire avec un cadeau, puis je plonge dans tes mots. Je lis ta lettre quatre, cinq fois pour extraire tout le bonheur qu'elle contient. Durant un moment, tout le noir autour de moi se dissipe, avant que mon infatigable tristesse reprenne le dessus. Pour me sortir de cet accablement, j'attrape ma valise dans laquelle j'ai rangé les quelques objets que j'ai emportés de notre maison. Chacun, à sa manière, est un peu de toi pour moi. Certains mêmes sont encore imprégnés de ton parfum. Peut-être est-ce une illusion, mais cela me suffit. Et pour prolonger cette fragile émanation de ton être, je prends la plume et te réponds.

Ma femme chérie,

J'ai reçu hier une lettre de toi ! Et aujourd'hui une deuxième, pour moi mon Amour tu ne peux pas savoir ce que cela signifie. À chaque fois c'est la fête ! Je suis content, oui content, pour un moment j'ai tout oublié. Toutes les minutes je les regarde, je les lis et relis, peu m'importe le sens de tes lettres, j'ai vu ton écriture, je sais que tu as touché le papier, l'enveloppe, et ces petits bouts de papier sont pour moi plus qu'un trésor.

Mon Amour, heureusement que j'ai reçu ces mots de toi. Tu vois maintenant le soir je me sentirai moins seul. J'avais tellement besoin d'un peu de réconfort ! C'est bon de se savoir aimé par celle qu'on aime plus que tout au monde ! Je suis complètement transformé, pas pour longtemps, hélas je le sais, mais je sais que bientôt je pourrai de nouveau te relire et ça sera pour moi une joie, car mon Amour tu dois savoir que je vis éternellement dans l'attente d'un peu de toi. Tu vois mon Amour, je suis sûr que mes prières seront exaucées car je prie avec ferveur ! Mais je te jure que si jamais il en était autrement, je renierais tout ! Car alors je ne croirais plus à rien, mais pour l'instant la seule chose qui me soutient est l'espoir et je veux être sûr que bientôt je pourrai te serrer dans mes bras.

Maintenant je sais que mon Amour est en train de dormir, peut-être rêve-t-elle à son Lino ? Moi aussi je vais aller me reposer mais longtemps encore je vais penser à toi avant de fermer les yeux. Mon Amour, je te quitte, j'y suis obligé et je voudrais frôler tes lèvres d'un baiser et m'en aller sur la pointe des pieds pour ne pas te réveiller.

Ton Lino qui t'adore.

Bonjour à tout le monde !...

Le couvre-feu est arrivé et les lumières se sont tues, mais je reste encore tout habillé sur mon lit. Je ne veux pas te quitter. Pas tout de suite. Je sors une de tes lettres, je frotte une allumette et relis tes mots encore et encore. Comme il est doux à mon cœur de voir que certaines de tes phrases, certaines de tes pensées sont identiques aux miennes. Et rien que de savoir que ma femme m'aime autant que je l'aime, que toutes ses pensées comme son amour sont pour moi, cela m'aide à supporter cette triste solitude.

La brûlure au bout des doigts me ramène à la réalité. Et s'il devait en être autrement ? Je n'ose imaginer ce qu'il adviendrait de moi.

Gorizia, samedi 18 avril 1942

Le clairon sonne la fin d'une nouvelle nuit blanche. Les jours passent et commencent à devenir semaines. Je ne suis pas très beau à voir. Malgré la fatigue qu'engendrent l'instruction et les interminables marches en montagne, je n'arrive toujours pas à trouver le sommeil… La solitude me pèse et le manque de toi me tue à petit feu. Aujourd'hui, après toutes ces journées de marche et de discours militaires, la séance de tir, chose que je redoute, est au programme. Je la redoute, non pas à cause de mon heureuse ignorance dans ce domaine ni même de ma sainte horreur des armes, mais à cause de mon œil infirme, car je sais que je risque fort de blesser quelqu'un. Je leur ai pourtant bien dit que je n'y voyais rien, mais pour eux ce qui compte, ce n'est pas la vue mais la gâchette. Autrement dit, au diable celui qui ne sait pas viser, tant qu'il peut tirer.

Chacun notre tour, nous passons par l'armurerie où on nous distribue un fusil. Je m'étais cependant juré de ne jamais toucher à une arme et voilà qu'il m'en met une de force dans les mains. Ce n'est pas tant l'objet en lui-même qui me repousse, mais la finalité de son usage. Tant d'ingéniosité mise au service de la mort me révulse.

— Tiens, soldat ! Un Carcano M91. Une capacité de six cartouches. Une cadence de tir de quinze coups par minute. Avec ça, tu peux atteindre un lapin à huit cents mètres. Un vrai bijou, fais-y attention, il n'est pas fragile, mais il est capricieux !

Bon sang ! En quelle langue faut-il leur dire que je ne veux tuer personne ?

L'aire de tir se trouve à l'autre bout de la caserne. C'est une sorte d'immense terrain vague clos de mur. Le lieu est sinistre, mortel. Le mur du fond est recouvert d'éclats de balle. Devant celui-ci, une butte a été aménagée avec des poteaux auxquels sont accrochés des épouvantails à moitié désarticulés. Ils sont vêtus d'oripeaux déchiquetés par les tirs à répétition. Je n'en crois pas mes yeux. On dirait une scène d'exécution. Comment peut-on banaliser la mort à ce point ?

L'instructeur, qui n'est pas là pour rigoler, nous fait comprendre qu'il nous fera regretter la moindre idiotie de notre part jusqu'à la fin de notre service. Sur cette mise en garde, il nous aligne par six. Je réussis à me placer dans le cinquième rang, le dernier. Il commande alors à la première rangée d'avancer en position à une cinquantaine de mètres des cibles. Puis l'ordre de tirer est donné. Ils s'exécutent. Des éclats de mur volent tous azimuts dans un bruit assourdissant de balles qui claquent et de barillets qu'on recharge. Puis le silence.

Ceux qui ont réussi à atteindre leur cible, et donc à tuer pour de faux, sont félicités, mais peu d'épouvantails sont touchés. Cet exercice d'apprentissage mortel en fait rire plus d'un et je suis effaré de voir comment leur ignorance semble les avoir convaincus que tuer est un jeu.

C'est à notre tour. Nous nous alignons en un rang impeccable, genou à terre et crosse sur l'épaule droite. L'ordre de tirer est donné. Alors que les autres ont déjà fait mouche, je m'empêtre à essayer d'obtenir la position qui me permettrait de garder un œil sur mon environnement, tout en tentant de viser le mur. Pas simple.

— Soldat ! Qu'est-ce que vous foutez ?! Pouvez-vous me répéter ce qui vous a été dit durant ces derniers jours d'instruction concernant l'œil de visée ? Ou vous préférez infliger à cette section votre incompétence ?

— Lieutenant, je ne peux pas faire autrement.

— Ah bon ! Comment ça ? Dieu vous a bien donné deux yeux, alors j'aimerais bien savoir pour quelle raison vous trouvez le moyen d'utiliser le mauvais !

— Je suis borgne.

— Comment ?

— Je ne vois pas de l'œil droit…

— Je sais ce que borgne veut dire, soldat ! Ce que je me demande c'est ce que vous foutez ici ! Allez sur-le-champ en aviser le capitaine.

— Tout de suite, mon lieutenant ! dis-je en essayant de cacher ma joie.

Je n'ose y croire : voilà que mon œil va peut-être me sauver d'une nouvelle boucherie.

Une fois de plus, je toque à la porte de mon capitaine. Quand il me voit, il lève les yeux au ciel.

— Encore vous ? Vous ne devriez pas être à l'instruction à cette heure-ci ?

— Si mais…

— Mais quoi encore ? Je vous ai déjà dit qu'ici il n'y a pas de *mais* qui tienne. Alors demi-tour, retournez voir votre instructeur.

— C'est justement lui qui m'envoie.

— Eh bien ! Vous auriez dû commencer par ça ! Que veut-il, ce bougre ?

— Il m'envoie vous demander un changement d'affectation.

— Pour qui ?

— Pour moi.

— Pourquoi ?

— Je suis dans l'incapacité de tirer.

— Comment ça, vous êtes dans l'incapacité de tirer ? dit-il, manquant de s'étouffer.

— Bah oui mon capitaine, je n'y vois pas de l'œil droit. Je suis borgne, en fait.

— Borgne ?... En effet pour un soldat, c'est embêtant. Et vous pouvez me dire pourquoi ce n'est mentionné nulle part dans votre dossier ?

— Je ne sais pas, mon capitaine.

Passablement irrité, il attrape une feuille et écrit avec frénésie durant plusieurs secondes. Tout en maugréant contre l'incompétence croissante de certains services, il termine son courrier en donnant un coup de tampon affublé de sa signature.

— Tenez, prenez ça ! Il y a un convoi qui part ce soir pour Udine. Là-bas, vous vous rendrez à l'hôpital militaire pour un examen approfondi de cet œil et quand vous reviendrez, selon le compte rendu du médecin, nous aviserons.

À l'arrière du camion vers Udine, nous sommes une dizaine de gars assis coude à coude, brinquebalés au rythme de l'engin. Personne ne parle. Aucun d'entre nous, semble-t-il, n'a envie d'entamer la moindre conversation. Pour ma part, je suis simplement heureux d'échapper pour un instant à cette garnison et j'en profite pour te rejoindre à Paris. Où es-tu ? Que fais-tu ? Comment es-tu coiffée ? Que portes-tu ? Es-tu chez nous ? Es-tu de sortie ? Avec qui parles-tu ? Penses-tu à moi ? Quand vais-je te revoir ? M'aimeras-tu encore ? Un brutal freinage stoppe cet assaut de pensées douloureuses. Nous sommes arrivés. Pour une raison que j'ignore, je ne veux pas descendre, du moins pas tout de suite. Alors je reste là à attendre jusqu'à ce que j'entende cogner sur le hayon du fourgon. Je sursaute.

— Oh, dis, toi là ! On est arrivé ! Ce n'est pas le moment de rêver ! Faut y aller !

Je ne sais même pas qui parle. La seule chose que je sais, c'est qu'il pleut des cordes, qu'il fait nuit et que je veux rentrer chez nous.

Je me retrouve devant une imposante bâtisse aux airs de temple romain. Sur le fronton, on peut y lire « Santa Maria della Misericordia ». Je ne peux m'empêcher d'espérer que cela soit de bon augure. Peut-être après tout suis-je à l'endroit idéal pour un miracle, obtenir miséricorde et ainsi pouvoir te retrouver, qui sait ?

Passé le porche, me voilà dans un hall où règne un silence palpable. Une religieuse s'approche de moi avec un grand sourire. Je dois avoir l'air vraiment désemparé, car elle me demande si je suis perdu. Même si une furieuse envie de lui confier ma désespérance me démange, je lui explique le pourquoi de ma présence et lui montre le papier de mon capitaine.

Malgré le regard suspicieux qu'elle me lance, doutant visiblement du sérieux de mon problème oculaire, elle m'indique avec une pieuse amabilité le chemin à suivre jusqu'au service d'ophtalmologie. Elle ajoute également qu'à une heure aussi avancée il est fort à craindre que seules les urgences seront prises en compte. À peine sa phrase terminée, elle tourne les talons et je me mets en route, bien décidé à ressortir de ce lieu le plus vite possible.

Je traverse une vaste galerie où je croise, dans un silence de purgatoire, des hommes aux corps meurtris qui me font penser à des âmes perdues sur les bords du Styx. Est-ce cela qui nous attend tous ? Une place en enfer au milieu des draps blancs ?

Après un trajet interminable, j'arrive enfin à destination. Là, une infirmière me confirme que je ne suis pas une urgence et que je dois revenir le lendemain à huit heures pour ma consultation. J'ai beau essayer de défendre mon cas, rien n'y fait. Ce n'est pas sans un certain dépit que je retourne au camion.

Le chauffeur semble surpris de me voir revenir aussi rapidement.

— Ben ils n'ont pas voulu de toi ? me dit-il en rigolant.

— C'est ça ! lui dis-je, légèrement excédé.

Et je lui détaille ma mésaventure hospitalière.

— Nan… Tu rigoles ?

— Pas vraiment. D'autant qu'à la question de savoir où je pouvais manger et dormir, ils n'ont pas voulu de moi non plus. T'aurais pas une idée ?

— Moi, ils sont venus me chercher pour être chauffeur, pas garde-malade ! Je fais la rotation entre Gorizia et ici trois fois par jour minimum ! Je dors dans ce fichu camion depuis un mois en attendant une relève qui ne vient pas ! Alors t'es gentil, mais tu vas trouver quelqu'un d'autre pour te plaindre de la logistique parce que moi j'en ai ma claque ! Sur ce, bien le bonsoir !

Il remonte dans son véhicule en me claquant la portière au nez. Une envie de hurler « Allez tous vous faire voir ! Je rentre chez moi ! » me prend aux mâchoires, mais je ne fais que rebrousser chemin vers l'hôpital pour y chercher asile. Je me retrouve face à la sœur que j'ai croisée en arrivant.

Je lui explique ma situation. Elle a toujours ce sourire d'ange figé aux lèvres qui me met quelque peu mal à l'aise.

— Mon fils, j'entends bien... Vous ne savez pas où dormir, certes, mais que voulez-vous ? Nous ne sommes pas un hôtel ! Vous n'êtes ni inscrit aux admissions, ni une urgence. Avec la meilleure volonté du monde, je ne peux rien faire pour vous. Seule la maison de Dieu peut vous accueillir. Sa porte est ouverte jour et nuit.

Me voyant perplexe devant cette proposition énigmatique, elle précise sa pensée.

— Vous trouverez la chapelle au fond du hall sur votre droite. Allez en paix, mon fils !

Elle me crucifie. « Allez en paix » ! Sans rire...

Hôpital militaire d'Udine, dimanche 19 avril 1942

À huit heures tapantes, je me présente de nouveau à l'entrée du service d'ophtalmologie. Le moins que l'on puisse dire, c'est que je ne suis pas très frais et l'infirmière, celle-là même qui m'a reçu la veille, ne manque pas de noter mon teint cireux et mes yeux cernés.

— Vous ne semblez pas très en forme ce matin, soldat ! Où avez-vous donc traîné cette nuit pour être dans cet état ?

— À la chapelle, ma sœur.

Son regard lourd de reproches se transforme en une sorte d'ébahissement.

— À la chapelle ? Votre ferveur vous honore, soldat ! dit-elle sur un ton empreint d'admiration.

À peine ai-je le temps d'envisager de contredire la ferveur qu'elle m'attribue qu'un homme en blouse blanche sort du cabinet derrière elle.

— Ah, docteur ! Voici un soldat qui vient de la garnison Gorizia. Il vous est demandé un diagnostic sur l'état de son œil droit. Voici son dossier.

Le médecin me regarde à peine et survole mon dossier d'un air blasé.

— Bien. Si vous voulez me suivre… Nous allons voir ça.

Le cabinet dégage une odeur de phénol, de parfum bon marché et de cigarette qui me donne la nausée. Lui est sec, cassant, sans aucune espèce d'empathie.

— Je lis ici que vous êtes borgne. Pourtant, quand je vous regarde, vous avez bien vos deux yeux, il me semble, non ?…

— Ça, c'est grâce au docteur Morelli. Il a réussi à me sauver mon œil, sinon j'étais bon pour le verre !

— Expliquez-moi ça.

— Ça remonte à quand j'étais gamin. Je venais d'avoir onze ans et avec mon copain Bruno, on avait vu un jongleur du tonnerre. Il jonglait avec dix balles, vous vous rendez compte ?

— Très bien, très bien, mais venez-en au fait, s'il vous plaît, je n'ai pas toute la journée, d'autant que je ne vois pas très bien le rapport entre le jonglage et votre œil !

— J'avais parié avec Bruno que je pouvais faire mieux que lui avec des bouteilles !

— C'est intelligent, ça…

— J'y suis arrivé avec quatre, mais il y en a une qui m'a échappé. Elle a explosé par terre et je me suis reçu un éclat en pleine pupille. C'est là qu'à l'hôpital j'ai eu la chance de tomber sur le docteur Morelli qui m'a opéré et épargné l'œil de verre. Vous savez tout.

— Bien, bien, dit-il d'un ton parfaitement dénué d'un quelconque étonnement.

Il m'examine alors durant plusieurs minutes sans rien dire. La cicatrice que j'ai à la pupille ne peut pourtant pas lui échapper, mais il reste tout de même dubitatif. À croire qu'il est plus aveugle que moi. Il a beau me faire passer tous les tests possibles et imaginables, je les rate tous sans exception.

— Bon. Votre cécité ne me semble pas si grave. Je dirais même que vous êtes dans une forme olympique ! Rien donc qui justifierait une quelconque éviction.

Imperturbable, il s'obstine et rédige un rapport qu'il me tend. Ni mon 1/10e de vision ni le fait d'avoir mal n'a penché en ma faveur.

Le retour d'Udine n'est guère plus joyeux. Comme à l'aller, il pleut à torrents et un silence de plomb fait partie du voyage. Mais il est plus oppressant encore que celui qui nous a vus partir car, dans ce camion, tous autant que nous sommes, nous avons obtenu la mention « Apte au service ». Manière plus élégante de dire que nous sommes tous sans exception « Bons à tuer ou à être tués ».

À peine descendu du camion, je me rends chez le capitaine.

— Bon… Bien… Je vois… Effectivement, vous êtes complètement aveugle de l'œil droit, vous ! C'est un sérieux handicap pour être soldat.

— Mon capitaine, ça veut dire que je peux rentrer chez moi, alors ? dis-je, le cœur en suspens.

— Non ça ne veut pas dire ça, soldat ! Si on devait prendre en compte la moindre infirmité de chacun, il n'y aurait plus grand monde dans cette caserne. Vous resterez dans votre section jusqu'à ce que je vous affecte à une autre plus adaptée. Et ne vous inquiétez pas, même s'il vous manque un œil, vous n'allez pas manquer de travail, c'est moi qui vous le dis !

Décidément, plus j'écoute ces hommes, plus ils me sidèrent par leur bêtise. Malheureusement, ils ont mon destin entre leurs mains.

— Pardon, mon capitaine, mais j'ai encore une question. C'est par rapport à ma femme.

— Eh bien quoi, votre femme ?...

— Quand pourrais-je la revoir ? Quand pourrais-je retourner à Paris ?

— Vous me demandez une permission pour Paris ?!

La question semble le faire amèrement sourire.

— Vous savez, soldat, je ne voudrais pas vous décevoir mais pour une permission à l'étranger, étant donné la situation, il n'est pas bien compliqué de comprendre que c'est tout simplement inenvisageable, et ce, même si certains parviennent à l'obtenir, si vous voyez ce que je veux dire...

— Et pour l'Italie, alors ?

— Écoutez, il me semble vous l'avoir déjà dit. En ce qui vous concerne, une demande de permission pourra être envisagée uniquement à la fin de votre instruction, autrement dit : pas avant courant juin, et rien n'est moins sûr.

Juin ! Il m'a bien dit juin ? Déjà plus d'un mois que je t'ai quittée et il me demande d'attendre encore deux longs mois pour pouvoir ne serait-ce qu'espérer te revoir ?

— De toute façon, votre escadron part demain matin en camp d'entraînement, de quoi vous faire penser à autre chose, soldat ! Allez préparer votre paquetage, mangez et dormez un bon coup parce que ce n'est pas une petite balade du dimanche au bras de votre femme qui vous attend ! Maintenant : rompez !

Frappé au cœur, la gorge nouée par la colère, je m'en vais m'effondrer sur ma paillasse. T'écrire m'apaisera peut-être.

Mon Amour,

Ce soir, ton bonhomme ne va pas très fort. Je viens de parler avec mon capitaine qui m'a fait comprendre que je devais attendre juin pour envisager une quelconque permission, ce qui m'a beaucoup démoralisé. J'ai aussi appris que nous partons demain en montagne pour plusieurs semaines. Surtout n'aie crainte car il ne s'agit là que de simples exercices. Pour tout avouer, ma seule crainte à moi est de ne pas avoir de lettres de toi car je ne sais pas comment marche le courrier là-haut et tu sais à quel point je suis gourmand, mais comme c'est aussi ma seule joie, j'ai le droit d'être impatient.

Je ne sais pas mon Chéri comment toi tu vis, je m'imagine, ma Mouky, que toi aussi tu dois être bien triste. Je ne trouve pas les mots pour t'exprimer à quel point tout moi veut retourner près de toi.

Mon Amour, si tu savais comme je souffre d'être loin de toi, je t'assure ma Mouke, par moments je me prends la tête à deux mains et je crois devenir un peu fou, mais vraiment ce n'est pas possible que je puisse vivre avec l'âme tourmentée de cette façon ! C'est impossible, tu m'entends, impossible que je sois longtemps séparé de toi car rien ni personne, pas même le destin, ne peut empêcher quelqu'un d'être loin de sa raison de vivre !

Mouke, je ne sais pas, mais s'il y avait un moyen de faire quelque chose, peut-être même avec le consulat, je t'en supplie Chérie, essaie ! Quand enfin arrivera le jour où de nouveau je pourrai te serrer dans mes bras, je peux te dire que, pour moi, ça sera le plus beau jour de ma vie.

Je t'aime mon Chéri, tu vois si je n'avais pas peur de paraître ridicule, je voudrais pouvoir t'écrire toute une lettre entière avec ces deux mots seulement : Je t'aime !

Je pense à une chose, cette lettre te parviendra d'ici une quinzaine de jours, aujourd'hui nous sommes le 19 avril, alors à partir du 5 mai, admettons, tous les soirs à vingt heures trente précises, c'est-à-dire avant que je ferme les yeux, nous devrons penser l'un à l'autre. Tu veux bien, mon Chéri ? Comme ça, j'aurai l'impression d'être vraiment près de toi.

Je te quitte, je n'ai plus de place. Je t'embrasse de toutes mes forces mon Chéri.

Ton bonhomme qui t'aime

P.-S. : J'espère que tes parents sont en bonne santé. Pendant que j'y pense, dis bien des choses à tous ceux de notre maison. Si tu écris à Jean, dis-lui aussi bien des choses pour moi. Voilà, j'ai rempli tous mes devoirs de politesse, tu m'excuseras si je ne le fais pas plus souvent mais je ne pense qu'à toi, mon Chéri.

VI

Postumia, lundi 20 avril 1942

Dans l'aube de ses premières lueurs, le réveil est toujours aussi glacial. À peine avons-nous le temps d'avaler un café et de fumer notre cigarette que notre Baryton de lieutenant se met à hurler les ordres à suivre pour rejoindre le campement dans les hauteurs de Postumia.

Trois camions nous emmènent d'abord jusqu'à un village perdu au milieu de nulle part. Puis c'est l'ascension. Tout au long du sentier, quelques amas de neige résistent tant bien que mal aux premières chaleurs du printemps, tandis que d'autres ont trouvé refuge sous les jupons des sapins.

À chaque halte, je fume une cigarette et immanquablement je sors tes lettres. Je les lis et les relis encore et encore. Aux yeux des autres, je dois passer pour un obsédé un peu naïf, mais personne ne se doute à quel point je peux t'aimer et s'ils le savaient, ils en crèveraient de jalousie, car je suis sûr que personne ne peut aimer de la façon dont j'aime ma femme.

Avant de repartir, je jette un dernier regard sur les neiges éternelles. Accrochées à leurs montagnes, je les jalouse : elles, rien ni personne ne pourra jamais les séparer.

Le Baryton hurle mon nom. Je n'entends pas le reste de son énervement, mais je m'aperçois simplement que les gars ont une bonne cinquantaine de mètres d'avance. En quelques enjambées, j'ai vite fait de les rattraper. Dans la colonne, juste devant moi, un gringalet à l'air propret se retourne et s'adresse à moi sur un ton qui me fait vite comprendre à quel gus j'ai à faire.

— Dis-moi, le Simplet, faudrait que tu commences à suivre parce que ça me ferait mal d'avoir à m'occuper des latrines à cause de toi !

— Je ne crois pas que « le Simplet », comme tu dis, soit la bonne personne à emmerder ! Alors t'es gentil le Cure-dent, tu rentres dans le rang !

Mon ton cassant cloue le bec à tout le monde. Même le Baryton reste sans voix. Le Cure-dent, quant à lui, s'est liquéfié sur place. Il ne s'attendait pas à ce que je lui réponde de la sorte. Personne ne lui a appris que, dans la vie, on ne sait jamais qui on a en face de soi ; alors, le mieux, c'est de s'exercer au respect dès le départ, à commencer par éviter les petits noms ridicules.

Le reste de la marche se passe sans plus de mots à mon attention. Tous ont compris, semble-t-il, que je n'ai pas l'humeur causante et encore moins les nerfs patients. Du moins pas avec eux. Du coup, pour oublier la misère d'esprit qui m'entoure, je repars illico à Paris, du côté de Montholon. Je pense à Fausto, à Coco. Bon Dieu de bon Dieu ! Qu'est-ce qu'ils peuvent bien me manquer, ces deux-là... Où sont passés nos rires et nos gamineries ? Où sont passées nos discussions sur la vie, la mort, les hommes ? Je me sens tellement seul... Ici les gens ne s'aident pas, ne rigolent pas, ne s'aiment pas. Nous ne partageons rien à part notre pitance, et encore. Nous ne vivons rien à part notre solitude.

Ce n'est qu'en fin de journée que nous arrivons dans une clairière parsemée de rochers et entourée d'arbres vieillissants. Les montagnes exceptées, l'endroit est loin d'être joyeux.

— Quatre par tente ! tonne le Baryton.

Bien évidemment je me retrouve seul, chacun ayant déjà son groupe.

— Alors le Simplet, on fait le difficile sur la couchette ?! beugle le lieutenant. Va donc avec Aldo, Sylvio et Sergio, il leur manque un quatrième !

Aldo, Sylvio et Sergio, je ne les connais pas, mais à voir trois gus qui me dévisagent au loin, je crois que j'ai trouvé. Leur déception de devoir partager leur tente avec moi se lit sur leur visage. Mais le choix ne leur appartient pas et moi, comme à mon habitude, je m'en fiche éperdument.

À peine avons-nous fini de nous installer que je m'occupe d'accrocher ma gavette. J'ai réussi à la suspendre avec un fil de fer juste au-dessus de ma tête, comme ça, quand je regarde en l'air, je te vois toi ma Mouke danser devant mes yeux. Je m'empresse de sortir tes photos et, les faisant défiler, je ne peux résister au besoin de te présenter.

— Vous voulez voir ma femme ? Tenez !

— Compliment !

— Cette beauté, c'est ta femme ?! Ben dis donc…

— Une Française ?

— Une Bretonne !

De main en main, des sifflements d'admiration fusent.

Je sens mon torse bomber et mon cœur gonfler. Et dire que « oui », tu es ma femme. Ma femme à moi, rien qu'à moi… Le temps de leur raconter combien tu es merveilleuse, la nuit est tombée, amenant avec elle son lot d'idées noires et de mélancolie.

Comme il n'y a ni table ni chaise, pour pouvoir t'écrire, j'improvise un bureau de fortune avec des pierres et une planche qui traînent dans le coin. Ainsi installé à la lueur des étoiles, je peux me confier à toi. Sous mes doigts, file un flot de mots d'espoir. Et pendant que l'encre dicte mes pensées, je ne vois pas la plume ou le papier, c'est toi que je vois. Je ne cesse de t'imaginer, penchant la tête de droite à gauche et de gauche à droite, cambrant ta silhouette, arborant un sourire d'enfant.

— Pourquoi me regardes-tu comme ça ? me dis-tu, rieuse. Alors tu te serres fort autour de mon cou et tu m'embrasses.

Vingt fois, cent fois, ces images viennent me trotter devant les yeux. Comment ne pas être triste en étant si loin de toi ? Et pourtant, un jour viendra où tout sera fini.

Mais en attendant, ce soir au milieu de toutes ces montagnes, j'ai un de ces cafards !

Dans les hauteurs de Postumia, vendredi 1er mai 1942

Déjà dix jours que nous sommes isolés dans ces montagnes et que je suis sans aucune nouvelle de toi ni de personne, d'ailleurs… J'imagine le pire. Je deviens fou. Comme si cela ne suffisait pas, ces derniers jours, le temps s'est fortement dégradé et les exercices en montagne sont devenus impraticables. Depuis hier, il y a un tel vent que notre cher lieutenant a même été obligé de nous mettre au repos forcé. La plupart des hommes s'en sont réjouis et sont descendus jusqu'à Postumia, histoire de se changer les idées. Comme je suis un peu malade, je suis resté au camp. Du coup, je profite de ce précieux moment de tranquillité pour me saouler de ton image et relire tes lettres.

Si, en les relisant, je pouvais trouver un peu de paix pour mon pauvre esprit… mais cela ne fait qu'augmenter ma rage. Pourtant, j'éprouve le besoin de les lire car tout mon être, tout ce qui me soutient, repose dans ces quelques mots. Par moments, je m'arrête pour regarder en l'air et là, je vois ton nom valser au rythme des bourrasques de vent.

Soudain, j'entends : « La poste ! La poste ! » Il n'en faut pas plus pour me faire bondir hors de la tente et accourir auprès du vaguemestre.

— Aujourd'hui, c'est sûr, j'aurai ma lettre ! dis-je tout haut.

J'attends mon nom… mais je n'entends appeler que celui des autres. J'y crois jusqu'à la dernière lettre, en vain. J'espérais tellement de ce petit bout de papier ! J'aimerais te crier de m'écrire, de ne pas me laisser trop longtemps sans une lettre.

— Voilà trois fois déjà que le courrier nous arrive sans qu'il y ait une lettre pour moi, dis-je abattu.

— Ça sera sûrement pour la prochaine fois ! tente de rassurer le vaguemestre.

— Oui, sûrement…

Une fois encore je dois m'en aller les mains vides, et c'est les larmes aux yeux que je rejoins ma tente.

À peine me suis-je allongé que le Baryton est là devant moi, rigide comme un piquet.

— Il ne faut pas vous laisser aller comme ça, soldat ! Un peu de dignité, que diable !

Je me trouve bête de me faire surprendre comme ça en plein chagrin. Comme toutes tes photos sont étalées sur ma couverture, forcément il ne peut s'empêcher de me questionner.

— Votre femme ?

— Oui, mon lieutenant.

— Félicitations. Mais fini de badiner, soldat. Je vous veux prêt d'ici une heure. Un ordre est arrivé, vous et vos trois autres... D'ailleurs où sont-ils passés ces trublions ? s'interroge-t-il en balayant la tente du regard.

— Derrière vous lieutenant ! beuglent de concert les trois gus dans son dos.

Le Baryton se retourne en sursaut et les toise d'un œil mauvais.

— Vous quatre, vous partez immédiatement en mission de surveillance pour quarante-huit heures.

Pour toute explication complémentaire, nous n'avons le droit qu'à un point précis sur une carte, à première vue au milieu de nulle part, et une boussole. Avec le vent qui persiste, il nous faut près de deux heures de marche à travers la forêt pour nous retrouver devant une bicoque en bois qui semble tout droit sortie d'un conte des frères Grimm. L'endroit paraît abandonné depuis des lustres. Seul le bruissement du vent dans les arbres fait vivre le lieu dans l'obscurité naissante.

Le tour du propriétaire est vite fait. Deux pièces : une fait office de salle commune et une autre, beaucoup plus exiguë, où sont entassés quatre lits en bois superposés. Le tout est à l'image du lieu : sinistre. Chacun pose ses affaires, tout en s'interrogeant sur la raison de notre présence dans un lieu aussi reculé. Qu'est-ce qu'on va bien pouvoir surveiller ici ? La nature qui suit le cours de la guerre dans la plus totale indifférence, peut-être...

Dans un coin de la pièce principale, je remarque tout un matériel TSF. Je n'en reviens pas. Je m'empresse de l'allumer en priant pour que cela fonctionne. Cette fois, ma prière est exaucée. D'une main nerveuse, je tente de capter une station, n'importe quoi, du moment que cela émette de la musique. Cette musique qui me manque tant. Après quelques secondes de grésillements radiophoniques, je perçois le son d'un piano. Je laisse exploser ma joie ! Beethoven, j'entends Beethoven ! J'en pleurerais, c'est inimaginable. La réception est médiocre, mais c'est tellement bon.

— Eh les gars ! Écoutez ça, on a de la musique !

— Pfff... Qu'est-ce que tu veux que ça nous fasse ! maugrée l'un.

— Moi, c'est une bonne paire de fesses qu'y m'faudrait, pas d'la musique ! ricane l'autre.

— Pendant que t'y es, mets-moi donc les nichons qui vont avec ! ajoute le troisième, goguenard.

Des rires gras fusent et ils se mettent à faire des mimiques qui ne laissent place à aucune ambiguïté. Alors je m'enferme dans ma bulle avec toi et Beethoven. C'est drôle, lorsque l'on est loin de quelqu'un que l'on aime, de voir comme la moindre chose à laquelle on attache un souvenir parvient à nous séparer pour quelques instants de tout ce qui nous entoure et comme c'en est fini avec tout le reste.

Malheureusement, le *Concerto pour piano N°3* et ma balade parisienne avec toi prennent fin trop vite. Mais je ne veux pas te quitter aussi rapidement, alors j'attrape de quoi écrire. Mon cafard a trouvé comment se nourrir de mon manque de toi en ce premier jour de mai. Ce sera la première fois que ma femme n'aura pas son petit muguet de la part de son homme. Mais espérons, et je le veux de toutes mes forces, que l'année prochaine il n'en sera pas de même.

Penché sur ma feuille de papier, j'entends les gars discuter entre eux. Je ne prête guère attention à ce qu'ils racontent jusqu'à ce qu'Aldo aborde un sujet qui m'interpelle.

— Sylvio, j't'ai dit que mon beau-frère Luigi, celui qu'ils avaient envoyé en Sicile, avait enfin réussi à s'faire transférer dans un régiment à Milan pour être plus près d'sa femme et d'ses gosses ?

— Ah ouais ? Ça m'ferait mal ! Il a été pistonné, ton beauf, j'vois pas comment il a pu faire autrement ! Et si c'est vrai, ben moi aussi j'vais faire la demande pour Naples !

Sergio, qui n'a encore rien dit, l'interrompt.

— T'en as quoi à faire, toi ? T'as même pas d'femme !

— Mais moi si ! dis-je, tout à coup terriblement intéressé.

— V'là qu'y s'réveille, le Simplet.

Même si, en temps ordinaire, je lui aurais bien fait ravaler son « Simplet », j'enchaîne, trop curieux d'en savoir plus.

— Dis-moi, Aldo, ton beau-frère, comment il a fait, pour sa femme ? Qu'est-ce qu'il a demandé ? À qui s'est-il adressé ? Et où ?...

Tous me regardent éberlués. Ils ne m'ont jamais vu comme ça. D'amorphe, je suis passé à déchaîné en moins d'une seconde.

— Oh, oh, oh ! Du calme !... J'en sais trop rien, moi, comment il a fait ! Je crois qu'il a demandé le... « rapprochement familial » comme ils disent, ou un truc dans c'genre, j'sais pas trop en fait.

J'ai du mal à admettre qu'une telle chose soit possible. Ils me mènent sûrement en bateau, histoire de se fiche de moi une fois de plus.

— C'est vrai ce qu'il raconte ! D'après ce que j'ai entendu dire, c'est même assez courant, confirme Sergio.

Leurs mots résonnent dans ma tête. Je sens mon cœur s'emballer à l'idée que je pourrais me rapprocher de toi. Je réfléchis à mille à l'heure. En faisant valoir que je suis marié à une Française résidant à Paris, peut-être qu'on me transférera dans une compagnie quelconque en territoire français. Oui, cela pourrait marcher… Dès que ce fichu camp sera terminé, j'irai voir de quoi il en retourne auprès de mon capitaine. Il faut à tout prix que je tente le coup ! Alors, comme tous les soirs, je fais la même prière : « Te revoir. Rester près de toi pour toujours. »

Toujours dans les hauteurs de Postumia, lundi 18 mai 1942

De retour au camp, la vie a repris son cours au rythme de son affligeante monotonie. Les mêmes marches avec les mêmes instructions, les mêmes soupers aux mêmes heures, les mêmes plaisanteries sur les mêmes personnes… tout cela m'écœure.

Le dimanche, c'est encore pire. La plupart du temps, je suis dans ma tente, tout seul, car je n'ai pas le courage d'aller jouer, rire et boire comme les autres à Postumia, même si ce n'est qu'à une heure de marche de notre campement. Je ne les envie même pas ; au contraire, je suis cent fois mieux sans eux. Je crois même que si je continue comme ça, je deviendrai un vrai ours, car à part penser à toi et à la possibilité d'être plus près l'un de l'autre, tout le reste, enfin tout ce qui m'entoure ne m'intéresse pas. Jamais je n'ai été aussi malheureux, jamais. Malgré tous les moments assez durs que j'ai dû traverser dans ma vie, je n'ai jamais autant souffert, et non parce que je suis soldat mais pour la seule et unique raison que je ne suis pas avec toi.

Je suis obnubilé par cette histoire de rapprochement familial, mais je n'ai trouvé personne ici qui puisse m'en dire plus. Parfois, on m'appelle et je me fais ramasser par le lieutenant car je reste planté là, les yeux dans le vague, comme un pauvre d'esprit.

— Soldat ! Encore en train de rêvasser, à ce que je vois ! Je vous ai déjà répété que ce n'était ni le moment, ni le lieu de se laisser aller à ce genre de gaminerie ! Nous sommes en territoire occupé et la résistance fait front. On peut nous tomber dessus d'un moment à l'autre ! Alors nous ne sommes peut-être pas en zone de combat, mais une chose est sûre, soldat, c'est que si vous n'êtes pas plus alerte, c'est les deux pieds devant que vous allez la retrouver, votre femme ! Compris ?!

S'il existe une résistance, il doit bien y avoir une raison… Mais ça, il le sait sûrement et débattre de cet état de fait avec lui est peine perdue. J'acquiesce donc machinalement d'un difficile hochement de tête.

— Que je ne vous y reprenne plus ! Votre escouade part pour un nouvel exercice de reconnaissance dans les montagnes. Je n'ai pas envie de vous perdre parce que vous flirtez avec les fleurs. Finissez de préparer votre paquetage et plus vite que ça !

Tout ça ne rime à rien, mais je n'ai pas d'autre choix que celui de m'exécuter. Et me voilà reparti une fois de plus tel un bon mouton de Panurge.

Déjà trois heures que nous marchons et dans les moments où j'avance avec peine, surtout en cette fin de matinée où le soleil revenu me tape sur la tête, je ne pense ni à mes pieds qui me font mal ni au poids que j'ai sur les épaules ; je pense à toi. Ton image danse devant moi et je marche en souriant quand j'aperçois une chapelle au loin dans les hauteurs. Ce sera notre point de chute pour la halte de la mi-journée. Une fois là-haut, alors que tout le monde s'empresse de se débarrasser de son barda pour s'asseoir sur les marches délabrées du lieu saint, je pénètre dans la vieille bâtisse. La porte entrouverte laisse les rayons de ce soleil printanier mourir sur l'autel en pierre. Je prends place sur un banc et là, je me mets à prier comme un damné devant saint Pierre, même si au fond je n'ai pas la ferveur des pieux.

Quand nous nous remettons en chemin, le soleil a disparu et d'énormes nuages noirs, poussés par le vent, s'amoncellent dans l'horizon d'acier, faisant jaillir l'orage de son sommeil. Ce n'est qu'une fois de retour au camp que la tempête laisse exploser toute sa rage. Notre campement n'est plus qu'un vaste bourbier ; le vent et la pluie s'engouffrent dans chaque tente et le froid s'installe en chaque homme. Face à ce déchaînement, il nous faut être pas moins de deux pour maintenir en place le ridicule morceau de toile qui nous sert d'abri. Mais les gars devront se débrouiller sans moi. Moi, il faut que je t'écrive. Deux jours que je ne t'ai rien envoyé et c'est déjà deux jours de trop. À cause de ce ciel apocalyptique, le papier que je garde soigneusement dans mon sac est complètement détrempé et à chaque courbe, mon encre s'épanche un peu plus. Mais je m'en moque tant que tu peux lire ces trois mots sous ma plume : « Je t'aime ».

Emmitouflé dans ma couverture et mon calot garni de paille enfoncé jusqu'aux oreilles, si Coco et Fausto pouvaient me voir, je suis sûr qu'ils ne me reconnaîtraient pas. Sous une tignasse broussailleuse, derrière une barbe trop peu taillée, mon visage ne laisse place qu'à un regard vitreux. Je suis devenu l'ombre de moi-même. Je le sais. Je finis tant bien que mal d'écrire ma lettre, tandis que trois de mes camarades tiennent bon la tente qui s'est mise à danser une tarentelle des plus endiablées.

Mon Aimée,

Les taches que tu vois sur le papier sont dues à l'eau car si tu savais… Il y a une de ces tempêtes ! Même les montagnards disent qu'ils en ont vu rarement des comme ça. Ce matin encore nous avons entrepris l'escalade d'une montagne et tout là-haut il y avait une église et là encore j'ai prié. Vraiment je suis trop malheureux, je ne sais pas ce qu'il adviendra de moi si cela continue de cette façon. C'est terrible de penser à chaque seconde que je suis loin de toi, si seulement je pouvais trouver un moment de répit. Comme j'apprécie maintenant tous les moments que nous avons passés ensemble… Quand je songe que j'ai pu me disputer avec toi, que j'ai perdu par ma faute quelques instants de bonheur si bêtement. Je m'en veux, que je voudrais les reprendre maintenant !

Aujourd'hui je ne vis que dans l'attente que ce cauchemar finisse. À chaque instant j'attends quelque chose. Quoi, je ne sais pas. Peut-être un miracle. Ma lettre partira sans doute dans un triste état, toute mouillée et sale, mais ça m'est égal, au contraire, mon Amour, je veux qu'elle te fasse plus plaisir que les autres, parce que ton bonhomme voulait absolument t'écrire aujourd'hui ; il voulait dire à sa Mouky qu'il l'aime. Au revoir mon Chéri et que cette lettre t'apporte un peu de moi-même.

Je t'embrasse de toutes mes forces. Je t'aime.

Ton bonhomme

— Ce n'est pas possible de voir ça ! Il faut vraiment être amoureux pour écrire dans des conditions pareilles ! s'exclame Sergio.

— T'as raison ! Moi je ne sais pas comment il fait ! Ce type, je crois que je n'arriverai jamais à le comprendre ! lance Aldo.

Une bourrasque bien plus violente que les autres manque de tout emporter.

— Bon, Lino ! T'as bientôt fini ? Parce que je ne suis pas sûr que ça tienne encore longtemps, tout ce bazar, s'énerve Sylvio.

— Voilà voilà, c'est bon, j'ai terminé !

Je plie ma lettre du mieux que je peux, la glisse dans la doublure de ma veste et me lève. Les gars, j'y vais !

— Tu vas où ? me demandent-ils tous en chœur, éberlués.

— Ben… À Postumia, poster ma lettre.

Sergio est le premier à réagir.

— À Postumia ? Tu te fiches de nous !

— J'ai l'air ?

— Pas vraiment. C'est ça qui est inquiétant ! On savait que t'étais dingue, pas suicidaire ! Et la foudre ? T'as pensé à la foudre ? surenchérit Aldo.

— C'est vrai, ça, Lino. Ça serait tout de même un peu ballot que tu prennes un coup de foudre à cause d'une femme, non ?

— Écoutez, les gars, c'est très gentil de votre part tout ça, mais je suis assez grand pour savoir ce que je dois faire. Sur ce, messieurs, je vous salue !

Je ferme un peu plus encore mon manteau, enfonce de plus belle mon calot et plonge tête baissée dans la tempête. Dans le fond, je reconnais qu'ils n'ont pas vraiment tort, mais du moment que c'est pour toi, je me fiche pas mal du temps qu'il peut faire.

La pluie diluvienne a transformé le seul chemin qui mène à Postumia en rivière de boue. Chaque pas est un défi où je risque à tout moment de m'enliser et de perdre l'une de mes chaussures, sinon les deux. Mais ma hargne a raison des intempéries, ma lettre un peu moins. Elle est trempée, mais on peut encore y lire l'essentiel.

Postumia est une ville fantôme. Quand je pousse la porte du bureau de poste, le préposé derrière son comptoir me fixe avec des yeux de merlan frit. Il n'en revient pas de me voir là. Il me connaît à force et il sait d'où je viens. Il essaie de communiquer, mais je ne comprends qu'une seule chose : il me traite de fou, lui aussi. Après avoir fait le nécessaire pour envoyer ma lettre en express, et tout en continuant de me parler dans son charabia, il vient me prendre par le bras et m'entraîne près de son poêle. Il gesticule dans tous les sens, me faisant comprendre de me réchauffer. Il se prend la tête, il virevolte tant et si bien que j'ai l'impression d'avoir Charlot dans la pièce avec moi. Il me tend une tasse fumante. Je le remercie. Pas longtemps. La substance maronnasse, que je n'identifie pas, est purement imbuvable. Chaude certes, mais infecte. Je lui fais comprendre que tout ça est très gentil de sa part, mais que je suis obligé d'y aller. Il insiste pour que je boive tout ; ce que je fais en priant que je ne sois pas malade après ça. Soulagé d'avoir terminé le breuvage et surtout d'avoir pu t'envoyer ma lettre, je reprends le chemin du retour. Un nouvel exploit en perspective.

De retour là-haut, il règne une pagaille sans nom. Ça court et ça gueule dans tous les sens ! Quand j'arrive à notre tente, les gars ont commencé à la démonter.

— Qu'est-ce que vous faites ?

— Ordre du lieutenant : on remballe ! gueule Sergio.

— Comment ça, on remballe ? Et on va où ?

— Ah, ça ! Si je savais !

— Mais il ne vous a rien dit, le Baryton ?

— Non. En fait… Si ! Il nous a dit d'aller nous trouver un abri, précise Aldo.

— Parce que soi-disant ça fait partie de l'entraînement… Tu parles d'une blague ! ironise Sergio. La seule indication qu'il nous a donnée avant de se carapater, c'est de nous rendre demain matin à la première heure à la caserne de Postumia.

L'ordre est donc à la débrouille. Il est beau « l'esprit de corps » si cher à notre bon lieutenant. Quoi qu'il en soit, la tempête a atteint un tel paroxysme qu'il est devenu impossible de rester là plus longtemps à disserter sur sa pitoyable lâcheté. C'est alors qu'une idée me vient.

— Les gars, un peu plus bas à environ un kilomètre d'ici, j'ai remarqué qu'il y avait une ferme. On peut toujours aller voir… Qu'est-ce que vous en dites ?

Personne n'en dit rien, alors on se met en route. Pas d'autre choix.

Dans cette débandade, notre équipage tient plus du *Radeau de la Méduse* que de l'escadron fantassin que nous sommes censés être. Brinquebalés par le vent, giflés par la pluie, nous n'y voyons pas à dix mètres. Sur le chemin, nous récupérons des gars embourbés jusqu'au cou, complètement hébétés. À regarder notre vacillante avancée, à voir tous ces culs par terre en pagaille et ces tronches de derniers de la classe pester contre la terre entière, un fou rire nerveux me prend. La boue jusqu'à la garde, ils me fixent tous interloqués et se demandent ce qui m'arrive : si je me fiche d'eux ou si je suis en train de virer définitivement fou.

C'est un escadron fantôme qui se présente à l'entrée de la ferme. Nous n'avons pas encore toqué à la porte qu'un homme aussi vieux qu'aurait pu l'être mon grand-père nous ouvre sans se préoccuper de savoir qui ou qu'est-ce, comme si ce n'était pas la première fois que des hommes en détresse venaient quérir son aide par temps d'orage. En revanche, alors qu'il lève haut sa lanterne, quelle n'est pas sa stupeur de me voir à moitié hilare. On doit avoir l'air d'une belle bande d'abrutis, car il nous dévisage en baragouinant quelque chose qui visiblement le fait sourire. Je le salue d'un « *Dober Vecer Gospod* » à couper au couteau.

— Ben merde alors ! V'la qu'le Français, il parle slovaque ! balance un des gars.

— Slovène… rétorqué-je.

L'incompréhension se lit dans ses yeux. Une explication s'impose.

— … C'est du slovène. Pas du slovaque. Et je ne le parle pas mais je connais quelques politesses. Ça peut servir… La preuve.

Le Slovène en question toussote gentiment en nous agitant sa lanterne sous le nez. Il est vrai qu'il y a d'autres moments pour parler linguistique que sous une pluie battante.

— Demande-lui où on peut dormir ! grogne Sergio.

— *Pocakajte… Pocakajte…* me répète le vieil homme en me faisant signe d'attendre.

— Ça veut dire quoi ? demande Aldo.

— *Sledit mi* ! *Sledit mi* !

— Mais qu'est-ce qu'y dit ? ajoute un autre.

— T'es gentil, mais je sais causer politesse, pas conversation ! répondé-je.

Le paysan enfile une veste, met son chapeau et d'un geste de la main nous fait signe de le suivre. Tout en marchant et en continuant d'essayer de communiquer, il nous indique une grange à une centaine de mètres. La tempête a redoublé de violence et le roulement du tonnerre, jusque-là resté sourd, fait maintenant jaillir une armée d'éclairs qui zèbrent le ciel de leur lumière électrique.

Le paysan nous presse d'entrer dans la grange quand la foudre s'abat à quelques mètres à peine dans un claquement sec et assourdissant. Le vieil homme étouffe un cri et pointe son doigt vers un chêne immense qui s'effondre lentement dans un craquement épouvantable. Nous, nous retenons notre souffle, tétanisés, devant ce colosse de la nature qui se meurt. L'arbre gît maintenant en travers du chemin que nous venons d'emprunter. Nous l'avons vraiment échappé belle !

Alors que je n'en reviens toujours pas, le vieil homme me prend le bras et me montre un coin où nous installer pour dormir. Puis, sans plus de mots, il s'en retourne dans la nuit.

Chacun s'organise alors comme il peut dans ce refuge providentiel. Là, même si le froid ne nous quitte pas, la pluie, elle, ne nous atteint plus et c'est épuisés que nous nous écroulons les uns après les autres, enchevêtrés dans ces draps de foin.

VII

Postumia, mardi 19 mai 1942

Au petit matin, nous nous extirpons tant bien que mal de cette nuit sans sommeil. Le froid et la faim ont eu raison de nos rêves. N'ayant pas la force d'émettre le moindre son, c'est dans un silence de mort que nous rassemblons notre barda. Dehors, le ciel est toujours aussi menaçant, même si le vent et la pluie se sont adoucis. En sortant, nous croisons le paysan et une femme, la sienne sans aucun doute. Je lui adresse un dernier signe de politesse pour le saluer, dire merci.

Puis nous rejoignons tant bien que mal Postumia où nous sommes accueillis par de nouvelles rafales de vent bien plus violentes encore que celles de ces derniers jours. Nous courbons l'échine comme des dizaines d'autres gars sortis de nulle part qui tentent eux aussi de regagner la caserne.

« L'esprit de corps » nous attend devant l'entrée. À le regarder, il a tout du type qui, lui, n'a pas eu à dormir dehors.

— Vous voilà enfin ! Mais qu'est-ce que vous avez fichu ? Et regardez-vous !... Vous faites honte à tout votre régiment.

— Pardonnez-moi, mon lieutenant, mais je serais curieux de savoir pourquoi le seul propret que je vois ici, c'est vous !

Je n'ai pas pu m'empêcher. Il me sort par les yeux. Pour qui se prend-il, ce demi-coq de pacotille ?

— Qu'insinuez-vous, Ventura ? Dois-je vous rappeler qui se tient en face de vous ? Je suis le lieutenant Luigi Toledano du 24e régiment d'infanterie ! J'ai combattu aux côtés des plus braves lors de l'incident de Welwel [1] et de bien d'autres batailles plus mémorables encore ! J'ai fait couler mon sang pour la patrie ! Vous, qu'avez-vous fait ?

— Bah… Il nous a tout'd'même trouvé un abri.

Je me retourne, c'est le Cure-dent.

— Puisque vous le dites… grommelle le Baryton tentant de sauvegarder une certaine contenance.

— Et on fait quoi maintenant… mon lieutenant ? ajoute un autre gars aussi vaseux qu'excédé.

— Eh bien… En premier lieu, prenez la queue pour la soupe… Deuxièmement, restez groupés et pour la suite… nous aviserons !

Après cette annonce de choix, il se rapproche de moi, le regard vindicatif.

— … Quant à nous Ventura, c'est loin d'en être terminé ! Je suis sûr que le capitaine sera ravi d'apprendre votre insubordination.

À ces dernières menaces, il ne peut s'empêcher d'ajouter un « Rompez » en guise de conclusion, tentant par là même de reprendre le contrôle de son autorité. Malheureusement pour sa superbe, les rangs sont rompus depuis un bail.

---

1. Le 5 décembre 1934, à Welwel, dans l'est de l'Éthiopie, l'armée italienne et les forces gouvernementales éthiopiennes se sont affrontées. Cet incident a marqué le début du conflit entre les deux pays…

Sous l'immense préau, nous voilà au moins une bonne centaine entassés assis sur nos bardas à avaler notre ration de soupe. Entre deux lampées, ça renifle, ça tousse, ça crache, ça mâche et ça recommence. Le tableau n'est pas réjouissant. Nous sommes tous sans exception l'ombre de nous-mêmes, puant le vieux bouc mouillé, la crasse, et maintenant l'oignon et le mauvais fromage.

Je finis ma gamelle quand je remarque un jeune gars à quelques mètres de moi. Comme moi, il ne semble pas chercher la compagnie. En retrait, il est seul et ne parle avec personne. Il a un physique athlétique, environ ma taille. Un adversaire parfait pour la lutte. Il relève la tête. Derrière ses yeux abattus, il n'a pas l'air méchant. Je ne me souviens pas d'avoir vu son visage auparavant, pourtant il fait bel et bien partie de cette section puisque le Baryton essaie de lui faire la causette. Il se contente de grimacer un sourire en fronçant les sourcils. Le Baryton l'abandonne en jurant à qui mieux mieux : « … *Non sono nemmeno in grado di pronunciare una sola parola in italiano e si definiscono Italiani ! Povero di Noi* [1]… » Le petit gars, lui, soupire en levant les yeux au ciel. Décidément, il m'intrigue. Il doit être dans le même cas que moi : un Italien de l'étranger.

Au moment où il s'aperçoit que je l'observe, je lui adresse un signe de tête en guise de salut et lui demande, de loin :

— *Da dove vieni* ?

— Orsay, France, mais ça te dira rien… me répond-il avec dépit et en français.

Je manque de m'étouffer. Un Français ! C'est trop beau pour être vrai. En moins de temps qu'il n'en faut pour le dire, je me retrouve assis à côté de lui.

1. Même pas capable de prononcer un seul mot en italien et ils se disent italiens ! Pauvre de nous !

— Orsay ? Tu te fiches de moi ? Si je connais ! Je viens de Paris, le 9e ! Montholon, ça te dit à toi ?

— Tu te moques de moi ?

— Si je te le dis ! Ça alors, si je m'attendais…

— Et moi donc !

Nos yeux s'illuminent tel Paris un soir de Noël.

— Moi, c'est Lino, enchanté !

— Stalo, ravi !

Une sérieuse poignée de main scelle cette surprise de taille. Si nous n'avions pas été au beau milieu de la caserne, nous nous serions tombés dans les bras, je crois.

C'est à ce moment qu'on entend le Baryton entamer un discours sur la situation. On devra rester ici le temps que la météo s'améliore. En voilà une nouvelle ! Mais aujourd'hui, je ne me soucie guère de la pluie et du reste. Je suis trop heureux de pouvoir partager Paris pour une fois.

— Je te présente ma femme ! dis-je au petit gars d'Orsay en lui tendant ta photo.

— C'est elle dont tu parles tout le temps ? Mouky, c'est ça ?…

— Oui, c'est elle ! Comment tu sais ?

— J'ai entendu dire…

Il me prend ta photo des mains.

— Ça, c'est une femme, une vraie ! Comme j'aimerais en avoir une à moi … Mais, tu vois, j'ai pas ta chance, j'ai rien de tout ça. J'ai juste ma mère qui m'écrit de temps en temps. Hier encore, elle me demandait si je n'avais pas trouvé une petite Italienne ! Tu t'rends compte ? Pfff… Si elle me voyait, moi, son petit « Casanova » comme elle m'appelle, obligé de me réveiller au milieu de tous ces gus ! Y'a de quoi déprimer…

Il me rend ta photo.

— Je te comprends, dis-je.

— J'aime trop les femmes pour en aimer qu'une… Non, tu vois, moi, j'préfère rester un amoureux de l'amour !

Il me rend perplexe, le Stalo.

— En tout cas, mon vieux, on ne peut pas dire que c'est le paradoxe qui t'étouffe !

Il éclate de rire. Un rire bruyant, presque forcé, étrangement communicatif. Puis nous nous mettons à parler. À débattre de tout et de rien. Retrouver un peu de cette chaleur humaine que j'ai dû quitter bien trop précipitamment me fait du bien. Et dans cet océan d'indifférence, nous faisons belle figure agrippés l'un comme l'autre à notre bouée de souvenirs.

Nous partons à vau-l'eau le long des quais de Seine jusqu'au boulevard Saint-Germain, passant par les rues les plus étroites, nous offrant même un verre dans le quartier Latin. Puis nous traversons rive droite, nous autorisant un pas chassé dans un bouillon pour une soupe à l'oignon, un détour à Saint-Vincent-de-Paul, pour finir du côté de Pigalle à écouter Django Reinhardt courir sur ses cordes jusqu'à l'aube. Et tandis que nous évoquons ensemble la vie d'avant, nos rires et nos chagrins, je ne peux m'empêcher de lui parler de toi, combien tu peux être belle, comment tu t'habilles, ce que tu nous fais à manger… Je lui raconte nos jours, nos nuits et tout ce qu'il nous reste à vivre de notre vie. En somme, nous nous fichons le cafard mutuellement.

Je regarde ma montre, il est vingt heures vingt passées.

— Tu m'excuseras, lui dis-je en me relevant, mais j'ai rendez-vous avec ma femme.

Je le vois esquisser un rictus interrogateur, je lui explique. Il sourit pour de vrai.

— C'est sûrement très bête, mais vois-tu, pour moi, de savoir qu'en cette minute précise ma femme pense à moi, ça représente beaucoup.

C'est à mon tour de sourire. J'ai encore tellement à lui dire au petit gars d'Orsay ! Mais ce sera pour plus tard, pour l'instant je dois me hâter de trouver un coin tranquille où te retrouver. Il serait malvenu d'arriver en retard.

Dans les hauteurs de Postumia, vendredi 5 juin 1942

Le printemps s'est définitivement installé ici et nous avons repris la direction du camp. Le temps est chaque jour plus splendide. Le soleil se fait sentir de plus en plus fort et laisse rayonner la nature qui est en fête. En voyant ce beau temps, je me souviens quand tu disais : « Tu verras ta femme quand il fera beau comme elle sera belle ! » En effet, comme tu dois être belle, ma Mouky. C'est ta saison qui commence et moi je ne suis pas là pour en jouir. Je me sens jaloux, je l'avoue. Aujourd'hui, je me dis que tous ces jours qui passent nous volent notre vie. Dans des moments pareils, je me rends compte de tout le bonheur dont je jouissais, de toute la joie que me donnait ta présence. Je me rends compte aujourd'hui de la chance que nous avons eue, c'est presque un rêve. Comme c'était beau le bonheur ! Je l'aurai de nouveau, je veux en être sûr. Mais quand ?... Pour l'instant, sans la seule réponse qui pourrait m'être salutaire, je dois me contenter de mon imaginaire.

Mon Aimée,

Vingt heures trente. Il est juste l'heure mon Amour et je suis venu parce que je sais qu'en cette minute même ma femme chérie pense à moi. Tu sais au milieu de ces grands bois, à cette heure-ci, il ne peut pas y avoir d'endroit plus merveilleux pour être avec toi. Tout autour de moi, ce n'est qu'un concert d'oiseaux qui chantent avant de s'endormir et tu ne peux imaginer la paix que dégagent ces lieux. Comment veux-tu qu'au milieu de tout ceci, je ne pense pas à ma femme ? Quand je songe qu'en lisant ta dernière lettre, tu crois que je me dévergonde avec mes camarades ! Comment peux-tu imaginer un seul instant que je puisse m'amuser alors que je ne pense qu'à retourner auprès de toi ! Te rends-tu compte de la peine que tes mots me font ? Si tu pouvais me voir, je suis sûr que tu t'en voudrais de m'écrire de telles énormités. Environ chaque deux jours, je me prends par la main et je vais jusqu'à la ville. Principale raison : encore toi ! Ton bonhomme fait trois heures de chemin pour pouvoir dire deux mots à sa femme et cela en plus de son service et tu oses lui dire de penser à toi !

Crois-moi mon Amour, si ce n'était pour toi, je n'avalerais pas aussi allègrement ces trois heures de chemin. Je sais que tu souffres autant que moi de notre séparation, mon Amour, et je voudrais tellement pouvoir chasser de toi toutes ces affreuses pensées qui te font tant de mal et puis ça paraît injuste que tu me dises ces vilaines phrases. Pourquoi nous tourmenter davantage l'un l'autre, ne crois-tu pas que nos deux cœurs ne souffrent pas suffisamment comme cela d'être séparés ?

Ma Mouky, aie confiance en ton Lino, il t'aime et puis tu verras comme c'est bon d'avoir confiance en l'être aimé qui est loin de vous, de se dire que quand il pense ce n'est qu'à vous, quand il a une minute de repos, elle vous est entièrement dédiée, et s'il lui arrive de ne pas pouvoir s'endormir, c'est encore à cause de vous. Voilà comment est ton bonhomme, mais comment t'en persuader ? Y suis-je parvenu mon Chéri ? Je serais tellement heureux si cela pouvait être « oui » ! N'y pense plus mon Aimée et puis c'est fini, laissons de côté cette conversation qui n'est pas faite pour deux amants comme nous, oui, j'ai dit amants et je le répète : amants, amants, amants, voilà !

Maintenant je te quitte ma petite femme adorée en t'envoyant mille baisers, plus mille encore. Je voudrais t'en envoyer autant que je vois d'étoiles dans le ciel ici le soir.

Ton bonhomme qui t'aime

Englué de tristesse, mon regard s'accroche désespérément aux neiges éternelles. Peu à peu, le froid de mes pensées s'incline devant la beauté paisible qui, en s'offrant sans condition, ravive mon espoir. Il ne doit rester qu'une quinzaine de jours avant l'ouverture des demandes de permission, peut-être moins, et chaque jour qui passe me rapproche un peu plus de toi. Seulement je dois attendre d'être à Gorizia pour effectuer la moindre démarche. Alors voilà que je prie… une fois de plus. Je quémande l'aide du divin, je supplie que tout ça se termine, que tout soit fait pour me rapprocher de toi, te revoir au plus vite.

En plein sommeil, je suis frappé par une horrible crampe au pied droit. Malgré la douleur lancinante, je réussis à vaincre la nuit. Aux premières lueurs de l'aube, je découvre que ma cheville a doublé de volume. Je peux à peine poser le pied par terre et marcher est un véritable tour de force.

J'envoie Sergio prévenir le Baryton auquel il ne faut pas plus de cinq minutes pour débarquer dans ma tente en grognant.

— Qu'est-ce que c'est encore que cette histoire ? Vous croyez peut-être qu'on ne me l'a jamais faite celle-là, soldat ? Montrez-moi ce pied !

Je m'exécute, remonte mon pantalon afin qu'il puisse admirer. Une bête m'a certainement mordu et ce n'est pas joli. Son expression change sur-le-champ car il a devant les yeux la preuve que je ne pipeaute pas vraiment.

— Et ça fait mal ?

— Juste ce qu'il faut…

— Ça vous fait rire ?

— Pas vraiment.

Le Baryton n'a décidément pas le sens de l'humour. Dans toute sa bonté d'âme, il m'intime l'ordre de rentrer à Gorizia pour m'y faire soigner. Stalo propose d'apporter son aide. Le Baryton la refuse illico. « Une vraie peau vache, cet abruti », pensé-je en serrant les dents. Il désigne à la place Sergio et Aldo pour m'aider à rejoindre le point de ravitaillement à Postumia. C'est donc à contrecœur que je dis au revoir à Stalo, sans compter que de le planter là comme ça, lui qui parle à peine l'italien, ça m'embête drôlement.

Avec mes deux compagnons, nous entamons alors notre descente jusqu'à ne devenir qu'un souffle dans les bois. Le pas approximatif et le moral décroissant, chaque mètre se fait plus pesant, plus douloureux. Je ne peux bientôt plus marcher du tout. Et après avoir joué les béquilles, Sergio et Aldo n'ont pas d'autre choix que de jouer la chaise à porteurs. Comme je n'ai rien d'un gringalet, malgré ces temps de vaches maigres, cette nouvelle donne est loin de les enchanter. Elle paraît même leur causer un certain souci.

Quand enfin nous arrivons en ville, un merveilleux sentiment d'allégement nous emplit ; particulièrement pour mes deux compagnons.

Ils ne manquent d'ailleurs pas de se débarrasser de moi dans le camion comme si j'étais un vulgaire sac de pommes de terre.

— Merci, les gars ! leur dis-je en essayant de ne pas perdre l'équilibre.

Je les entends maugréer, mais le temps de me retourner, ils sont déjà loin. Je n'ai pas encore trouvé une place pour allonger ma jambe que le moteur démarre. Pris de court, je m'assieds par terre du mieux que je peux et m'accroche solidement au hayon. Le camion s'ébranle alors, laissant derrière lui ces montagnes aux accents d'heures perdues.

Je suis content. Pour moi, la vie de camp, pour un temps, c'est fini.

VIII

Caserne de Gorizia, lundi 8 juin 1942

Trois jours que je suis au repos forcé. J'attends toujours de voir le toubib et j'ai le sentiment que je vais devoir attendre un moment.

Ce matin encore, impossible de me lever ; j'ai la sensation d'être un poisson sur l'étal d'un marché en plein soleil. Mon corps est froid et pourtant je ruisselle de fièvre. Chacune de mes pulsations cardiaques résonne dans mes orteils comme autant de lames qui pénètrent la blessure. En tirant le drap, je vois que l'œdème violacé a maintenant gagné tout le mollet.

— Ça n'laisse rien supposer de bon, grimace le gus d'à côté.

— Tant que ça n'sent pas le fromage, glousse un autre.

— Ça vous embêterait de prévenir un lieutenant, ou d'aller chercher le toubib, au lieu de disserter sur mon amputation ?

Interdits par ma réaction, les deux me font un vague hochement de tête.

— Merci, dis-je d'une voix faiblarde tout en tentant de me rallonger.

Satanée douleur ! Je suis à deux doigts de tourner de l'œil quand un gars entre dans la chambrée.

— Je viens chercher Ventura pour le docteur Faggioli.

— C'est moi. Mais vous êtes tout seul ? Ça va être compliqué, lui dis-je en rabattant mon drap en lui laissant découvrir le spectacle gangrené qu'offre ma jambe.

Il comprend et il ne lui en faut pas plus pour faire demi-tour sans un mot.

Je maugrée contre ce toubib fantôme quand le troufion revient avec son binôme et un brancard. Ce n'est pas trop tôt.

Cela fait maintenant une bonne dizaine de minutes que ce maudit médecin examine mon pied sous toutes les coutures et pourtant, sur son visage, une même expression : l'incompréhension. Je n'en peux plus. Il plisse ses yeux et caresse son menton, comme si ça l'aidait à penser. Du bout de son stylo, il appuie sur l'extrémité de ma plaie.

— Là, ça fait mal ?

— Nom de Dieu de nom de Dieu ! hurlé-je en m'agrippant de toutes mes forces au matelas qui se tord et se déforme sous mes doigts.

— Ce doit être une morsure… ou une piqûre… Je ne vois pas autre chose, finit-il par dire, content de lui. Vous, naturellement, vous n'auriez pas une petite idée ?

— Pas vraiment, non ! dis-je surpris par l'improbabilité de la question.

— Bien sûr, bien sûr. Huuum, huuum… dit-il en se raclant la gorge.

— Tout ce que je peux vous dire c'est qu'en plein sommeil, j'ai eu une douleur fulgurante, comme une crampe.

— Fulgurante… Oui, je vois… Et ?

— Et ça m'a réveillé. Et aujourd'hui : ça !

— Hum, huum, huuum…

Là, plus un mot. Les bras croisés, le pouce sous le menton et l'index tapotant nerveusement ses lèvres, il se met à réfléchir. Son attitude, fort peu inspirée quant à ma blessure, me fait comprendre qu'il est plus habitué aux balles qu'aux bêtes.

— Bon, écoutez… Tout ça ne me semble pas bien méchant. Je vais désinfecter la plaie et je vais vous faire un bandage à l'alcool et…

Il attrape dans son armoire à pharmacie un flacon qu'il me tend.

— Vous me prendrez ça deux fois par jour, un cachet matin et soir, ça fera dégonfler le pied. Enfin, espérons. Pendant ce temps-là, je vous garde en observation. Il ne faudrait pas qu'à force de gonfler, vous finissiez par vous envoler !

Il s'esclaffe tout seul de sa plaisanterie qui ne me rassure pas sur sa capacité à résoudre mon problème. La seule bonne surprise est d'avoir droit à un lit avec un matelas. Un matelas ! Un matelas d'hôpital certes, mais c'est le rêve comparé aux misérables paillasses de caserne ou aux couvertures miteuses du camp. Malgré ce confort éphémère, la douleur m'empêche de fermer l'œil. J'ai mal. J'ai froid. J'appelle. Personne. Mon cœur s'emballe. Je te vois. Je crie. J'ai froid. Et si c'était fini ? Quand j'y pense… Mourir d'une piqûre de bestiole ! Y a mieux pour la postérité ! Le pire serait de mourir sans même te revoir. Je t'ai promis des enfants…

Gorizia, jeudi 11 juin 1942

Le médecin m'a renvoyé dans mes quartiers avec la consigne de ne surtout pas poser le pied à terre, mais je mets les recommandations de côté. Je ne tiens plus en place, je dois absolument m'occuper de cette question du rapprochement familial. Alors à l'heure du quartier libre, je me rends chez le capitaine en catimini. Arrivé à sa porte, j'entends un gramophone jouer. Il me semble reconnaître Tchaïkovski. Je frappe. Tchaïkovski dérape, l'officier hurle.

— Entrez !

Il n'est pas seul. Face à lui, verre à la main : Piatelli, notre commandant en personne. La meilleure, c'est que les deux gradés paraissent gênés. Il est vrai qu'en tant qu'officiers du Duce, être surpris en train d'écouter un compositeur russe, et qui plus est *L'Hymne des Chérubins*, pourrait franchement porter à confusion. Je retiens un sourire.

— Soldat Ventura ! Vous n'êtes pas censé être au repos ?

— Si, mon capitaine. Seulement, c'est urgent ! Il faut absolument que je vous parle de certaines choses. Mais je ne voudrais pas vous déranger, je vois que vous êtes en conversation.

Le commandant me regarde songeur.

— Et ces certaines choses ne serait-ce pas à propos de « Mouky » ? dit-il, un brin malicieux.

— Vous connaissez ma femme ?!

J'ai dû louper quelque chose. Comment peut-il te connaître ? Et l'imbécile ose sourire.

— Qui dans cette caserne ne connaît pas « Mouky » ? Qui ?

C'est vrai, je parle de toi à tout le monde. Quand j'y pense, personne n'y échappe. Même les arbres de la caserne ont désormais ton nom gravé sur leur écorce.

— Bon, soldat, ne restez pas planté là ! Venez-en au fait.

— Eh bien… Voilà… Là-haut au camp, j'ai entendu dire que les familles pouvaient bénéficier du rapprochement familial si on en faisait la demande auprès du Fascio à Rome et ma femme…

— Votre femme habite Paris et vous comptez vous rapprocher d'elle ou qu'elle se rapproche de vous, du moins que vous vous rapprochiez tous les deux. C'est bien cela ?

— Oui, mon commandant !

— Vous avez des enfants, Ventura ?

— Non, mon commandant. Du moins, pas encore…

— Alors n'y pensez même pas !

Ce verdict sans appel me fait trembler l'échine.

Je m'étais pourtant déjà tout imaginé. Tout ! Mon arrivée gare de Lyon, où je t'aurais vue de loin m'attendre au bout du quai, où on aurait couru l'un vers l'autre, où nous nous serions enlacés, où nous nous serions embrassés… Je nous voyais déjà déambuler sur les Champs-Élysées ! Même les plus fous des amoureux auraient été jaloux. Comme je me sens bête tout à coup d'y avoir cru. Quel naïf ! Maintenant, même si les chances sont minces, je vais quand même faire la démarche pour me faire transférer dans un régiment quelconque qui réside en territoire français en faisant valoir que je suis marié à une Française et que ma femme réside à Paris. Si le bon Dieu voulait nous accorder au moins cette grâce !

— Au fait soldat, tant que je vous ai sous la main… Tenez ! Voilà votre nouvel ordre d'affectation, dit le capitaine.

Je le prends et y jette un coup d'œil absent. Le jargon militaire est pour moi un labyrinthe sans issue.

— Ça veut dire quoi, mon capitaine ?

— Ça veut dire que vous restez avec nous. Après votre instruction, dans un premier temps, vous serez affecté au ravitaillement. Vous verrez, rien de bien compliqué. Autre chose, soldat ?

— Oui, mon capitaine. Tant que je suis là, les permissions pour l'Italie, vous avez des nouvelles ?

— Décidément, vous ne lâchez rien, vous ! dit Piatelli.

— Question de principe, mon commandant.

Il sourit.

— Il y a quatre-vingt-dix-neuf pour cent de chances qu'elles soient ouvertes pour fin juin maintenant.

— Et que ma femme vienne ici, vous pensez que cela serait du domaine du possible ?

— En effet, ça pourrait l'être.

L'idée me submerge.

— Oh ! Du calme, soldat ! dit sèchement le capitaine devant ma mine réjouie.

— Ça serait possible, mais… Vous pensez bien que ce n'est pas si simple ! surenchérit Piatelli.

— Je m'en doute, mon commandant…

— Bien. Si jamais cela pouvait se faire, j'ai bien dit « si », commencez donc par demander à votre femme de se faire faire un passeport italien. C'est impératif ! Sans ce document rien ne sera possible. De toute façon, elle y a droit, elle est mariée avec vous.

— C'est formidable, mon commandant ! Je ne savais pas. En voilà une bonne nouvelle !

Il y a finalement une lumière au bout de ce tunnel interminable, si éblouissante qu'un halo de joie me submerge.

— Attendez, attendez, ne vous réjouissez pas si vite ! calme Piatelli. Ce n'est pas tout. Une fois son passeport validé, le consulat devra vous envoyer une lettre de confirmation avec cachet et signature comme quoi tous ces papiers sont en règle.

— Pas de souci, mon commandant. Tout sera fait, comptez sur moi !

— Ce n'est pas terminé ! Une fois fait, venez me voir. Je remettrai moi-même votre demande au colonel Barazani. Lui seul a autorité pour vous accorder une permission territoriale à défaut de vous en délivrer une pour la France.

— Mon commandant, je ne sais pas comment vous remercier !

— Vous me remercierez quand vous aurez votre permission en poche. Ce qui n'est pas encore le cas, alors maintenant fichez-moi le camp !

Je l'aime bien, je crois.

Gonflé d'espoir, je regagne ma chambre à toute hâte pour t'annoncer la bonne nouvelle. Mon pied est soudain devenu indolore. Seul compte ce que je viens d'entendre. Je crois rêver. Te voir ! Te serrer contre moi !

IX

Caserne de Gorizia, lundi 15 juin 1942

Dorénavant, nous ne sommes plus des « bleus ». L'instruction est terminée et pour dire toute la vérité, de ne plus avoir le Baryton sur le dos toute la sainte journée, nous sommes plus tranquilles. Maintenant, la grande question est de savoir ce qu'ils vont faire de nous. Pas plus tard que vendredi, le Baryton est venu nous annoncer de nous tenir prêts à partir. On a beau essayer de se renseigner, personne ne nous dit rien. Depuis ce matin, un bruit court comme quoi les ordres du haut commandement seraient d'envoyer certains d'entre nous à Dantzig. Je ne sais même pas où c'est Dantzig ! Et je ne suis pas le seul.

Du coup, avec les autres gars de la section, on s'est mis en quête de savoir. On s'inquiète. On nous indique un gars qui pourrait nous répondre. Il serait maître d'école, à ce qu'il se dit. Si c'est vrai, on suppose que la géographie, ça le connaît. On finit par le repérer au réfectoire. On n'a pas eu trop de mal : tout chétif, des lunettes rondes, pas expansif pour deux sous, ratatiné sur un bouquin, il a la tête de l'emploi. Même s'il semble un peu surpris de voir autant de gars porter un intérêt soudain pour Dantzig, il nous dessine une carte de l'Europe sur un bout de papier. On est tous pendus à son crayon. Quand on comprend où ça se trouve, personne ne pipe mot mais nos échanges de regards en disent long.

Pour couper court à toute divagation supplémentaire sur ce qui ne devait en aucun cas nous arriver, je balance un « Ça, les gars, ça ne va pas être possible ! Déjà que je suis là par erreur, ce n'est pas pour aller jouer les conquistadors au pôle Nord ! ». Un brouhaha cacophonique m'approuve, jusqu'à ce que le commandant lui-même vienne mettre le holà. Cette histoire de Dantzig ne le fait pas rire. Il est même furieux et nous fait savoir qu'il va enquêter sur ces élucubrations du plus mauvais goût et parfaitement inutiles.

— Nous n'avons rien à faire à Dantzig ! conclut-il.

C'est un homme de bon sens ce commandant. Je suis certain qu'il me renverra auprès de toi, mon Amour ! Il serait d'ailleurs grand temps, car je fais un pitoyable soldat. Pour faire face à toutes ces heures vides, il m'arrive de prendre mon harmonica pour jouer les airs qui me ramènent à nos souvenirs et quand j'en suis incapable, je les chante. Moi… Chanter ! Dans quel état de désespérance faut-il que je sois. Et comme j'ai oublié la moitié du peu de paroles que je connais, j'y ajoute une composition à moi : ton nom, des phrases qui ne riment pas du tout… Mais ça m'est égal, personne ne me comprend.

Malgré le réconfort que cela m'apporte, je me sens toujours aussi seul et je suis bel et bien devenu un ours. Un ours boiteux car mon pied me fait encore mal, mais je me tais car rien qu'à l'idée d'aller voir le toubib, cela me file la gangrène.

Gorizia, vendredi 19 juin 1942

Mon Aimée,

Je voulais t'écrire hier soir à notre heure, mais je n'ai pas pu, car j'étais de patrouille jusqu'à minuit. J'ai reçu une réponse à la demande que j'ai faite au Fascio à Rome. Ils me disent que pour l'instant, ils ne peuvent rien faire, mais il y a un mais *! Ils me conseillent de refaire une autre demande au ministère de la Guerre, naturellement selon les lois militaires, c'est-à-dire en passant par la voie hiérarchique. Pour que cela aille un peu plus vite, j'ai demandé audience auprès de mon commandant. Dans la soirée, j'ai été reçu et je lui ai demandé si éventuellement il aurait la gentillesse d'appuyer ma demande et j'ai eu une réponse favorable. Aujourd'hui, je vais l'élaborer et ensuite je la lui présenterai. C'est un homme très gentil et il fait vraiment tout ce qui est en son pouvoir pour nous aider, donc si c'est toi qui devais venir ici, je suis presque certain qu'il fera tout son possible pour qu'on m'accorde une bonne permission. Comme tu vois, je travaille de pied ferme pour quoi, pour qui ? Pour toi mon Amour, pour être vite dans tes bras. Mais en tout cas ne faisons aucun projet car ce sont des moments assez peu propices pour ce genre de choses. Je me répète, mais il ne faut pas perdre espoir, jamais !*

Sinon ici rien de neuf à dire. C'est tellement monotone… Le vilain temps est revenu, il pleut continuellement et puis il fait un froid de canard. Quand je pense que nous sommes presque en juillet !… Mais même ce sale temps ne parvient pas à m'enlever tout le beau courage qui s'est ancré dans mon cœur. Le cafard n'a pas réussi à me gagner comme avant parce que j'ai toujours ce pressentiment en moi-même, c'en est même étonnant ! Je ne sais pas mais je sais !

Je suis sûr que quelque chose fera que je ne resterai pas longtemps séparé de mon Amour. Mon Adorée, pour effacer ceci, je veux reprendre ici une phrase de ta lettre : « … Et lorsque nous nous retrouverons tous les deux, je crois bien que nous ne dormirons pas beaucoup !… » Oui, Chéri, tu as raison ! Nous ne dormirons pas beaucoup, nous serons plus fous que les plus enragés des amants ! Ma Mouky, comme cela sera merveilleusement bon, j'en tremble rien que d'y penser !

Dans tes dernières lettres tu as mis l'empreinte de tes lèvres, vois-tu, rien que cette petite chose me rend fou, je vais dans mon coin où personne ne me voit, et j'embrasse tout contre mes lèvres ce tout petit espace touché par les tiennes que j'adore ! Pour l'instant je dois me contenter de rêver de ma femme, de son beau corps, de ses étreintes, mais je te le répète Aimée, très bientôt nous pourrons de nouveau nous enlacer tous les deux !

Mon Amour, nous pensons et nous vivons tellement la même chose tous les deux que même en étant si loin l'un de l'autre je suis sûr, et c'est vrai, qu'il suffit de regarder en soi-même pour voir en l'autre. Et puis mon Amour, si tu savais comme tu es belle sur l'écran de ma pensée, c'est vraiment un songe et vois-tu, je remercie ce hasard qui me fait rêver de toi aussi souvent. Chérie, je ne peux pas me retenir, je t'aime ! Il est splendide notre amour, n'est-ce pas Chérie ? Cent fois plus beau qu'un roman, car il est réel, il existe ! Mon Aimée, en pensant à cela, je suis fier, je crâne, tu me comprends ? Je me sens privilégié.

Peut-être que dans ma vie, j'ai eu des difficultés, une route avec des embûches, mais au bout, c'est toi que j'ai trouvée Chérie sur cette route et je bénis le destin qui m'a mis sur ton chemin et si ma vie devait se refaire, je peinerais, travaillerais, souffrirais cent fois, mille fois plus si c'était de nouveau pour pouvoir te rencontrer et unir ma vie à la tienne.

Chérie, Aimée, maintenant je dois te quitter en t'embrassant de toutes mes forces. À ce soir mon Amour, vingt heures trente. N'oublie pas ! Je t'adore. Ton Lino.

P.-S. : As-tu reçu la belle rose rouge que je t'ai envoyée ? Tu sais ce que cela veut dire ?

Vous vous rendez compte madame que si moi je vous ai accaparée, vous vous m'avez envoûté. Comme c'est bon de t'aimer. Je t'embrasse vingt, trente fois par jour. Au revoir mon Aimée.

Ton bonhomme

Gorizia, mercredi 24 juin 1942

Dans toutes tes lettres maintenant tu me parles de ton voyage. Mon cœur se serre de te voir aussi heureuse à cette seule perspective, car pour l'instant je suis toujours dans l'attente d'une réponse pour ma permission. Si jamais elle était négative, je me demande comment je le supporterais. J'essaie de me persuader que tout ira bien ; je ne peux pas croire que cela puisse durer ainsi et je ne veux pas me laisser abattre. De jour en jour, je veux espérer, espérer te revoir bientôt, être près de toi, pouvoir vivre quoi ! Cette étincelle d'espérance que j'ai en moi, je ne veux pas la laisser s'éteindre. Elle m'aide tant à supporter ton absence.

Je repars aujourd'hui pour Postumia. Me voilà officiellement affecté au ravitaillement des bleus. Pour l'occasion, le capitaine m'a fait nommer caporal. Le Baryton m'a annoncé la nouvelle avec son incontournable discours didactique sur le mérite, la gloire et l'importance de cette gratification au sein de l'armée italienne. Ça, c'est sûrement pour la version officielle. Officieusement, ça n'est ni plus ni moins qu'un vague gardiennage de chambrée. Autant dire que je suis en passe de devenir un haut dignitaire ! Heureusement, Stalo remonte avec moi. Il y a aussi quatre autres gars : Marcello, Francesco, Yvan et Gianni. D'eux, je ne connais rien.

À première vue, ce n'est pas l'escadron du siècle. Marcello n'est encore qu'un enfant. Un mètre cinquante de muscles bien trop noueux. Replié sur lui-même, on pourrait croire à un moineau tombé du nid attendant la becquée. Heureusement, l'uniforme est là pour faire illusion. Francesco est à l'opposé. Un bellâtre à la confiance inébranlable. Un Rital, un vrai, un cliché. Ténébreux, les yeux plissés en permanence, la bouche en cœur, le cheveu gominé à souhait, la démarche chaloupée. Rien ne manque. Yvan, lui, a une carrure digne d'un phénomène de foire. Un Hercule soiffard de bagarre auquel on n'a pas envie de chercher de noises. C'est aussi M. « Cicatrices ». Il les a même comptées : deux cent vingt-neuf. Enfin ça, c'est ce qu'il dit. Personne ne le saura probablement jamais. Yvan est impénétrable, comme son histoire. Quant à Gianni, c'est un grand échalas dégingandé qui parle et gesticule beaucoup trop à mon goût pour être tout à fait efficace. Première impression. Maintenant il faut se méfier du jugement premier, il peut être trompeur.

C'est à une heure où il est encore trop tôt pour la nommer « matin » que l'on nous cloître avec mes gars à l'arrière d'un camion où s'entassent les miches de pain déjà rassies, le matériel, les couvertures et les sacs de pommes de terre. Je m'assieds sur une caisse où est écrit en lettres capitales « CALIBRE 6,5 × 52 mm », un fauteuil rassurant. Ajoutés à cette surcharge des amortisseurs inexistants et l'état désastreux de la route, le trajet promet d'être un véritable voyage au Pays des merveilles.

Nous avons à peine fait la moitié du chemin, que le camion se met à avoir des ratés plutôt inquiétants pour s'arrêter brusquement. Cet imprévu incite notre conducteur à communiquer par l'intermédiaire de lourds coups à travers la paroi. Boom ! Boom ! Boom !

— Tout le monde descend, on a un problème ! hurle-t-il avec un accent napolitain à couper au couteau.

Les gars s'exécutent mollement. Notre chauffeur, lui, l'air mauvais et au ventre caché comme un secret de polichinelle, saute de sa cabine avec la prestance d'un bœuf. Il crache sa chique au niveau de la roue avant, ouvre le capot et plonge les deux mains dans le moteur en pestant tout ce qu'il peut. Alors que les autres sont déjà tous assis sur le bas-côté, je m'approche de lui.

— Besoin d'un coup de main ? dis-je gentiment.

— Quand j'aurai besoin d'un Français, je te ferai signe !

Le Napolitain est assurément plus orgueilleux que connaisseur et, à la manière dont il regarde la mécanique, quelque chose me dit qu'on n'est pas près d'arriver là-haut, mais je m'abstiens de tout commentaire superflu. Il n'est jamais bon de contrarier un abruti sûr de lui.

Ainsi, sur ce bord de route, n'ayant rien d'autre à faire qu'à attendre, les gars se mettent à discuter. Aujourd'hui, contrairement à mon habitude, je suis plutôt d'humeur sociable. Marcello est d'Albuzzano près de Pavie et Francesco de Milan. Yvan et Gianni, quant à eux, sont dans la même situation que Stalo et moi, ce sont des Italiens de l'étranger ; Yvan vient de Târgoviște en Roumanie et

Gianni de Bruges en Belgique. Très vite, nous nous rendons compte que nous avons tous un sévère point commun : une aversion pour tout ce qui touche l'armée. Aucun n'a l'âme belliqueuse et il est clair qu'aucun d'entre nous n'ira se battre contre qui que ce soit.

— Se battre pourquoi, d'ailleurs ? balance Gianni.

— Pour qui tu veux dire ! Voilà qu'Yvan surenchérit.

— Au nom de quoi surtout ? Et là c'est mon tour.

Stalo ne dit rien. Le pauvre, il ne comprend toujours pas la moitié de ce que l'on dit. Marcello n'est guère plus bavard. C'est le plus jeune d'entre nous. Il vient d'avoir dix-neuf ans et s'est engagé volontaire sur un coup de gueule. Une stupide bravade filiale qu'il regrette amèrement, n'ayant qu'un souhait : retourner dans sa ferme auprès de son père. Francesco, lui, se dit étudiant en droit. Personne n'y croit, mais on laisse dire. Et puis il est bien trop occupé à se regarder dans un ridicule petit miroir à peigner sa Gomina qui empeste. Je comprends maintenant d'où lui vient son surnom « la Joconde ». Quant à Gianni et Yvan, ils ont trouvé un terrain d'entente : tous deux sont peintres en bâtiment. De quoi nourrir de longues conversations sur toutes les techniques picturales possibles et imaginables. Moi, je n'ai pas besoin de me présenter, tous savent qui je suis. Je suis le Parisien amoureux.

La panne s'éternise. Le soleil est à son zénith et la température croissante nous oblige à trouver refuge sous les arbres, là où la fraîcheur de l'ombre ravive les sens. Le Napolitain, sûrement plus enclin à supporter la canicule, est toujours attelé à la réparation de l'impossible. Mais bon, on fait confiance, du moins on essaie. Il sort enfin la tête de son moteur, referme le capot en nous lançant un regard empli de dédain. Puis il remonte dans sa cabine, claque la portière, enclenche le démarreur et paf ! Voilà qu'une fumée noirâtre se dégage des réparations.

— Eh ben, ça s'arrange pas... lâche Gianni.

La flopée d'injures proférées par notre mécano d'opérette fait sourire son monde. Pour ma part, je commence à en avoir par-dessus la tête du Napolitain caractériel car plus le temps passe, plus ça sent La Belle au bois dormant. Je décide de m'en mêler pour de bon cette fois. Arrivé dans son dos, je jette un coup d'œil à la mécanique par-dessus son épaule. C'est un carnage : la courroie de transmission est sortie de son axe, le radiateur fuit à grosses gouttes, le bouchon de la réserve d'huile a disparu, les fils de la batterie sont curieusement reliés. Pas une seule pièce n'est à sa place. Je me racle la gorge, histoire de lui faire remarquer ma présence. Il n'en a que faire. Il s'acharne sur un boulon sans avoir l'outil adéquat. J'avise une clé de 12 que je lui tends. Il l'attrape sans se donner la peine d'un merci, rien. Le boulon lui donne du fil à retordre. Le Napolitain force de plus bel et vire du rouge au violet. Le boulon, lui, ne bouge pas d'un iota. Je propose de prendre le relais. Du coup il y met toutes ses forces. Toujours rien. J'insiste, mais il s'entête. Je désespère. Et Paf ! une nouvelle fois. Je fais un bond en arrière. L'imbécile a réussi à faire sauter le boulon, le pas de vis et le reste de la tuyauterie avec !

— Bon, les gars, ça suffit comme ça ! Rassemblez votre barda, on se met en route. Il ne doit pas y avoir plus de quatre heures de marche si on presse le pas.

— On y va à pied ?! s'étonne Francesco.

— Ah ça, la Joconde, c'est sûr que je vais pas te porter sur mon dos ! dis-je.

— C'est que... c'est sacrément vallonné par ici ! insiste-t-il.

— C'est bien pour ça qu'il est nécessaire de s'activer. Et il faut bien les prévenir là-haut pour récupérer le chargement. Maintenant, tu peux toujours rester ici et tenir compagnie à notre ami…

Le Napolitain crache son reste de chique quand il se retourne vers nous. Il tendait l'oreille. Voilà qu'il devient veineux.

— Sans façons…

Nous terminerons donc à pied, laissant de ce fait l'orgueilleux seul avec son camion.

Le soleil est en fin de course lorsque nous arrivons Postumia. Deux soldats à l'entrée de la caserne s'arrêtent brusquement de parler. Ils ne nous attendaient pas. Du moins pas à pied.

— Vous êtes ? lance l'un d'eux.

— Le ravitaillement ! dis-je.

— C'est une blague ?

— Pas le moins du monde. J'aurais besoin de voir votre officier de garde.

Je lui tends l'ordre de mission que le capitaine m'a confié.

— Mais si vous êtes le ravitaillement, il est où votre camion ?

— En panne. C'est pour cette raison que j'aurais besoin de voir l'officier de garde !

— Il est occupé et il a demandé à ce qu'on ne le dérange pas.

Fatigué, je retiens tant que possible mon énervement.

— Écoute… Ça fait depuis cinq heures ce matin que nous sommes partis de Gorizia pour un trajet qui ne devait normalement pas prendre plus d'une heure ! Maintenant, tels que tu nous vois moi et mes gars, on vient de se faire une marche de près de quatre heures tout ça parce qu'un Napolitain trop têtu et trop fier refusait qu'on l'aide à réparer cette maudite panne, alors toi et ta copine vous seriez gentils de ne pas jouer les zélés parce que là, j'en ai franchement ma claque ! Je vais donc te le demander une dernière fois : IL EST OÙ, L'OFFICIER DE GARDE ?!

Je ne suis pas le seul à être excédé et les six paires d'yeux rivés sur lui ne manquent pas de faire leur effet. Son doigt nous indique un bâtiment à deux pas de l'entrée.

— Troisième porte à droite.

Je demande aux gars de m'attendre, le temps de m'entretenir.

Une minute plus tard, je me retrouve face à un lieutenant bien plus préoccupé à zieuter son *Il Popolo d'Italia* [1] qu'à prêter attention à ce qui l'entoure.

— J'ai pourtant demandé à ne pas être dérangé ! C'est pour quoi ?!

— Le ravitaillement.

— Le ravitaillement ?!

Il manque de tomber à la renverse.

— C'est vous, les gars de Gorizia ?...

J'acquiesce sans paroles.

— Ah bah bravo ! C'est à cette heure-ci que vous vous pointez ! On vous attendait ce matin ! Mais bon Dieu, qu'est-ce que vous avez foutu ?!

Je lui raconte la panne et le reste. Faussement ennuyé, il me fait comprendre qu'il ne peut m'attribuer un véhicule sans l'accord de son capitaine.

— Vous comprenez... Il est parti à Trieste pour la soirée.

---

1. *Il Popolo d'Italia* est un journal quotidien créé le 15 novembre 1914 par Benito Mussolini. Il sera le principal organe de presse du Parti fasciste jusqu'au 24 juillet 1943.

— Non, je ne comprends pas !

En revanche, ce que j'essaie de lui faire comprendre, c'est que laisser un homme seul avec un plein de nourriture et de munitions sur le bord d'une route n'est pas chose à faire et ce, même si un capitaine s'adonne à des frivolités triestines.

Après une intense négociation, il finit par prendre le Napolitain en pitié et le chargement en considération. Il enverra deux de ses hommes.

— Et pour la soupe, c'est par où ?

— La cantine est fermée, caporal.

Là encore, il nous faut négocier. Décidément, il y a vraiment des journées éprouvantes et il ne manquait que ce maudit pour parfaire le tableau des abrutis du jour. Moi qui croyais naïvement que ma nouvelle affectation allait me mettre à l'abri de la bêtise…

Postumia, dimanche 28 juin 1942

Voilà une semaine que nous assurons le ravitaillement entre Gorizia, Postumia et le camp en montagne. Maîtres mots : charger, décharger, attendre, charger, décharger, attendre, charger, décharger. Dormir si on peut. Pas bien. Pas souvent. Du mieux qu'on peut en fait. En dehors du service, entre deux allers-retours, certains se saoulent. D'autres parient sur tout et n'importe quoi. Surtout sur n'importe quoi. Moi, je vague comme une âme en peine. Certains jours, je suis rempli d'espoir, d'autres sont terriblement noirs.

Je suis en train de faire le plein du camion quand je vois les gars arriver tout sourire.

— C'est pour quoi, cet air réjoui ?

— Le commando nous a donné quartier libre pour l'après-midi ! balance Gianni.

— Et en quel honneur ?

— Demande pas et prends ce qu'il y a à prendre ! répond Yvan. Du coup, avant de redescendre à Gorizia, on s'est dit qu'on pouvait monter jusqu'aux grottes pour les visiter. Ça te dit de te joindre à nous ?

— Oui…

— Surtout que les types du coin s'accordent à dire que c'est un spectacle à couper le souffle ! ajoute Stalo.

— Ah oui ? T'en sais des choses, toi qui parles pas italien et qui comprends pas un mot de slovène.

Stalo hausse les épaules.

— Ce que tu peux être grincheux tout d'même ! En tous les cas… Je sais pas si je sais des choses, mais je sais que j'ai envie d'y aller. Point. J'oblige personne ! C'est ton problème si tu préfères te morfondre en nous attendant ! Enfin… Si jamais tu changes d'avis, on part d'ici dix minutes.

Je me sens terriblement stupide tout à coup. J'abdique. Il a raison. Aller voir cette prétendue merveille de la nature ne peut pas être pire que de rester enfermé au fond de ce camion, au milieu de cette caserne.

Une fois les portes de la ville franchies, nous nous laissons guider par la rivière qui serpente jusque dans l'immensité verdoyante des sommets. On finit par arriver au pied d'un escalier en pierre qu'on grimpe quatre à quatre. Là, une esplanade. Immense. Dans la falaise qui se dresse face à nous, une faille noire et béante. Sans aucun doute « l'entrée de l'autre monde », s'exclame Marcello. Un V renversé de dix mètres de haut au moins. Étrange attirance… Accolé à l'entrée, un édifice à l'architecture plutôt curieuse. J'aimerais pouvoir en discuter, mais il n'y en a pas un pour s'y intéresser. Je suis incapable de dire si ce foutoir du genre « gréco-romain-roman et que sais-je encore » est beau ou très laid. En revanche, le point de vue est époustouflant. Vallons et forêts ondulent à perte d'horizon. Hypnotisé, je m'avance jusqu'au parapet et reste là, immobile, à contempler ce merveilleux paysage.

Je savoure une brise soudaine… Pourquoi nous a-t-on séparés, mon Amour ?

— Eh Lino !… Lino ! hurle Stalo.

Je me retourne et le vois accompagné d'un gamin qui ne doit pas avoir plus de la moitié de son âge.

— Viens que je te présente notre guide ! Il s'appelle Gojan.

Décidément, il ne comprend rien aux langues le Stalo, mais il est sacrément débrouillard.

Après de brèves présentations, Gojan nous demande de bien vouloir prendre place dans un train aux allures de fête foraine.

Yvan râle. Il a les genoux à hauteur des yeux. Francesco, une main sur la tête, a peur pour sa Gomina. Marcello et Stalo ont cinq ans et demi et moi le wagonnet en ferraille hors d'âge me laisse songeur.

Ça démarre. Ça roule. On y est…

— Bienvenue dans le palais des merveilles ! clame soudain Gojan avec une étonnante grandiloquence.

Tunnels et galeries s'enchaînent. Tout est sombre et froid. Les pâles lumières accrochées ici et là ne font que rendre l'ensemble plus inquiétant encore.

Le train s'arrête. Terminus, tout le monde descend. Gojan nous dit de le suivre. Je me demande ce que je fais là… Mais après quelques mètres à peine d'une caverne préhistorique, nous nous retrouvons dans une nef de cathédrale. Vertigineux ! À peine croyable…

Gojan, réjoui de nos exclamations, nous sort le grand jeu.

— Ici vous pouvez admirer l'immense travail des eaux, qui, goutte à goutte durant des millions d'années, a façonné ce magistral ensemble de stalactites et de stalagmites… Pur joyau de la nature ! Unique au monde !

Je ne sais où donner de la tête. Cette époustouflante assemblée minérale aux formes des plus étranges me fait l'effet d'être au milieu d'une scène dantesque aux couleurs de Tintoretto. Je suis troublé par tant de beauté… Du simple totem aux jeux d'orgue, de la tour de Babel à une foule silencieuse d'où surgit parfois un visage, un animal ou un monstre, je m'incline devant ces gardiens d'éternité.

Notre incursion se poursuit dans ce monde fantasmagorique. Tout ici est « stupéfiant », « inouï », « sublime », « fabuleux », « sidérant », « incroyable », « grandiose ». Chacun y va de son qualificatif pour décrire cette féerie. Nous franchissons des galeries où les eaux d'une rivière disparaissent pour renaître en lac un peu plus loin. Nous traversons des salles où les nombreuses cascades jaillissantes s'évanouissent au cœur de gouffres sans fond. Plus nous avançons, plus la sensation d'être dans la peau d'un héros de Jules Verne ne me quitte plus.

Au détour d'un dédale de galeries, une stalagmite, de plus de cinq mètres de haut et d'une circonférence à peine imaginable, se dresse, majestueuse, devant nous. Sa blancheur a un tel éclat qu'elle paraît incrustée de milliers de petits diamants. À ses côtés se tient une colonne aux dimensions phénoménales qui semble veiller sur le joyau.

Je ne peux m'empêcher d'émettre un sifflement.

— Ben mon vieux… Quand je pense qu'il faut près d'un siècle pour que ça prenne un centimètre !

Gojan nous explique avec grande fierté que « le brillant » est le symbole de ces grottes. Pris par son engouement, il va jusqu'à dire qu'il est le symbole de la toute-puissante Slovénie. Il s'arrête net, la Slovénie n'existe plus. De facto, ces grottes… « ses » grottes sont italiennes dorénavant. Comprenant sa bourde, il s'affole. On éclate de rire. On lui fait savoir qu'avec nous il n'a rien à craindre, que nous sommes là par force et non par conviction. Bien évidemment, d'avoir engagé ainsi la conversation, l'occasion est trop belle… Je m'empresse de lui montrer ta photo.

Les autres n'en reviennent pas et les réflexions fusent.

— Voilà qu'il remet ça !

— Non mais dites-moi que je rêve. Il est pire que ce que je m'imaginais !

— J'te l'dis : même sur une île déserte, il trouverait le moyen de dénicher quelqu'un pour parler de sa Mouky !

— Un fou ! C'est un fou !

Il n'y a que Stalo qui compatit.

— Je sais pas trop ce qu'ils disent, mais les écoute pas, Lino ! Ce sont tous des jaloux !

Tout à coup, j'entends Marcello qui nous fait signe de nous taire tous et de venir le rejoindre. Il est là, penché par-dessus la balustrade, à scruter l'eau noirâtre.

— Y a un bébé dragon, juste là !

Il est surexcité. Nous, on le charrie.

— C'est une légende, Marcello !

— Je te dis que c'en est un ! Je l'ai vu, il était là ! T'en connais beaucoup toi, Lino, des poissons avec quatre pattes et des doigts qui ressemblent à un lézard transparent ?

S'il le dit. On s'accroupit histoire de vérifier que le Marcello ne divague pas trop. Mais il a raison, ça bouge ! Il y a bien un truc là-dedans. Alors on se rapproche doucement jusqu'à mettre la tête au ras de l'eau. Et rien. Juste l'eau noire des entrailles terrestres.

— Il a dû rejoindre sa Mouky lui aussi, m'empressé-je de dire, plaisantin.

— Il a osé ! Même avec un dragon au fond d'une grotte il y arrive. Ça m'épate ! Tu m'épates, Lino ! s'esclaffe Stalo.

De retour à l'air libre, je me rends compte que, durant tout le temps de la visite, je n'ai cessé de répéter : « Si ma Mouke était là ! » Encore et toujours la même chose.

Sur le chemin du retour, j'aperçois des violettes qui poussent sur le bord de la route. Je m'arrête pour en cueillir. Les autres se gaussent. Mon regard se glace et le silence prend place. Après tout, ils peuvent penser ce qu'ils veulent, qu'est-ce qu'ils y connaissent à l'amour ? Je soupire et avec le plus grand soin je range les fleurs dans mon portefeuille.

X

Gorizia, jeudi 2 juillet 1942

Entre deux ravitaillements, pour faire face aux heures vides passées à nous regarder dans le blanc des yeux à attendre que les minutes se consument cigarette après cigarette, nous nous sommes mis en tête d'organiser des combats de lutte. La terre battue de la caserne n'est pas très réglementaire comme tapis, mais on fait avec ce qu'on a. Au début, nous n'étions que quelques-uns à suer. Puis d'autres gars curieux de voir des envolées de poussière en plein centre de la caserne nous ont rejoints. Du coup, maintenant, on se retrouve facilement à dix pour s'affronter. Et attention, quand on parle lutte, ça devient sérieux.

L'armoire à glace qui se trouve en face de moi aujourd'hui est presque aussi large que haute. Un parfait cerbère au regard de cendre. Je ravale bruyamment ma salive. Ce qui compte, c'est la force mentale. Enfin, j'essaie de m'en convaincre.

Mon petit rappel des règles. Un rituel que je tiens depuis ma première défaite :

– Règle numéro un : ne jamais sous-estimer un adversaire.

– Règle numéro deux : aucun coup porté en dessous de la ceinture.

– Règle numéro trois : faire en sorte de ne jamais enfreindre la règle numéro deux.

On se met en place. Un face-à-face des plus solennels. « Le premier geste en lutte n'est pas forcément le plus décisif, me disait mon mentor. Attends de voir ce que va faire ton adversaire. Laisse-le se précipiter. Utilise son orgueil. Bats l'homme à son propre jeu. »

Le combat commence. Nous nous tournons autour, nous nous jaugeons. Premier contact. Nous sommes tous les deux penchés tête contre tête, la main ferme sur la nuque de l'autre. Il pose sèchement sa main gauche sur mon épaule. Il veut me déséquilibrer. Sauf qu'il ne me connaît pas. Il a de la force, moi de la technique. Et comme me disait toujours mon maître en la matière : « Sans l'intelligence, la puissance ne sert à rien. »

Pour parer sa prise, je positionne ma main au creux de son coude gauche. Il n'a pas encore compris. Ma main gauche l'emmène vers le bas. Déstabilisé, il pose un genou à terre. Le deuxième. Je l'agrippe par les épaules. Là, il ne me reste plus qu'à forcer un peu, et voilà il est en dehors de la zone. Un bon début. Mais ce début ne semble pas lui convenir.

Son regard est rancunier, à en devenir mauvais. Il se rue sur moi avec la virulence d'un taureau. J'arrive à parer son bras droit puis le gauche. Mais ses bras sont immenses, tentaculaires, un véritable *Octopus*. Je le sens qui s'enroule autour de moi et resserre sa prise. La seconde suivante, je suis tête en bas. Il lâche. La gravité fait le reste. Mais je ne suis pas vaincu. Je me relève, du sang coule de mon arcade. Ce n'est qu'une égratignure. De nouveau, il fonce sur sa proie : moi. Cette fois, il tente de m'immobiliser les cuisses. Faute. Stalo, arbitre du jour, ne relève pas. L'autre en profite pour resserrer ses bras autant qu'il peut. Il est trop pressé. Et il a beau serrer tout ce qu'il veut, mes appuis ne bougeront pas. Je réussis à me dégager. En un rien de temps, je me retrouve derrière lui. Mes bras le ceinturent. Je me projette en pont arrière, l'embarquant avec moi. Il n'a rien vu venir. Son corps dessine un arc de cercle, les pieds au-dessus de la tête. Son poids fait le reste. C'en est fini. Ses omoplates viennent s'écraser sur la terre battue. Je lui maintiens les deux épaules au sol. Stalo valide le tombé.

Nous sommes encore à terre quand, à hauteur de regard, j'aperçois des bottes. C'est sûrement un gradé. Seul un gradé peut avoir les bottes aussi cirées que le parquet du château de Versailles. Je tente de lui jeter un regard, mais le contre-jour m'aveugle. Je ne vois qu'une silhouette dans un halo de lumière. Je me relève et essuie le sang qui coule toujours le long de mon visage. C'est Piatelli. Le garde-à-vous est de mise.

— Repos soldat ! Beau combat que vous nous avez livré là ! Je vous félicite.

— Merci, mon commandant. Je ne savais pas que vous vous intéressiez à la lutte.

— Si. Beaucoup. D'ailleurs si vous pouviez me suivre, j'ai deux mots à vous dire à ce sujet.

J'attrape ma chemise, donne deux trois consignes aux gars pour continuer et lui emboîte le pas au petit trot. Je me demande bien ce qu'il peut avoir à me dire à propos de lutte. Après tout, il peut bien me parler de tout ce qu'il veut, du moment qu'il ne me lâche pas pour ma permission.

L'enthousiasme sportif derrière nous, l'aura martiale de Piatelli s'estompe. Il deviendrait presque sincère.

— J'ai entendu dire que c'était votre initiative, Ventura, cette histoire de lutte...

— Ben vous savez, mon commandant... La gamberge, c'est pas trop bon pour le moral. Alors, avec les gars, on s'est dit que la lutte, c'était un bon moyen de penser à autre chose...

— Ah, je reconnais bien là une des valeurs essentielles de ce sport : l'initiative ! dit-il en me donnant une claque dans le dos.

Il a la main ferme, le commandant.

— Mais si vous voulez mon avis, Stalo fait un bien piètre arbitre, ajoute-t-il sur le ton de la confidence.

— Je ne vous le fais pas dire, mon commandant, mais disons qu'il est en phase d'apprentissage et moi en phase d'indulgence.

— Bien. Et vous ? Ça fait longtemps que vous pratiquez ?

— Depuis que j'ai douze ans, mon commandant.

— Grand dieu, vous m'en direz tant !

— Et j'ai bien l'intention d'obtenir un jour le titre de champion du monde, dis-je sans une certaine assurance.

— Ah oui ? Rien que ça ! Le moins qu'on puisse dire, c'est que vous mettez la barre haut, vous !

— Peut-être bien. Mais vous savez, mon commandant, jusqu'ici la vie n'a pas été tendre avec moi et la lutte m'a appris une chose essentielle : il faut savoir ce qu'on veut et s'y tenir. Et si sur le chemin qui mène au but on tombe, eh bien... on se relève et on recommence. Une fois, dix fois, mille fois s'il le faut, mais on recommence. La persévérance, mon commandant, voilà ce que j'ai appris !

Piatelli semble curieusement touché. Il hoche la tête en soupirant. J'ai le sentiment qu'il aimerait dire quelque chose, mais rien ne vient à part un raclement guttural.

— Je savais que vous aviez un bel esprit, Ventura. Je vous félicite. Un esprit tel que le vôtre est l'essence même d'un vrai combattant !

Ça doit sûrement être un compliment, mais je ne vois pas le rapport entre mon sport et son supposé combat.

— Pardonnez-moi, mon commandant, mais… où voulez-vous en venir ?

Il s'arrête brusquement et me regarde en retenant un sourire.

— Je vous propose de devenir instructeur de lutte au sein de cette garnison.

— Ah ?… Euh… bah… Mon commandant… J'en sais trop rien !

— Rendez-vous compte : enseigner un art ancestral, le nôtre qui plus est ! Quoi de plus noble ? Sans compter que vous avez l'âme d'un chef. Il suffit de voir comment vous menez tout ce petit monde. Vous pourriez faire la fierté de cette compagnie ! Que dis-je ? De cette garnison !

Quand je pense à ce que je t'avais dit avant de partir : « Je vais tellement leur en faire voir, qu'ils me paieront pour que je revienne. » Quelle ironie !

— Alors ? Qu'est-ce que vous en dites ?

— Ben disons que je ne suis pas franchement entraîneur. Moi, je serais plutôt de l'autre côté des cordes, mon commandant !

— Allez, allez, Ventura, pas de fausse modestie ! Et puis vous ne voudriez quand même pas décevoir votre colonel qui se réjouit d'avance d'assister à de futures rencontres, n'est-ce pas ?

Il a donc parlé de moi au colonel. Et si devenir entraîneur peut aider à notre revoir… Pourquoi pas !

— C'est d'accord mon commandant.

— À la bonne heure ! Je vais voir avec le colonel Barazani comment nous pouvons vous en donner la charge dans les plus brefs délais.

Profitant de ses belles dispositions à mon égard, je saisis la balle au bond.

— Si je peux me permettre, mon commandant… Si vous pouviez aussi lui demander pour ma permission.

— Je vous l'ai dit, dès que vous aurez tous les papiers nécessaires, je me chargerai d'appuyer votre demande.

— Je vous remercie, mon commandant, mais ma femme est déjà en train de faire tous ses préparatifs pour me rejoindre à Parme le 9 août et comme elle vient de Paris, il faudrait que je sois sûr d'obtenir une permission pour cette date, vous comprenez ?

Il devient soudain pensif, presque énigmatique. Son engouement s'est envolé pour faire place à une troublante gravité.

— Eh bien, caporal… Oui, je peux comprendre, mais il est difficile de répondre à une telle question étant donné que nous ne savons même pas où nous serons demain.

Aussitôt dit, il tourne les talons et s'en va. Le ton qu'il vient d'utiliser n'est pas pour me rassurer.

Caserne de Gorizia, samedi 4 juillet 1942

Toujours aucune nouvelle pour ma permission, mais ma cause est entre de bonnes mains, je crois. La seule information que j'ai eue, c'est qu'à partir de lundi je serai de service de jour. Ce qui, militairement parlant, signifie : faire le réveil, s'occuper du café le matin, servir la soupe midi et soir, aller chercher les rations de pain, porter les souffreteux chez le médecin, faire le ménage ; enfin tout le saint trimbalement journalier.

Mais pas aujourd'hui. Aujourd'hui pour moi, c'est quartier libre. Alors je sors mes petits trésors, je regarde tes photos, je relis tes lettres, je caresse ta mèche de cheveux, tout mon petit rituel, quoi. Et patatras ! Voilà reparti le manège aux souvenirs ! Comme la piste rayée d'un soixante-dix-huit tours, le cafard brouille mes pensées. Une fois de plus. Comme si ça ne suffisait pas, sans lettre de toi depuis des jours et des jours, je suis complètement désorienté. Privé de toi, il me semble qu'on nous sépare encore plus. Que se passe-t-il ? Pourquoi n'ai-je pas ma lettre ? C'est bête de me rendre malade à ce point, je le sais, mais c'est plus fort que moi. Tout mon beau courage s'effrite et je flanche un peu plus chaque jour.

Je suis toujours à me morfondre quand j'entends au loin le vrombissement d'une moto que je reconnaîtrais entre mille : le side-car de notre vaguemestre.

Son arrivée pétaradante fait valser la poussière grasse de la caserne. Il n'a pas coupé son moteur que nous nous approchons de lui telle une meute flairant son gibier. Je n'y tiens plus et je tente de soulever la couverture de cuir qui protège sa malle aux trésors.

— Oh ! Lino, tout doux ! Laisse-moi au moins le temps d'arriver !

— Excuse-moi, j'attends une lettre de la plus haute importance !

— Oui, comme d'habitude !

— Peut-être, mais là c'est encore plus important que d'habitude !

— C'est bien ce que je dis…

Il fait le tour de sa moto et soulève la lourde couverture de cuir. Dans le coffre de métal, plusieurs liasses de lettres et des colis de toutes sortes. J'aimerais que tout soit pour moi. Il humecte ses doigts et fait défiler les lettres avec la cadence d'un ouvrier des *Temps modernes*.

— Santini !... Lombardi !... Esposito !... Mancini !... Colombo !...

Je vois rouge. Dans cette bousculade euphorique, les noms défilent, les bras se lèvent, les mains se tendent. Ceux qui viennent de recevoir leur sucre d'orge s'en vont, la mine réjouie. Rien pour moi. Je m'impatiente. Il doit bien y avoir un petit quelque chose, ne serait-ce qu'un billet ou une carte.

Ce ne sera pas pour cette fois.

Nous sommes un petit groupe figé devant la boîte de Pandore. Vide. Résigné, je reste tandis que le vaguemestre enfourche sa moto, fait gronder le moteur et repart dans un vrombissement poussiéreux.

Je rage en silence contre ce postier de malheur quand tout à coup une voix s'élève au-dessus du nuage opaque.

— Ventura ! Télégramme pour Ventura !

J'ai bien entendu ? Il a bien dit « Télégramme » ? La voix répète. En deux temps, trois mouvements, je me retrouve devant un jeune homme aux allures de premier de la classe.

— C'est vous, Ventura ?

— Oui, c'est moi.

Il me tend le pli cacheté que je prends comme un gamin chiperait une pomme sur un étal. Mon cœur s'emballe. C'est le consulat ! Je déchire frénétiquement l'enveloppe. C'est sûrement une bonne nouvelle. Oui, c'est sûr !

« Monsieur Ventura Angiolino,

Par la présente nous vous informons que le passeport N° 2477733 délivré à Mme Ventura Odetta Luciana née

Le Comte a bien été enregistré sous le numéro 6289 et validé par le consul général sous le numéro de visa 1827 – Numéro d'ordre 453219045624-8364/4405652153715356.

Le présent visa est valable pour un séjour temporaire dans le Royaume d'Italie. Un laissez-passer sera accordé après vérification de la part des Autorités allemandes. Ce laissez-passer devra être présenté au poste frontière du col Bardonecchia. Le retour en France devra être effectué par le même poste frontière et ce impérativement avant le 30 septembre 1942.

Paris, le 4 juillet 1942

Service des Affaires étrangères
auprès du consulat général d'Italie à Paris. »

Je reste un moment interdit, bouleversé. Je ne réalise pas. Tu as ton passeport. Cela veut dire que tu viens donc. Ça y est, tu viens !

La précieuse missive serrée entre mes doigts et le sourire béat, je sors de ma stupeur et me précipite au commando. Je passe la porte, trop vite, je trébuche et manque de tomber à plat ventre. Je me rattrape in extremis. Un peu plus loin, derrière une table à l'entrée du bureau de Piatelli, un homme me regarde, consterné. Il n'a même pas sourcillé devant mon entrée fracassante. Non, lui, c'est l'aide de camp. Impassible. Imperturbable.

— Le commandant n'est pas là, me lance-t-il glacial avant même que j'ouvre la bouche.

— Je dois absolument lui parler !

Il pose méticuleusement son tampon-buvard sur son support et me toise.

— Puisque je vous dis qu'il n'est pas là ! En quelle langue dois-je vous le dire ?

— Pardonnez-moi si j'insiste, mais je viens de recevoir un télégramme de la plus haute importance que je dois remettre au commandant. C'est au sujet de ma femme ! Je viens de recevoir l'autorisation pour sa venue ici, vous comprenez ?

— Non, pas bien. Et je vous le répète : le commandant n'est pas présent.

Sa capacité à employer la même intonation me laisse sans voix. Il est d'un monocorde absolu. Fascinant.

— Vous n'auriez pas une petite idée de l'heure de son retour, par hasard ? Je dois impérativement m'entretenir avec lui de ma permission car ma femme ne va tout de même pas faire le voyage depuis Paris pour rien !

— Ah, c'est donc vous, le Parisien, dit-il, le verbe traînant.

— Ça se voit tant que ça ?

— Non pas vraiment, mais tout le monde s'accorde à dire que vous avez une bien jolie femme.

Son regard s'est soudain éclairé.

— Ma femme n'est pas jolie, elle est magnifique ! Attendez…

Je m'empresse de sortir une de tes photos de ma veste. Ma préférée. Celle où tu es assise sur un banc à Bagatelle au milieu de la roseraie, où tu portes cette robe aux couleurs de printemps qui te va à ravir et où tu fais mine de m'envoyer un baiser.

— Je vous présente ma femme, Mouky.

— En effet… Elle est d'une grande beauté.

Il s'est adouci. Personne ne te résiste. Fidèle à moi-même… Dès que je commence à montrer ta photo, c'est tout notre Paris qui y passe. Si bien qu'au bout d'une demi-heure, l'aide de camp connaît la capitale presque aussi bien qu'un titi. Il en a même retrouvé un semblant d'humanité.

— Je vais voir ce que je peux faire, mais je ne garantis aucun délai de transmission.

— Tant que vous la lui faites parvenir, c'est tout ce que je demande !

L'aide de camp prend le télégramme que je tiens fermement. J'ai dû mal à lâcher l'unique papier certifiant ta venue. C'est idiot. Nous allons y arriver. Ce n'est plus qu'une question de jours. Je l'aurais bien pris dans mes bras, cet aide de camp, mais il a déjà retrouvé sa sensibilité de pierre tombale. Je repars du bureau en sifflotant. Dommage que Stalo soit de service à Postumia. J'aurais aimé lui annoncer la nouvelle, mais le Baryton a trouvé un nouveau passe-temps pour nous emmerder : nous séparer le plus possible en nous affectant à des tâches différentes. Le trop-plein d'humanisme, ça ne lui va pas.

Après la soupe, le régiment tout entier est au courant pour ta venue. Il y a même des gars à qui je n'ai jamais parlé qui me félicitent, c'est pour dire !

Je suis encore à savourer la nouvelle quand l'aide de camp de Piatelli vient me chercher.

— Ventura ! Vous êtes prié de vous présenter sur-le-champ chez le colonel Barazani. Ordre du commandant.

Je le suis jusqu'au quartier des officiers. Quelques minutes plus tard, me voilà dans un corridor désert, interminable ; tout au bout, le bureau du colonel.

— Attendez là.

— Mais… et le commandant ?

— En rendez-vous avec le colonel. Il a juste demandé à ce que vous l'attendiez là.

Alors j'attends.

Je fais les cent pas en tortillant nerveusement mon calot. Le temps s'étire. Parfois les bribes d'une conversation me parviennent. Et s'ils me disent non… « Monsieur Ventura, il va falloir attendre trois mois ! », ou encore : « Le passeport n'est pas aux normes ! », ou : « Les permissions sont toutes suspendues » ou que sais-je encore !

La porte s'ouvre enfin. Je m'arrête net, tétanisé, le souffle coupé, le cœur prêt à exploser. C'est Piatelli. Il referme la porte et se dirige vers moi.

— Bonne nouvelle, soldat ! Le colonel m'a dit : « Qu'il fasse venir son épouse au mois d'août, elle sera la bienvenue ! »

Je reste sans réaction.

— Eh bien, Ventura ! Vous m'avez entendu ? Votre femme peut venir ! Une permission anticipée vous sera accordée.

Je ne sais pas quoi dire. Je retiens mes larmes pour ne pas paraître ridicule.

— Merci, mon commandant ! Merci ! lui dis-je en lui serrant fermement la main.

— Ne me remerciez pas trop, Ventura, comme je vous l'ai dit, nous ne pouvons rien prévoir à l'avance et j'ignore encore combien de jours pourront vous être attribués.

— Je comprends bien, mon commandant, mais en imaginant que vous puissiez me le dire, ça tournerait autour de combien ?

Il se raidit.

— Vous savez Ventura, dans le contexte actuel, obtenir une permission, ça tient déjà du miracle, alors n'insistez pas et estimez-vous heureux !

C'était la question de trop.

XI

Gorizia, mercredi 8 juillet 1942

Allons bon, voilà que ça recommence ! Quatre jours sans aucune nouvelle. J'essaie de me rassurer en me disant que cela doit être la faute de cette maudite poste qui fonctionne quand bon lui semble. Pour tout arranger, depuis le début de la semaine je me trimbale un mauvais rhume et impossible de m'en débarrasser. Il faut dire qu'avec le climat qu'il fait dans ce pays, il y a de quoi les attraper en série. Ce sale temps humide et froid peut aussi se targuer d'avoir réveillé ma douleur au pied. Et le Baryton n'ayant rien trouvé de mieux que de me mettre de garde la nuit, ça ne fait qu'empirer. Du coup, dès que j'ai fini mon service, je file m'allonger. Seulement à rester au lit sans rien faire, je me mets à penser et bien sûr le cafard ne tarde jamais à se pointer. Alors pour le tenir à distance, j'use de subterfuges ; je range tes lettres, mon portefeuille, toutes ces reliques qui me font vivre un peu avec toi. Et dire que je vais pouvoir enfin te revoir. C'est inimaginable ! J'exulte tellement en moi-même que ça me rend complètement idiot.

Seulement depuis quelques jours, il y a une pensée absurde qui vient me tourmenter. J'essaie de toutes mes forces de la rejeter, mais elle revient toujours : combien de temps me donneront-ils de permission ? Je me dis que, malgré le nombre de jours, même nombreux, ça sera tellement court… J'ai comme l'impression que le temps marchera plus vite que d'habitude. Puis tu repartiras, il faudra que je te quitte encore. Ça me rend fou !

Gorizia, dimanche 12 juillet 1942

Aujourd'hui, chose rare, il fait un temps splendide et chaud. Ce matin comme tous les dimanches, nous avons été à la messe. Une fois de plus, j'ai prié. Peut-être même un peu plus fort que d'habitude. Si le bon Dieu nous aide, nous serons dans les bras l'un de l'autre dans moins de vingt jours maintenant.

Pour essayer de me changer les idées, comme on a permission jusqu'à quinze heures et que, pour une fois, je suis en fonds, j'ai décidé de me payer le luxe d'aller manger dans une petite auberge que j'ai repérée lors d'une patrouille au nord de l'ancienne frontière. La bonne odeur qui s'en dégageait m'avait fait penser alors à notre repas de noces chez Eugène.

Stalo m'aurait accompagné avec plaisir, mais il a dû rester avec les autres à Postumia. Ordre du Baryton. Je suis sûr qu'il l'a fait exprès, une fois de plus. Il avait l'air un peu trop réjoui quand il est venu m'annoncer que « mon petit copain le Français » ne reviendrait pas de toute la semaine. Pathétique.

Arrivé devant l'auberge, un doux fumet de cuisine me met l'eau à la bouche. Je traverse une terrasse ombragée où quatre tables en fer forgé n'attendent plus que le client. Je passe une imposante porte d'entrée, un vrai Golem sculpté dans le bois. Elle contraste avec le minuscule vestibule où un portemanteau hors d'âge supporte plusieurs chapeaux d'homme. Sur la gauche, une porte battante donne sur une salle aux murs enduits de chaux. Sur la droite, un comptoir derrière lequel une jeune fille paraît s'ennuyer ferme. Le long des murs, une dizaine de tables en encadrent une ronde autour de laquelle huit hommes sont plongés le nez dans leur assiette. Une seule femme les accompagne. Un peu raide, en léger retrait de la tablée, elle m'a tout l'air d'être la patronne. Le cliquetis des cuillères a suspendu son concerto et neuf paires d'yeux sont maintenant braquées sur moi.

— *Pozdravljeni* [1] ! dis-je timidement.

Un grommellement s'échappe de la tablée.

— *Dobrodosel* [2] ! me lance la femme.

Je la salue d'un hochement de tête tandis que les grandes lampées de soupe reprennent sans la moindre parole. La femme s'adresse à la jeune fille qui lui répond par un haussement d'épaules. Tout dans son attitude respire sa répugnance d'avoir à servir un Italien. J'aimerais lui expliquer que je ne suis pas l'envahisseur qu'elle s'imagine, que je comprends ce qu'elle ressent et la douleur que cela engendre. Mais pour cela, il faudrait que je lui raconte mon histoire. Alors comment le lui dire ? Avec l'uniforme que je porte, j'ai peur de ne pas être crédible.

Elle sort enfin de derrière le bar en traînant des pieds et d'un air renfrogné, elle me fait comprendre de la suivre. Demi-tour sur la terrasse où elle m'installe et me plante là sans plus d'explications. À peine suis-je assis que je la vois revenir avec un verre, une carafe d'eau, une petite coupelle

1. Bonjour !
2. Bienvenue !

en bois dans laquelle se trouve une tranche de pain, un morceau de fromage et deux olives. J'ai à peine le temps de lui dire merci qu'elle a déjà tourné les talons.

La patronne prend le relais. Elle m'annonce dans un italien approximatif le menu du jour. Question plat de résistance, je ne comprends pas un mot de ce qu'elle me raconte. En boisson, il y a du vin de son jardin, pas de café, mais une infusion aux herbes. Tout me va. Je fais confiance, on verra bien. Par les temps qui courent, il serait malvenu de faire le difficile.

Être à table à une heure décente, autrement dit à treize heures, c'est déjà bien. C'est quelque chose que j'avais presque oublié. Une femme dans la maison d'en face ouvre grand sa fenêtre. Quelques secondes plus tard, la musique d'un concerto pour violon s'en échappe. Je soupire. Je reconnais Beethoven. Je sors ta photo et la cale contre mon verre face à moi. La jeune fille revient avec une petite marmite de soupe de tomates, de haricots et d'orge aux épices odorantes. Elle m'en sert une pleine louche et repart aussi sec. À peine ai-je fini mon entrée que revoilà la gamine. Elle m'apporte une assiette garnie d'étranges raviolis en forme d'osselets accompagnés de polenta et d'une sauce persillée comme je l'aime. Je me régale jusqu'à la dernière miette, jusqu'à la dernière goutte. Je n'avais pas mangé aussi bien et aussi bon depuis longtemps.

Alors que le violon s'emballe allegro, j'attrape ta photo, plonge dans tes yeux et t'embrasse. La gamine, théière en main, me prend en flagrant délit d'enfantillage amoureux. Je me sens d'un coup totalement idiot.

— C'est ma femme… finis-je par articuler, engoncé de ridicule.

Presque involontairement, elle me jette un regard mi-triste mi-amusé.

— Hmm… Votre femme ? Elle est drôlement jolie !

À mon tour d'être surpris. Non seulement elle a esquissé un sourire, mais son italien vaut mon français.

— Dis-moi, tu parles drôlement bien italien ! Où l'as-tu appris ?

Il ne lui en faut pas plus pour se renfermer.

— À l'école, monsieur. C'est obligatoire depuis que vous occupez mon pays ! rétorque-t-elle, glaciale.

— Je ne savais pas…

Elle se raidit encore un peu plus. Elle retient ses larmes. Elle a toute la fierté d'une jeunesse mise sous silence.

— Ce n'est pas si mal, l'italien… C'est une belle langue…

Elle me foudroie du regard. Je comprends ma maladresse. Trop tard.

— Le slovène aussi, monsieur !

— Oui, bien sûr…

Le rouge monte aux joues de la jeune fille. Je vois ses poings se serrer comme pour contenir une rage qu'elle garde enfouie depuis trop longtemps déjà. Une rage que j'ai moi-même ressentie devant l'absurde.

Soudain elle laisse exploser son chagrin.

— Vous nous avez pris nos pères, nos frères. Vous vous êtes partagé notre terre comme les restes d'un vulgaire gâteau… Mais ça ne vous suffisait pas ! Il a fallu que vous nous voliez aussi notre langue ! Et quand tout sera fini, quand le feu de la guerre retombera, il ne restera que des cendres. Alors peut-être vous comprendrez que tout ça n'aura servi que le malheur !

Que répondre à ça ? Une gamine vient de me clouer au pilori en quelques mots pour des actes que j'abomine. Mais comment lui expliquer que je ne fais pas partie de ces lamentables malandrins et que leurs actes me révoltent autant qu'elle ?

— Je suis désolé, dis-je abattu. Je sais que tu n'as aucune raison de me croire, mais… tu sais, je n'ai jamais voulu être ici. Jamais ! Ils m'ont forcé comme ils ont forcé bon nombre d'entre nous. Je te jure que tout ce que je souhaite, c'est que les hommes retrouvent un peu de bon sens pour que la paix revienne et que tout le monde rentre chez soi. Tu vois, moi, je ne désire qu'une chose : retourner auprès de ma femme…

Mon sourire idiot dès que je parle de toi la déride un peu. Tant mieux.

— D'ailleurs je n'ai pas fait les présentations ! Elle, c'est Mouky. Moi c'est Lino.

Je lui tends la main qu'elle serre contre toute attente.

— Lana, répond-elle timidement.

Malheureusement, notre discussion tourne court car la patronne ne tarde pas à la rappeler à l'ordre. Bavarder avec un Italien ne doit pas être bon pour le social par ici.

Après ce triste échange, me retrouver avec cette TSF qui joue de beaux airs, ça me fiche un de ces cafards ! De me voir là tout seul, l'envie de pleurer me prend. Je me retiens, même si ça m'aurait fait du bien, je crois. Je dois me secouer, surtout ne pas me laisser embarquer par ce maudit bourdon.

Je retourne à l'intérieur pour régler mon repas. Une lire, vin compris.

La patronne encaisse et me sort un sourire mitigé. Lana a repris sa place d'ennui derrière le bar, les yeux rivés sur ses chaussures. Elle a dû se faire sermonner, c'est sûr. Les hommes se sont arrêtés de parler une fois de plus. Quand je pense qu'en d'autres temps nous aurions peut-être trinqué à la bonne nôtre ! Je salue l'assemblée, dit au revoir à la patronne et adresse un merci à Lana. Elle fait celle qui n'a rien entendu. Je ne lui en veux pas. Tout ça prendra bien fin un jour.

Je ne veux pas rentrer tout de suite en caserne. Non, je veux sortir de cette ville. J'étouffe. Je vais aller m'asseoir dans un pré, ça arrangera peut-être les choses.

Gorizia, mardi 14 juillet 1942

Aujourd'hui c'est ma fête, mes vingt-trois ans. J'espérais tant recevoir un mot de toi ou bien de Maman. Mais rien. Je ne veux pas croire que ma Mouky m'ait oublié. J'aurais beaucoup trop de peine. Surtout que depuis hier au soir, je ne sais pas ce que j'ai. Est-ce le temps ? Il pleut sans arrêt et il fait un froid à vous glacer les os.

Tout ça m'a renvoyé à mon anniversaire de 1940. Il n'était guère plus brillant celui-là…

Un mois que Paris était tombée aux mains du Reich. Tout avait commencé par le bombardement du 3 juin qui avait frappé la rive gauche du côté de Javel. Au matin du 11 juin, on apprenait par la radio que l'armée française était en pleine déroute et que les boches venaient de passer la Somme ; il y eut comme un vent de panique. Une pagaille sans nom. Sans vraiment comprendre ce qu'il se passait, hommes, femmes, enfants prirent place à la hâte sur des matelas eux-mêmes attachés à des casseroles, elles-mêmes suspendues à des valises, elles-mêmes accrochées comme faire se peut aux embarcations de fortune.

En quelques jours, la capitale se vida de ses habitants terrorisés. Comme il était hors de question de mettre en danger Mouky et sa famille, Louis prit aussi la décision de quitter Paris. Je ne faisais pas partie du voyage. Ironie du sort, les Italiens ne craignaient pas grand-chose. Et puis il fallait bien que quelqu'un reste pour envoyer de l'argent. Alors, après avoir calé la dernière valise dans la vieille Peugeot 202 du paternel, tu te détachas de mes bras pour te faufiler sur la banquette arrière. Au coin de la rue Hamelin, la voiture disparut. Je reçus comme un coup dans la poitrine.

Ton père m'avait confié votre appartement, le temps que vous rentriez sur Paris. Mais quand ? Et alliez-vous rentrer seulement ?

Les jours qui suivirent furent étranges. Paris était ville morte. Déserte et silencieuse. Tout était fermé, les magasins avaient baissé leurs rideaux. Les Parisiens qui n'avaient pas fui se demandaient ce qui allait arriver. Derrière les volets clos, chacun cachait son désespoir.

Puis les boches sont entrés dans Paris. Le vendredi 14 juin. Il y eut d'abord les motos, puis les chars puis des milliers de soldats déferlèrent du nord pour parader en fanfare jusqu'à la Concorde. Devant cette démonstration de force, nous étions sonnés, complètement hébétés. Certains hommes pleuraient même comme des enfants.

Le 14 juillet, les fridolins fêtaient leur premier mois d'occupation. Nous, on se sentait abandonnés de tous. Je n'avais aucune nouvelle de toi ni de personne. Nous étions comme coupés du monde. Les boches régnaient en maîtres absolus. Ils étaient partout ! Paris était devenue en l'espace de quelques semaines une ville allemande qui vivait désormais à l'heure de Berlin. Des haut-parleurs montés sur des camionnettes vociféraient des instructions qui tournaient en boucle :

« Le haut commandement ne tolérera aucun acte d'hostilité envers les troupes d'occupation. Tout sabotage et toute agression seront punis de mort. Le couvre-feu est fixé à vingt heures. »

Des panneaux de direction en allemand avaient fleuri à chaque coin de rue, sur chaque place. Sur le perron de l'Opéra de Paris, dans les jardins publics, les squares, des orchestres militaires jouaient du matin au soir. Quand ce n'étaient pas les troupes qui défilaient en chantant, c'étaient des troupeaux entiers de soldats qui venaient en touristes pour visiter les monuments.

La croix gammée flottait désormais sur l'Arc de triomphe. Et le soir du 14 juillet 1940, à cause de ce foutu couvre-feu, je m'étais retrouvé seul.

Alors quand je me vois aujourd'hui au milieu de cette caserne, sans toi, sans Maman, sans personne, ce maudit anniversaire me fait venir un tas de vilains souvenirs. Je me rends très bien compte de toutes les bêtises que je suis en train de me dire, mais je suis un peu nerveux. Je suis debout depuis hier au soir et quand on est tout seul comme ça, on pense, on pense, ça mouline et finalement ça tourne en rond. En tout cas, je donnerais cher pour que ces pensées ne viennent pas me tourmenter, ça fait trop mal.

Mais dans cet océan d'idées noires, une seule pensée vient me sauver de la noyade : dans trois semaines, je serai près de toi. Comme quoi, l'histoire semble vouloir se répéter. En 1940, tu m'étais revenue début août. Le soir du 10. C'était un samedi.

Entre Gorizia, Postumia et la frontière,
mardi 21 juillet 1942

Depuis quelques jours je fais le pigeon voyageur. Tous les matins, je prends la route pour rejoindre les montagnes.

Je suis de nouveau de garde à la frontière, en plein milieu des bois. La plupart du temps, je suis seul, mais parfois Stalo m'accompagne. Le soir tard, je redescends à Postumia après mon service. J'ai tout juste le temps de prendre mon courrier et de dormir un peu avant de repartir.

Et je repars. Aujourd'hui avec une carte de Maman et trois lettres de toi. Une du 23 juin, une du 30 et une du 1er juillet. C'est dire la rapidité ! Si seulement cette dernière m'était arrivée quelques jours plus tôt, j'aurais pu être plus intensément avec toi au lieu de me morfondre comme un imbécile. De plus, cela fait trois longs jours que je n'ai pas pu t'écrire, et je crois que cela me manque autant que de pouvoir te lire. Mais, même si je trépigne d'impatience, j'attendrai d'être à la cabane, je serai plus à mon aise.

D'autant que le trajet promet d'être sportif. C'est le Napolitain qui est chargé de notre transport. Il a la rancune tenace depuis la panne ; il nous bat sacrément froid.

Aujourd'hui, en guise de politesses, il détourne la tête et crache sa chique. Pas un mot. Il tape violemment sur la tôle de son engin : signe de démarrage. *Basta cosi*. Quant à sa conduite… avec Stalo, sans vouloir verser dans la paranoïa, nous avons la nette impression qu'il est plus enclin à viser les nids-de-poule qu'à les éviter.

Depuis que nous sommes partis, Stalo me regarde bizarrement et arbore un sourire en coin qui, j'avoue, m'irrite un peu.

— Qu'est-ce qui te fait marrer ?

— Alors ça y est… T'as des nouvelles ! Tu vas peut-être pouvoir arrêter de faire la gueule maintenant ?

— Je faisais pas la gueule !

— Non, à peine ! dit Stalo dans un éclat de rire. Bon alors, qu'est-ce qu'elle dit ? Allez, raconte !

— Je sais pas. J'ai pas encore lu.

— T'as pas encore lu ?! Tu te fiches de moi ! Ça fait des jours que tu nous gonfles comme quoi t'as pas de nouvelles et le jour où t'en reçois, tu joues les détachés ! Ben mon vieux, toi, je crois que je réussirai jamais à te comprendre.

— Cherche pas, va. Il n'y a rien à comprendre ! Et d'abord, je fais ce que je veux avec mon courrier.

Avec la conduite à la Fangio de l'autre, nous arrivons en un temps record aux abords de la frontière. À peine avons-nous le temps de descendre du camion qu'il repart à toute berzingue avec sa rancœur intacte. On le plaint. Un peu. Il faudra un jour qu'on lui cause. Ou pas.

Ce n'est pas le tout, nous avons encore une bonne demi-heure de marche devant nous. De son barda qui lui scie les épaules à ses maudits croquenots qui lui filent des ampoules, Stalo râle son exaspération. Le tout en traitant Mussolini, Pétain, Hitler et les autres de tous les noms d'oiseaux possibles.

— Non mais tu peux me dire, toi, ce qui leur est passé par la tête pour qu'on en arrive là ? Ça doit être un besoin de se faire la guerre. C'est désespérant. Sans compter que je ne suis pas soldat par nature moi ! Seulement, si tu n'obéis pas, tu sais très bien qu'ils vont t'aligner contre un mur et te fusiller. Nooon, j'te le dis, moi... On n'est pas près de revoir Paris !

Et le voilà reparti. Je l'aime bien Stalo, mais il est comme Coco, il y a toujours un moment où ça dérape.

— Arrête, tu veux ! Tu vas finir par nous attirer la poisse à force de penser négatif.

— Oh mais j'arrête ! Mais t'avoueras que l'avenir est plutôt bouché côté dénouement, non ?

Oui, j'avoue, et je ne peux malheureusement pas le contredire. Mais aujourd'hui, il ne réussira pas à me saboter le moral avec sa dialectique du pire. Pas maintenant, pas au moment où chaque pas franchi, chaque minute écoulée, me rapproche un peu plus de toi.

Comme chaque fois en arrivant à la cabane, mon premier réflexe est d'allumer la TSF, et naturellement en avant la marche aux souvenirs ! La musique me rappelle ce thé chez Ledoyen, ce bal dans les jardins des Tuileries, ce dimanche à la Coupole où nous avions tellement ri avec Jacqueline et Fausto et puis…

— Oh dis Roméo, tu vas rester là à fixer le poste toute la journée ?

Je ne trouve rien à lui répondre, mais le regard que je lui lance le fait battre en retraite. Sans plus d'insistance, il passe son chemin, me laissant avec ma musique et mes lettres.

J'ouvre en premier celle de Fausto. Pour une fois que j'ai des nouvelles ! Cette fichue censure a badigeonné à l'encre noire plus des trois quarts de sa lettre. Ici et là, quelques bouts de phrases ont survécu juste assez pour me faire comprendre qu'il ne va pas très fort. Heureusement ils m'ont laissé le mot de la fin.

« Ton ami, Fausto. »

En ouvrant ta lettre, je suis surpris de ne pas découvrir le baiser que tu as pris l'habitude de me laisser au rouge à lèvres. Vilaine. Et au fil des mots, je me rends compte que tu as toujours ces affreuses pensées à mon sujet !

« J'ai l'étrange sentiment que tu m'oublies, Lino. Que tu ne m'attendras pas… »

— Non, mais ce n'est pas possible de lire des choses pareilles !

Stalo déboule dans la pièce.

— Qu'est-ce qu'y te prend ?

— Je te jure, j'y crois pas ! Mouky remet ça avec sa jalousie ! Comment peut-elle imaginer un seul instant, même pendant un moment de cafard, que je l'oublie ! Y'a pas une minute où je ne pense pas à elle !

— Ah, si c'est que ça… dit Stalo soulagé. Tu peux lui dire que je suis témoin !

— C'est ma faute à moi si cette satanée poste joue les tire-au-flanc ? Les dates de mes lettres ne lui prouvent donc rien ? J'ai l'impression d'être comme un ouvrier qui, toute la journée, a sué sang et eau à son travail et que le soir le patron fiche à la porte parce qu'il n'a soi-disant rien fait ! Je ne sais pas si tu me comprends ?

— Plus ou moins.

— Non, tu vois… J'aurais préféré n'importe quoi que de recevoir ces mots-là ! Je ne la comprends pas.

— Y'a pas à la comprendre ! Vous deux, vous êtes pires que des gamins.

— Peut-être, mais elle, elle ne sait pas l'effet que ça peut me faire, de penser nuit et jour à elle, à en arriver à pleurer comme un enfant !

— C'est bien ce que je dis. Et si tu me demandes mon avis, ça ne vaut pas le coup de se mettre dans des états pareils. Pardon de te le dire, mais c'est complètement idiot !

Idiot, ça l'est. Mais c'est plus fort que moi, je ne peux m'empêcher de te lire encore et encore et plus je te relis, plus ça me fait bouillir ! Après-demain, à mon retour, je t'écrirai de nouveau quand mon cœur aura pris le dessus, mais maintenant, non ! D'ailleurs nous réglerons ça en tête à tête. Et puis peu importe après tout, rien qu'à la pensée que tu vas être là, j'oublie tout, même tes méchancetés car nous ne sommes plus qu'à quelques jours de notre revoir. Seulement quelques jours, c'est inouï !

Y penses-tu, mon Amour ?

Gorizia, dimanche 26 juillet 1942

Maintenant, ce n'est plus qu'une question de temps avant de nous retrouver dans les bras l'un de l'autre. N'est-ce pas fantastique ? Si tu pouvais entendre le bafouillage de mon cœur. Ah, cette attente ! Compter les heures, les jours, les semaines. Je ne me rappelle pas dans ma vie avoir été aussi fiévreux et impatient dans l'attente d'un événement. Je ne peux pas tenir en place. Je suis sur de tels charbons ardents que la nuit, il m'arrive même de me réveiller le sourire aux lèvres. Alors, dans mon cerveau engourdi, bêtement je cherche la raison et d'un seul coup, ça me revient. Je vais voir ma femme ! C'est incroyable ! Je crois rêver… Mais non, c'est bien réel.

Et d'évoquer en moi certains moments que nous aurons tous les deux, l'un près de l'autre, je suis ivre, oui, ivre ! Ce seront des jours inoubliables, des jours comme jamais. Je ne sais pas mais j'ai envie de casser quelque chose ! De mordre, de crier ! Oui, je sais, je suis fou ! Fou de désir, fou d'amour, fou de passion !

Dieu que cette période de ma vie ne s'effacera pas de sitôt de ma mémoire.

Chéri !

Aujourd'hui j'ai reçu deux autres lettres de toi, et je sais que toi aussi, tu es fiévreuse pour notre revoir. Mon Aimée, dire que quand cette lettre t'arrivera, il ne manquera plus que quelques jours à ton départ ! Vous ne vous rendez pas compte vous, messieurs et mesdames ! Mais cette Grosse Boule va faire son premier grand voyage et toute seule, vous savez !

Dans ta lettre tu me demandes ce que tu pourrais m'apporter, voyons voir d'abord des lames pour mon rasoir, ensuite mes chaussures de lutte, de l'eau de Cologne si tu peux. Et si tu peux aussi, vois s'il y a un livre ou deux qui pourraient me plaire. Voilà ma dame adorée, mes ordres sont donnés. Ah ! Non ce n'est pas tout, je veux que tu m'apportes plein plein d'amour ! Mon Amour excuse-moi si je me répète mais quand je pense que je vais t'avoir dans mes bras, te serrer tout contre moi ! Il vaut mieux que je m'arrête là-dessus, car je ne sais pas ce que je finirais par écrire.

Pour ma permission je te répète tout va bien, et je te le dis encore une fois je suis presque sûr d'avoir le double et même plus de ce qui m'attend comme durée. Tu sais ton Lino, quand il s'agit de son amour, se ferait même voleur s'il savait pouvoir te rendre heureuse ! Maintenant Mouky chérie, je vais te quitter, en t'assurant mon Amour que jamais tout mon être n'a jamais été aussi en liesse !

Au revoir mon Aimée, je t'aime ! Je t'adore ! Mon Amour, aujourd'hui je veux être téméraire, je te quitte en t'embrassant sur tes lèvres adorées et en te disant à bientôt ! Je t'adore, Lino

XII

Parme, vendredi 7 août 1942

« *Parma, fermata di cinque minuti*[1] *!* » Il ne m'en faut pas plus d'une pour sauter de ce train qui a mis un siècle, fendre la foule et me retrouver à l'extérieur de cette gare qu'en ce jour précis je bénis.

Tu as dû arriver hier comme prévu. Enfin je l'espère. Comment puis-je en douter ? Bien sûr que tout s'est bien passé ! Maman est venue te chercher et tu es là. Il ne peut en être autrement. Quatre mois et vingt-huit jours que je ne t'ai vue !

Tout mon être bouillonne à l'idée de te prendre dans mes bras. Pour de vrai. Cet instant, je l'ai imaginé à coups de nuits blanches. Je l'ai rêvé en noir et blanc et en couleurs. Et nous y voilà.

J'accélère le pas. Passé le coin de la rue où habite Maman, je cours comme un fou.

Je crie ton nom. Sous les toits, ta jolie tête apparaît à la fenêtre. Le temps d'un sourire et d'un strident « Lino ! », tu as déjà disparu.

---

1. « Parme, cinq minutes d'arrêt ! »

Je prends conscience au ralenti que tu es là. La porte de l'immeuble s'ouvre. Plus que quelques mètres nous séparent. Mon cœur bat à tout rompre. Nous nous jetons dans les bras l'un de l'autre comme deux amoureux dans un film. Je tremble de te sentir ainsi tout contre moi. Le visage enfoui dans ta chevelure, je te savoure. *Mon Amour, mon Aimée, ma femme...*

Nous restons ainsi sans bouger, sans parler, sans pouvoir nous décrocher l'un de l'autre.

— Tu m'as tellement manqué... me murmures-tu en te blottissant un peu plus.

Je prends ton visage entre mes mains et plonge avec délice dans l'azur de tes yeux.

— Et toi, mon Amour ! Si tu savais... Mais tu es là !

Nos lèvres se frôlent et nous osons un baiser. Je resserre un peu plus mon étreinte. Non, ce n'est pas un rêve.

La voix de Maman nous fait revenir sur terre.

— Mais pour l'amour de Dieu, ne restez pas comme ça dans la rue, montez !

Nous éclatons de rire de la voir ainsi s'énerver.

Je t'embrasse de nouveau. Tes yeux, ta bouche, toi, comme c'est bon ! Six mois de tourments viennent de se volatiliser comme par magie. J'attrape ta main pour t'entraîner dans les escaliers et comme deux gosses, nous les grimpons quatre à quatre.

Le temps de faire un brin de toilette et de troquer mon uniforme contre un costume, nous voilà embarqués par Maman pour nous rendre chez l'oncle Paride. D'après ce qu'elle me raconte, il a lancé une invitation auprès de la moitié de la ville.

— Mais dis-moi, Mamma... Quelle mouche l'a piqué ?

— Tu connais Paride, non ? Hier, à la gare, il n'a pas pu s'empêcher de jouer les grands seigneurs devant ton oncle Emilio et surtout devant ta femme !

— Comment ça, devant ma femme ?

— Eh oui ! Je lui ai fait un effet bœuf... dit Mouky sur un ton coquin.

Mouky, accrochée à mon bras, éclate de rire en m'embrassant sur la joue. Moi, ça me plaît qu'à moitié. Qu'est-ce qui lui a pris à Paride de jouer les jolis cœurs ?

— Tu verrais ta tête ! Tu ne serais pas un peu jaloux ?

— Non, bien sûr que non ! Quelle idée ! Simplement, il ne faudrait pas que ça devienne une habitude.

À peine arrivés sur la petite place où se trouve l'immeuble de Paride, j'aperçois Emilio pensif en train de fumer sa cigarette au balcon. Je n'ai pas le temps de l'interpeller qu'il nous salue d'un grand geste de la main et nous annonce d'une voix tonitruante :

— Paride, ils sont là ! Ils arrivent !

Sur le pas de la porte de son appartement, Paride nous accueille les bras grands ouverts.

— Principessa, vous voilà ! Éblouissante de la beauté ! dit-il dans un français approximatif en te faisant tournoyer comme une danseuse de boîte à musique. Et toi Linetto ! Que je suis heureux de te voir enfin ! lance-t-il en me donnant l'accolade.

— Oncle Paride, moi aussi je suis content ! Merci de nous avoir invités, mais franchement il ne fallait pas.

— Ba ba ba ba ba ! C'était hors de question de ne pas fêter dignement le retour de mon neveu, sans compter la venue de sa jeune épouse !

Tout en faisant un baisemain à ma femme, il poursuit :

— Cette satanée guerre nous a empêchés de nous rendre à votre mariage, elle ne nous empêchera pas de le fêter comme il se doit de ce côté-ci des Alpes ! Allez ! Maintenant assez perdu de temps ! Entrez, il y a du monde qui vous attend !

Et « du monde », il y en a… Même les voisins sont venus en amis. Tous ont répondu présents, sûrement curieux de faire la connaissance de « la belle Française » qui a épousé leur petit Linetto. Mes oncles Primo et Angiolo sont venus accompagnés de leurs compagnes, mes cousins Alberto et Gianni sont là aussi et même la *zia* Antonietta, leur mère, est venue de Busseto. Un tour de force quand on sait que la Antonietta, même une invitation à déjeuner au Vatican n'aurait pas réussi à lui faire quitter une de ses parties de canasta avec ses copines.

Tous n'ont de cesse de papillonner autour de toi, de rivaliser de compliments et de t'abreuver de questions. Maman, accrochée à ton bras, malgré sa maîtrise toute relative de la langue française, est fière de s'autoproclamer interprète. Tout le monde est sous l'emprise de ton charme et moi, de te voir rire aux éclats des traductions franco-parmesanes de Maman, je me dis que j'ai beaucoup de chance de pouvoir t'aimer.

Nos regards se croisent et se recroisent. J'y glisse un « Je t'aime » et une seule pensée : « Qu'ils en profitent tous autant qu'ils sont car d'ici quelques heures, je t'enlève et tu ne seras plus qu'à moi et à moi seul ! »

— Et alors Linetto, on ne vient plus embrasser sa grand-mère ?

Je me retourne vers la porte de la cuisine, c'est Adalgisa, la mère de tout ce beau monde.

— Nonna !

Je me précipite pour l'embrasser. Comme à son habitude, elle en profite pour m'inspecter de la tête aux pieds.

— Je te trouve une bien petite mine Linetto, dit-elle sur un ton désolé en me tapotant la joue. Il va falloir remédier à ça ! Pour l'instant, qu'est-ce que tu attends pour me présenter ton épouse ? Quand je pense que tu es allé nous chercher une Française… Quelle misère !

En te voyant, Adalgisa s'arrête net.

— Ma non mi hai detto che era un Angelo ! s'exclame-t-elle attendrie en se joignant les mains sur la poitrine. Guardami quanto è carina ! Tra le mie braccia, Tesoro !… Possiamo dire che per una dona francese sei davvero molto bella [1] !

Alors qu'Adalgisa t'embrasse comme du bon pain, d'un sourire gêné, tu m'implores du regard.

— S'il te plaît, aide-moi ! Je ne comprends pas un mot de ce qu'elle me dit ! me chuchotes-tu quand Adalgisa relâche enfin son étreinte.

— Elle dit tout simplement que tu es belle, mon Amour !

— *Grazie Adalgisa, grazie mille !* dit Mouky avec un accent tout droit sorti des faubourgs parisiens.

Malgré ces remerciements, Mouky n'échappe pas au petit pincement de joue d'Adalgisa envahie par le dépit.

— Quelle misère ! Ta femme aussi, il va falloir qu'elle se remplume, me dit-elle avant de s'en retourner en cuisine.

Après une bonne heure passée sous une pluie de compliments et un déluge de questions, Paride nous invite enfin

1. Mais tu ne m'avais pas dit qu'il s'agissait d'un ange ! Regardez-moi comme elle est jolie celle-ci ! Dans mes bras, Trésor !… On peut dire que pour une Française, vous êtes vraiment très belle !

à passer à table. Maman n'a pas menti : Tante Anna a fait les choses en grand. Dans la salle à manger, une table digne des plus grands banquets a été dressée : nappe brodée de dentelle, porcelaine fine et couverts du dimanche, verres à pied et fleurs des champs.

À treize heures tapantes, un imposant « *A Tavola !* » lancé par Adalgisa nous fait tous asseoir. De petits légumes marinés aux senteurs d'ail ouvrent le bal. Ces saveurs font disparaître en quelques bouchées des mois de sinistre pitance. Elle a réussi l'impossible.

Antonietta se met à râler. Le précieux jambon qu'elle a mis des mois à se procurer a été tranché trop épais. Elle crie au sacrilège ! « Qui a osé ? » Emilio s'accuse tout en lui disant que ce n'est pas la peine d'en faire tout un foin. Le ton monte. Comme d'habitude, de vieilles histoires ressurgissent. Tout le monde s'en mêle. On ne s'entend plus parler. Paride finit par pousser un « *Basta !* » tonitruant. Tout le monde se calme. Il lève son verre et tout le monde trinque à la santé des jeunes mariés. La bonne humeur reprend le dessus et l'appétit aussi.

Mouky se penche discrètement vers moi.

— Ils sont toujours comme ça ?

— Toujours. C'est s'ils ne l'étaient pas qu'il faudrait s'inquiéter.

Entre les aubergines grillées et la focaccia aux olives, la conversation est exclusivement d'ordre culinaire et c'est tant mieux ! Personnellement, je n'ai aucune envie de m'attarder sur ma pitoyable vie de troufion. Quant à parler de notre pauvre monde en guerre, personne ne s'y risque. Cela ne ferait que réduire à néant tous ces efforts pour ne pas y penser et gâcher ainsi ce moment de grâce.

Les antipasti ont à peine disparu de la surface de la table qu'Adalgisa réapparaît avec un plat fumant aux dimensions phénoménales.

— Faites place s'il vous plaît ! Pour l'amour de Dieu, faites place ! s'époumone-t-elle suivie de près par ma tante et ma mère, les mains tout aussi chargées.

Ce sont ses fameux spaghettis peignés « *all'pomodori* ». Un bonheur bien connu des papilles familiales qui ne manque pas d'enchanter la tablée. Une fois de plus, chacun y va de son « oh ! » et de son « ah ! » de réjouissance.

Les boulettes aux herbes qui les accompagnent soulèvent, elles aussi, un déferlement d'enthousiasme. Tout le monde se régale.

Je ne résiste pas alors à l'envie de te murmurer un aveu au creux du cou.

— Je vous préviens, madame… après le dessert, je vous enlève !

Ton regard pétillant et ton sourire en coin ne me donnent qu'une envie : en finir avec ce repas familial, aussi merveilleux soit-il.

Oncle Paride a le vin de plus en plus volubile et le voilà qui se met même à pousser la chansonnette. Je crains le pire. Et il arrive entre la *torta dolce* et le limoncello. Le voilà parti à t'apprendre à danser la tarentelle. Quel cirque ! Tout le monde s'y met au rythme de tes éclats de rire, des « *Oh Dio ! Oh Dio !* » de ma mère et des multiples signes de croix d'Adalgisa qui, elle, a fini par s'asseoir.

Il est déjà tard lorsque j'arrive enfin à t'enlever des griffes de cette famille bien décidée semble-t-il à faire durer le plaisir.

Dans le jour qui décline, les rues de Parme respirent une douceur que jusqu'ici je ne lui connaissais pas. Toi à mes côtés, plus rien ne compte. Et loin de la folie des hommes, j'ai l'impression de vivre un miracle.

Je suis un homme heureux.

Et le paradis est au bout de la rue…

Parma, lundi 17 août 1942

La famille ne nous accorde que quelques moments de répit. Et quand ils nous rendent notre liberté, nous ne pouvons pas faire dix mètres sans voir surgir quelqu'un pour nous faire la conversation. Tout ça pour te voir, toi. Je ne me savais pas aussi célèbre dans ma propre ville. Et c'est presque en cachette que je t'emmène sur les chemins de mon enfance.

Le 14 Borgo Paggeria qui m'a vu naître. Le marché de la piazza Giaia juste à côté dont je connais les moindres recoins pour l'avoir arpentée des centaines de fois. Le Duomo et son incontournable *battistero* de marbre rose, où je fus bien plus baptisé par les larmes de ma mère que par l'eau bénite du saint père. Le Palazzo della Pilotta, notre terrain de jeu préféré avec Bruno où les méchants finissaient toujours très mal. Le Gran Teatro Farnese, où nous nous introduisions en cachette pour déclamer à qui voulait bien l'entendre que nous étions les rois du monde ! Enfin... jusqu'au moment fatal où le concierge venait nous faire fuir à coups de botte bien sentis avec la promesse de nous expédier en enfer. Le Teatro Regio où, accrochés à la rambarde du poulailler, nous venions religieusement écouter Verdi les dimanches, quand cet obscur perchoir était gratuit. Les bords de La Parma, où nous passions des heures à jouer les explorateurs au milieu des roseaux en quête d'animaux fantastiques. Le Parco Ducale que nous sillonnions en voitures à pédales à faire la course du siècle sous le regard médusé de bourgeoises endimanchées.

Ainsi s'enchaînent mes précieux souvenirs au gré de nos promenades amoureuses. Malheureusement, les temps heureux ont la fâcheuse habitude de défiler en accéléré. Depuis ton arrivée, j'ai l'impression que là-haut, quelqu'un s'amuse à raccourcir les heures. J'ai retrouvé le bonheur de tes bras et depuis la vie a repris ses couleurs. Et comme chaque minute passée à tes côtés est bien trop précieuse pour la laisser filer, c'est décidé : demain, je t'enlève pour de bon. Je t'emmène à Busseto.

Il est grand temps de t'avoir à moi, rien qu'à moi !

En route pour Busseto, mardi 18 août 1942

Tels deux amants en fuite, nous quittons Parme à l'aube.

Arrivés à Fidenza par le premier train, nous ressentons déjà la chaleur lourde et étouffante de la plaine du Pô ; alors nous partons nous réfugier à l'ombre d'un tilleul pour attendre le car de Busseto.

Au loin, j'aperçois un attelage, je le reconnaîtrais entre mille. C'est le père Gaglialino aux rênes de son imposant Miracolo, un cheval qu'il avait sauvé des eaux du Pô, un jour où il était parti à la pêche. Il avait retrouvé ce pauvre canasson hennissant de douleur, coincé dans un enchevêtrement de branchages au milieu de la rivière. Là, le père Gaglialino n'avait pas hésité, il s'était jeté à l'eau pour l'en dépêtrer. Cet exploit fit de lui le seul homme au monde capable de partir titiller le goujon pour en revenir avec un canasson. Comme Miracolo ne semblait manquer à personne, il finit par l'adopter pour de bon.

Le père Gaglialino, son chapeau à large bord vissé sur les yeux, paraît perdu dans ses pensées. Je lui fais de grands signes tout en criant son nom. Il se redresse et me lance un « *Ma daiii !* » carillonnant. Il fait claquer les rênes de son attelage et Miracolo, docile, se met à trottiner gentiment jusqu'à nous.

— *Ciao* Gaglialino ! Quel plaisir de te voir !

— Linetto ? Si je m'attendais ! Mais que diable fais-tu là au bras de cette beauté ?

Comme tous ceux qui t'ont rencontrée jusqu'ici, il semble envoûté et ne te quitte pas des yeux.

— Je te présente ma femme.

— *Signora*, dit-il l'œil frisottant en ôtant son chapeau.

Je n'ai pas le temps d'en dire plus que tu lui réponds avec ce sourire ravageur qui me rend si jaloux parfois.

— Et vous allez où comme ça, les tourtereaux ? Je vous emmène ! reprend Gaglialino euphorique.

— C'est gentil mais nous attendons le car…

— Pas d'histoires, grimpez !

Nous montons à l'arrière de son attelage. Gaglialino refait claquer ses rênes. Nous n'aurions pu espérer meilleure balade jusqu'à Busseto.

Busseto, mercredi 26 août 1942

Le soleil n'est pas encore levé. Après des jours d'un absolu bonheur et des nuits merveilleuses à ne rien faire que se parler d'amour, le compte à rebours a commencé. Huit jours… Huit jours et une nuit. Voilà tout ce qu'il nous reste avant que cette foutue réalité nous rattrape. Je n'en dors plus. Je ne peux m'empêcher de penser au moment où je vais devoir te quitter. Encore. C'est plus fort que moi, j'ai beau lutter, la valse aux papillons noirs a recommencé. Et puis qu'est-ce qui m'a pris de vouloir lire ce journal ?!

« Ce sera la lutte à mort ! » titrait la une.

Des mots terrifiants illustrés par un Duce au visage déformé par la haine. L'article disait aussi que ce fou réitérait son engagement total aux côtés de son alliée « la grande Allemagne » pour combattre « la menace communiste ». Ce fou lui assurait « l'envoi de troupes jusqu'à son dernier homme » jusqu'à anéantissement de « l'ennemi rouge ». Autrement dit la fin du monde était à notre porte sur ordre d'un malade mental dont nous étions les réserves de munitions.

Ton « Bonjour, mon Amour » file une claque à toute cette noirceur.

Je te regarde, les cheveux en bataille et à moitié endormie. Je dépose un baiser sur ton front et t'attire tout contre moi.

— Pourquoi n'irions-nous pas à Venise ? te dis-je dans un murmure.

— Venise ?

— Oui, Venise ! Les gondoles, la place Saint-Marc, le pont des Soupirs, les pigeons... Venise, quoi !

Tu éclates de rire.

— Oui, merci, mon Amour, je sais !

— Prépare ta valise, je t'emmène.

Tu te redresses d'un coup et tu me fixes avec ton petit sourire malicieux.

— À Venise ? Tu n'es pas sérieux ?!

— Oh que si ! Et c'est tout réfléchi, j'ai eu toute la nuit pour ça.

— C'est de la folie !

— Peut-être, mon Amour, mais tu m'as toujours dit que c'était ton rêve. Et puis l'oncle Paride m'a donné un peu d'argent pour notre mariage. Je pensais te le donner pour Paris, mais si tu es d'accord...

Tes yeux disent oui. Et sur tes lèvres se dessinent les vers de Musset…

> *« Et qui dans l'Italie*
> *N'a son grain de folie*
> *Qui ne garde aux amours*
> *Ses plus beaux jours ? »*

Postumia, mercredi 2 septembre 1942

Notre voyage à Venise s'est terminé avec un goût de bien trop tôt. Et j'aurais tout donné pour rester dans cette ville en dehors du temps, ne fût-ce qu'un jour de plus. Alors pour prolonger notre romance vénitienne, tu m'as suivi jusque dans les hauteurs de Postumia. Là, nous avons loué une chambre chez l'habitant. Et hier j'ai pu te faire découvrir un peu de ma vie ici, entre Postumia et Gradisca. Je me suis fait un point d'honneur de tout te montrer pour te remplir de tous mes souvenirs, afin que tu puisses vivre ainsi plus près de moi.

Mais ce matin, les prémices du cafard sont revenues s'immiscer avec cette sempiternelle question : pour combien de temps ? Elle martèle mes pensées à la manière d'un pic-vert. Pour combien de temps ? Je vais devoir te quitter, je le sais. C'est inévitable. Mais pour combien temps ?! Un mois, dix peut-être, un an ?

Assez !

Je ne veux pas gâcher ces dernières heures, minutes, secondes avec d'égoïstes pensées. Tu es là près de moi. Ne devrais-je pas me réjouir ? Ne devrais-je pas crier tout l'amour que j'ai pour toi ? Au lieu de ça, j'ai le sentiment de me morfondre à longueur de temps. Que dirais-tu si tu m'écoutais penser ?

Il n'est pas encore sept heures que tu te réveilles déjà. Je sais que tu ressens tout comme moi la course contre le temps, cet inconcevable au revoir, ce retour aux tourments. Tu ouvres les volets comme pour mettre un peu de lumière dans nos ténèbres. Et appuyée sur la rambarde de la fenêtre, tu restes là, le regard perdu sur l'horizon.

— C'est beau ici, malgré tout, dis-tu dans un soupir.

— Tu as sans doute raison…

Tu reviens te blottir sous les draps, m'ôter cette mélancolie de l'aube.

— Tu sais, mon Chéri, quand je pense à Paris, à ce qu'elle est devenue, je me dis que se réveiller ici ce n'est pas si mal.

Cette idée me crispe la mâchoire.

— Peut-être, mon Amour, mais vivre, ce n'est pas se contenter d'une belle vue. Et puis ici ce n'est pas chez moi, ce n'est pas chez nous.

Tu déposes sur mon front ton premier baiser. Un baiser à l'empreinte douce-amère. Le départ est pour demain. Déjà. Encore.

XIII

Postumia, jeudi 3 septembre 1942

Trois heures et quarante-sept minutes que tu es partie.

Je ne t'ai pas dit assez « Je t'aime ». Je voudrais pouvoir t'écrire, mais les mots ne me viennent pas.

Je ne veux pas être triste. Pas tout de suite. Pas si vite.

Je ne sais pas trop bien où en sont mes pensées et Stalo n'est même pas là pour me les remettre en place. Il ne rentre que demain.

Vingt heures vingt-deux. Les gars de ma chambrée viennent de revenir complètement cuits. Près d'un mois qu'ils ne m'ont pas vu. Ils veulent tout savoir. L'alcool et la solitude les ont assoiffés de croustillant. Ils sont lourds. Le couvre-feu coupe court à toute curiosité et leurs élucubrations de bas étage ne tardent pas à céder la place aux ronflements.

Les lumières viennent de s'éteindre. Frénétiquement, je cherche mes allumettes. J'en frotte une pour allumer ma boîte à lumière, pour rester avec toi encore un moment.

Mon Amour,

Vois-tu, franchement, je ne sais pas très bien quoi te dire, encore maintenant je ne réalise pas très bien car il me semble que tout à l'heure je vais te revoir. Je sais bien que je ne t'ai plus près de moi, que tu es partie mais vois-tu mon Aimée, je fais tout mon possible pour ne pas me laisser aller à mes souvenirs car c'est trop terrible pour moi aussi, au contraire je veux me persuader que les jours que je viens de passer ont été vraiment un rêve, oui un rêve merveilleux mon Amour et c'est comme si je refusais de me réveiller. Tu sais bien tout à l'heure quand je t'ai quittée, j'ai voulu de nouveau rentrer dans la gare pour te revoir encore une fois et puis je n'ai pas voulu, car je n'aurais peut-être pas eu le courage de le faire aussi courageusement que la première fois. Mais tu sais mon Amour, la vision de ton visage, là à la fenêtre quand je t'ai crié « À bientôt ! », ne disparaîtra pas aussi vite de devant mes yeux. Comme tu es belle encore là devant moi mon Amour ! Mon Aimée si tu savais comme tout mon être est encore imprégné de toi ! Je voudrais te dire tellement de choses, mais un seul mot me monte aux lèvres : « Je t'aime ! » Je suis incapable de te dire autre chose et pourtant ce mot me paraît fade, vide, en comparaison de ce que je ressens pour toi ! Tu me comprends, dis, Mouky ? Maintenant, plus que jamais, plus rien ne pourra nous séparer car, mon Aimée, notre amour est au-dessus de tout !

Chérie, j'espère que cette lettre te trouvera bien arrivée. Je voudrais tant avoir un mot de toi pour savoir si ton voyage s'est déroulé sans encombres. Mon Aimée, tu vois je n'ai pas été triste.

Maintenant comme avant, je vais te quitter Chérie en t'envoyant mille baisers fous.

Je t'adore,

Ton Lino

Ma lampe de fortune a fini par s'éteindre et ton regard s'est évanoui dans la nuit.

Impossible de dormir. Cette satanée boule au ventre est revenue. Tant que tu étais près de moi, elle se tenait à distance, mais sans toi… Je suis de nouveau désarmé. Après tout, peut-être que tout ça est de ma faute ? Si je ne m'étais pas rendu à ce maudit consulat, sans doute que je n'aurais pas eu à nous faire subir tout ça.

En même temps, peut-être que là-bas je serais déjà mort. En attendant, ici, je meurs à petit feu. Quand j'y réfléchis… Mourir ici ou mourir là-bas… Mourir loin de toi dans l'espoir de te revoir, ou mourir près de toi en ayant eu l'espoir de vivre avec toi…

Mes idées s'embrouillent. Et pour taire cet ubuesque fatras, je te suis dans ton voyage jusqu'à tard dans la nuit. J'aimerais tant que tu entendes ce que mes lèvres te murmurent.

Postumia, vendredi 4 septembre 1942

Nous sommes déjà demain. Un réveil aux lumières artificielles par un homme au clairon militaire. C'est une claque que je reçois en pensant à la douceur de nos matins…

La mort dans l'âme, je reprends mon quotidien : réveil, toilette, café, cigarette. Puis viennent les ordres. Les mêmes. Ou presque.

Cette fois, avec mes cinq gus, ils nous envoient surveiller une ligne de chemin de fer. Décidément, ils n'ont toujours pas compris que je n'avais pas l'œil félin.

« On manque d'hommes », a dit le Baryton. De toutes les façons, que je sois là-haut ou au ravitaillement, cela ne me change pas grand-chose. Au moins, là-haut, j'aurais peut-être la radio, le temps passera plus vite.

En moins de deux, nous voilà en rang d'oignons à attendre, barda à nos pieds, qu'on nous embarque. Quelques minutes avant le départ, ô miracle, le vaguemestre fait sa distribution. Marcello et Yvan sont les deux chanceux du jour. Moi, je n'espère rien, pas encore. En revanche, Gianni peste à ma place pour une fois, il attend des nouvelles de sa mère souffrante. Cela fait des semaines qu'il n'a rien reçu.

Yvan ne tarde pas à pousser un cri. Il nous fait sursauter, l'imbécile. Le voilà brandissant sa lettre comme un étendard, le sourire en croissant de lune. Il part pour la Roumanie. C'est écrit. La permission pour son pays a été accordée.

— Un mois, j'ai un mois ! répète-t-il à qui mieux mieux.

Nous sommes heureux pour lui. Mais pour être tout à fait honnête, je le jalouse.

Dans les hauteurs de Postumia, mercredi 9 septembre 1942

Depuis une semaine que nous sommes là-haut, chacun prend ses marques comme il peut. Moi, depuis que tu es partie, il me semble rêver tout éveillé. Je fais les choses comme un somnambule, par automatisme. Je ne suis même pas triste, mais j'éprouve un grand besoin d'être seul, surtout maintenant que je suis ici. Même Stalo est tout étonné de mon attitude. « Je vais attendre que ça passe », répète-t-il. Alors il attend. Il tente même de me distraire en me parlant de la nature qui nous entoure. Qu'est-ce que ça peut bien me faire ! Sans toi, rien ne trouve grâce à mes yeux.

D'autant que nos journées sont comme je les imaginais : fastidieuses. Nos quarts sont tirés à la courte paille et finissent négociés à coups de cigarette. Tandis que les uns partent faire leur ronde, les autres restent à la cabane taper le carton, jouer aux dominos ou dormir. Une routine à vous ankyloser les neurones pour de bon.

« Deux fois par semaine vous aurez le droit au ravitaillement, mes p'tits chanceux ! » nous a claironné le Baryton. Si seulement le vaguemestre pouvait faire de même. Mais non. Lui, on sait très bien que les coins reculés ont tendance à le faire fuir. Nous avons même fini par appeler ses apparitions en campagne « jours de fête ». Ici, en plein milieu des bois, il ne déroge pas à sa règle, car jusqu'ici toujours rien ! Alors chaque jour qui passe sans le voir, je râle. Stalo, lui, craque.

— Oh dis Lino, tu vas arrêter ton cirque avec la poste ?! Ça commence à bien faire ! Il serait temps que tu te fasses une raison !

Et le voilà parti à faire des phrases. Sans rire, moi, me faire une raison ? Jamais ! Ce qu'il ne comprend pas, le Stalo, c'est que si je devais me faire une raison, comme il le dit si bien, je déclarerais forfait et ça, je ne peux pas.

Il est à peine midi quand nous revenons de notre quart avec Stalo.

Yvan et la Joconde nous relaient sans grande conviction. Stalo s'installe avec les deux autres qui sont toujours attablés avec leurs dominos. Moi, je dois faire toilette et lessive parce que, franchement, c'est loin d'être du luxe.

— Bon, les gars, je vous confie la baraque, je descends à la rivière.

En guise de réponse, j'ai le droit à un vague hochement de tête.

La rivière est à une centaine de mètres en contrebas de la voie ferrée. Une fois là-bas, il ne me faut pas plus de quelques secondes pour me retrouver dans l'eau vive à me savonner de la tête aux pieds. Et j'entends ton rire. Je te vois nager là devant moi. Ta vision me transporte. Comme un gamin je joue à faire semblant. Et je ris moi aussi.

J'attrape mes affaires une à une et je les fais danser entre mes mains savonneuses. Pris de cette douce folie, me voilà à fredonner *Le Barbier de Séville*.

Au rythme des gerbes d'eau, ma voix s'emballe. Figaro qua, Figaro la, Figaro su, Figaro giu. Et un caleçon. La la la la la la la LA ! Et une chaussette. La la la la la la la LA ! Et de deux. La la la la la la LA !… Et une chemise. La la la la la la LA !… Figaro qua, Figaro la, Figaro su, Figaro giu…

Une violente explosion retentit. Ma voix s'éteint.

Des dizaines d'oiseaux s'enfuient à tire-d'aile, au loin quelques coups de fusil répondent à une vague rafale de mitrailleuse. Nouvelle explosion. Puis une troisième. Le cœur à dix mille, je remonte sur la berge. J'enfile mes habits encore humides, mets mes chaussures à cloche-pied et fonce rejoindre les gars.

Stalo, Gianni et Marcello sont tétanisés et regardent une épaisse colonne de fumée noirâtre qui s'élève au-dessus des pins.

— C'était quoi, ça, les gars ?! Quelqu'un a vu quelque chose ?

Pas de réponse.

— Oh, les gars ! Réveillez-vous, là ! Ils sont où, Yvan et Francesco ?!

— Je veux pas mourir… sanglote Marcello recroquevillé sur lui-même.

— Personne va mourir !

— Ils ont dû faire sauter le train, répète Gianni d'une voix blanche.

— Comment ça « ils » ? C'est qui « ils » ?

— Qu'est-ce que j'en sais, moi ! Le train de la mi-journée est passé et la minute suivante, tout a pété ! Trois fois ! s'énerve Stalo.

— Merci, j'ai entendu ! Stalo, viens avec moi !

— Pourquoi moi ?

Fébrile, le Stalo.

— Prends la trousse de secours et pose pas de question ! Gianni, toi, contacte le commando. Dis-leur que ça a pété ici, qu'ils nous envoient de l'aide et vite !

Terrifiés, fusils chargés, doigt sur la gâchette, nous avançons le long de la voie ferrée. Je ne nous reconnais pas. La peur contrôle et dicte notre instinct. Les tirs se sont tus pour laisser la place au brouhaha de la paranoïa. Le moindre crissement de branche devient l'ennemi à abattre, le moindre battement d'ailes une balle pour nous. Je sens mon cœur sortir de sa cage. Stalo me tapote sur l'épaule et me chuchote à l'oreille.

— Tu crois pas qu'on ferait mieux de passer par les bois ? Ici, on est un peu trop à découvert, non ?

Il n'a pas tort. Du coup, nous voilà à avancer d'arbre en arbre, crispés d'angoisse. Le train n'est plus très loin quand nous apercevons une silhouette immobile face contre terre. L'homme ne porte pas d'uniforme. Je veux me rapprocher, mais Stalo me retient par le bras.

— Fais gaffe !

— Qu'est-ce qu'il y a ?

— Bah on sait jamais. Il est peut-être pas mort.

Nous nous en approchons lentement. Stalo le tâte du bout de son canon. Rien ne bouge. On se regarde. Je m'agenouille et le retourne. C'est un gosse. Un gosse avec une balle en pleine tête.

Un craquement nous fait sursauter. À quelques arbres de là, c'est un gamin qu'on met en joue. Celui-là ne doit pas avoir plus de douze ans. Il est à bout portant, mais avec Stalo, nous sommes pétrifiés. Le temps de croiser son regard effrayé, il disparaît, avalé par la forêt.

— Qu'est-ce qu'on fait ? me demande Stalo.

— Qu'est-ce que tu veux qu'on fasse ? Tu te vois poursuivre un gosse ? Moi pas. Alors on ferait mieux d'aller voir s'il n'y pas de blessés.

Stalo acquiesce sans détourner son regard. Comme si le gamin allait ressurgir du sous-bois.

Sur place, c'est le choc. Une partie du train a déraillé. La locomotive, qui a piqué droit vers la rivière, a fini sa course couchée sur le flanc. Dans sa chute, elle a entraîné les premiers wagons. La violence de l'impact a froissé la tôle d'acier comme du simple papier. Le wagon de tête, encore à moitié sur les rails, est complètement éventré et en proie aux flammes. On aperçoit une silhouette adossée contre le bas-côté. C'est un des mécanos. On se précipite. Le pauvre homme est mort. Brûlé vif.

J'ai le cœur au bord des lèvres.

— Lino ?

Je me retourne vers Stalo. Il est blanc comme un linge.

— J'crois que je ne vais pas y arriv…

Il n'a pas le temps de finir sa phrase qu'il se dégobille trois jours de tambouille sur les pompes.

Un lieutenant nous invective :

— Hep, vous deux ! Ramassez vos tripes et venez nous aider ! Il y a des blessés par ici !

Je relève Stalo. Ce n'est vraiment pas le moment de flancher. D'autant que sortir les blessés de ce foutu pétrin risque de ne pas être une mince affaire.

À l'intérieur de la voiture numéro 3, c'est le chaos. Au milieu d'un amas d'éclats de verre, de morceaux de banquettes et de bouts de ferraille, des gémissements s'élèvent des corps meurtris. La détresse se lit dans les regards. Une bien funeste procession s'organise. Ceux qui peuvent encore marcher sortent en titubant pour aller s'écrouler un peu plus loin. Puis viennent les impotents que l'on soutient à bras-le-corps. Et puis il y a ces corps sans vie que l'on transporte sur des civières improvisées.

Le long de la voie ferrée, tous se retrouvent plus ou moins alignés et on commence à compter les victimes. Six morts dont le mécano et vingt-huit blessés pour le moment. Avec les sept valides, le compte n'y est pas. On doit y retourner, le lieutenant avait cinquante hommes avec lui. Et mes deux camarades à moi ? Ils sont passés où ? Avec un peu de chance, ils avaient peut-être déjà franchi le pont avant que ça saute. Et si c'est le cas, ils devraient déjà être revenus. Qu'est-ce qu'ils peuvent bien foutre, nom de Dieu !

Nous avons réussi à évacuer cinq hommes de plus quand nous voyons arriver en trombe un convoi d'ambulances et de transports de troupes.

Des militaires surexcités s'éjectent des camions et se dispersent le long de la voie tandis que d'autres s'enfoncent dans les bois. Médecins et brancardiers s'agitent dans tous les sens allant d'un blessé à l'autre.

Dans cette cohue, j'entends Stalo hurler mon nom.

— Lino ! Ici vite ! Lino, dépêche !

Stalo a trouvé la Joconde. Il est inconscient et une sale balafre lui traverse tout le visage. Seul signe de vie : des bulles de sang au coin des lèvres s'accumulent à chaque expiration.

Deux brancardiers sont déjà en train de le prendre en charge quand, dans un sursaut de douleur, la Joconde reprend conscience. Stalo s'empresse de lui demander où est Yvan, mais ses yeux se sont déjà refermés.

— Merde ! Reste avec lui, je vais retrouver Yvan.

À une trentaine de mètres plus bas, j'aperçois mon camarade qui gît près de la rivière. En deux enjambées, je dévale la pente.

Des impacts ont perforé sa poitrine. Il suffoque, il s'étouffe.

— Yvan ! Fais pas le con ! Accroche-toi !...

Affolé, j'appelle à l'aide, mais personne ne m'entend.

Je ne sais par quel miracle, je réussis à le mettre sur mon dos et entame la remontée.

— Mon salaud, je te préviens que, dès que tu seras sur pied, je te mets au régime sec !

Arrivé à portée de voix, je hurle avec ce qu'il me reste d'énergie.

— Ici, vite ! J'ai besoin d'un médecin !

Un infirmier accourt. Il l'ausculte à peine.

— Laissez tomber. Ce type-là, pour lui, c'est fini.

« Ce type-là, pour lui c'est fini ! »... Avec ce verdict sans appel, ces morts encore fumants et ces estropiés tout autour de moi, je comprends l'effarante réalité : nous ne sommes en fait que quantité négligeable.

Un sentiment étrange m'envahit. Depuis mon arrivée, je n'ai vécu que la solitude de l'Être, cette lente agonie de l'âme. Aujourd'hui, c'est différent. Se retrouver comme ça dans une situation où une vie humaine paraît sans la moindre valeur, c'est la solitude ultime.

Dans le regard de ce pauvre Yvan, il y a comme une sorte de reconnaissance et j'ai juste le temps de lui prendre la main qu'il rend son dernier souffle.

Dans les hauteurs de Postumia, samedi 12 septembre 1942

Trois jours sont passés. Yvan est parti et Francesco est à l'hôpital. À la cabane, plus personne ne dit mot. D'ailleurs, je me demande ce qu'on pourrait dire. Face à la mort, il y aurait certainement de quoi, mais pas aujourd'hui. Aujourd'hui, la mort d'Yvan, on se l'est prise dans la gueule et c'est tout.

Et là, je me retrouve à devoir écrire une lettre à sa mère.

Alors pendant que les autres sont dans leur coin chacun à penser sans doute à un tas de choses, je prends mon courage à deux mains et j'écris.

J'écris l'indicible. J'écris à une mère à coups de mots malhabiles que son fils ne reviendra pas. Forcément, je pense à ma mère.

Mon Dieu, ma mère ! Je n'ose imaginer ce qu'elle serait capable de faire si elle devait recevoir une lettre comme celle-là. Peut-être bien aller jusqu'à Rome, ou même Berlin. Avec elle dans les pattes, « les guides suprêmes » seraient sans conteste mis au pas illico. Au moins, la guerre serait vite finie.

La vision de ma mère faisant la leçon à ces deux fous furieux me redonne un peu de courage pour en finir avec mes condoléances.

Il est presque midi. J'ai enfin terminé. Les gars n'ont pas bougé d'une oreille. Gianni est toujours à fumer cigarette sur cigarette et à fixer le plafond. Stalo relit pour la énième fois son roman-feuilleton. Quant à Marcello, il a fini par s'assoupir.

Moi, je ne peux plus rester ici. Je vais aller penser ailleurs.

Je claque la porte et me voilà à marcher sans autre but que celui d'apaiser mes tourments. Je marche. Je marche sans m'arrêter. J'implore le ciel. Je maudis les hommes. Je file des coups de pied rageurs. Je maudis le ciel, j'implore les hommes. Mêlant mes larmes à la poussière, je hurle. Je hurle de fureur de ne pas comprendre. Je hurle de peur que l'on annonce ma mort. Je hurle de désespoir de ne jamais te revoir.

Je m'écroule au pied d'un arbre.

Au loin je perçois l'écho d'une voix. Elle se fait plus pressante, plus inquiète. Il me semble reconnaître Stalo.

— Lino ?!? Lino ?!? Tu es où ?… Lino, réponds nom de Dieu !

C'est bien Stalo.

— Ici.

Il déboule de derrière un arbre et se plante devant moi, essoufflé et en nage.

— C'était quoi ce cri ? Tu vas bien ?

— Oui ça va. J'ai fini la lettre pour Yvan. J'avais juste besoin de marcher un peu…

— Oui, bah… Tu nous as flanqué une de ces trouilles !

— Je suis désolé. Je ne me suis pas rendu compte.

Pour parfaire le tableau, la pluie commence à tomber.

— Il manquait plus que ça ! grogne Stalo en levant les yeux au ciel. Et toi, dis-moi… T'as l'intention de passer la journée là ?

Malgré moi, je lui réponds un laconique « Ça se pourrait… ». Ça ne lui plaît pas du tout.

Ses yeux virent au rouge. L'orage éclate. Il serait préférable de rentrer.

Dans les hauteurs de Postumia, lundi 14 septembre 1942

Après une fin de semaine passée sous les eaux, les premières éclaircies sont apparues avec l'aube. Je vais profiter de l'accalmie pour aller jusqu'au commando de Postumia. Avec un peu de chance, une lettre de toi m'y attend. Qui sait ?

— Les gars, je descends en ville, je dois déposer la lettre et les affaires d'Yvan au commando. Après, je vais faire un saut à l'hôpital voir la Joconde. Si vous pouviez lui écrire un petit mot, je pense que ça lui ferait plaisir. Et dites-moi si vous avez besoin de quelque chose, j'en profiterai pour faire trois courses.

Chacun y va de son petit réconfort pour la Joconde. Quant à la liste des courses, elle ne change guère de d'habitude : cigarettes, rakia et gâteaux secs ; sans oublier les quelques magazines pour se permettre de rêver.

Il me reste maintenant à affronter les deux heures de marche pour rejoindre Postumia. Mais deux heures, ce n'est rien, car si ça se trouve, j'aurai ma petite récompense.

Une fois au commando, je dépose la lettre et les affaires d'Yvan chez le Baryton. Il joue les affligés. Pas longtemps. Mauvais comédien et en panne d'inspiration, son éloge funèbre tourne court. Je me précipite alors chez le vaguemestre : rien pour moi. Je ravale ma déception, j'avais tant besoin de te lire. Tant pis. Je vais aller voir la Joconde, mais d'abord je passerai lui acheter des cigarettes. Ça lui fera plaisir.

L'hôpital de campagne a été installé dans une ancienne école, à la sortie de la ville. À l'intérieur règne une ambiance fébrile. En entrant, des médecins agités suivis par des chapelets de bonnes sœurs passent devant moi sans me voir. J'essaie d'attirer l'attention. Sans effet. Ce n'est qu'au bout de quelques minutes, en coupant la route à une nonne esseulée du troupeau, que je parviens à me faire remarquer.

— Je vous prie de m'excuser, ma sœur, mais je cherche un camarade : Francesco Tarracano. Il a été blessé dans l'explosion du train mercredi dernier.

— Tarracano, vous dites… Le train ? Le deuxième en moins d'une semaine. Pauvres p'tits gars… C'est effrayant ! Effrayant…

Entre « pauvre p'tits gars » et « effrayant », mon optimisme bat de l'aile.

— Je peux tout de même le voir ?

— Oui, vous pouvez, mais… Je ne sais pas trop s'il est en mesure de vous parler.

Elle me regarde avec une certaine compassion et me fait signe de la suivre.

À travers le dédale de couloirs. Je la suis au petit trot et lui raconte tout. La Joconde, l'explosion, les morts, Yvan… Tout. Et un soupçon de toi pour me rassurer moi.

— Eh bien, jeune homme, je ne sais pas quelle est la plus mauvaise place. La mienne ou la vôtre ! Tenez, entrez, dit-elle en ouvrant une porte.

Je pénètre alors dans une salle aux allures de réfectoire où s'entassent les blessés.

En passant devant ces hommes abîmés, j'ai le sentiment de ne pas être à ma place. Tous me regardent comme une bête curieuse. Et plus j'avance, plus je suis mal à l'aise d'avoir à fouiller parmi leurs visages pour trouver celui de mon camarade.

Enfin je le vois. Immobile, les yeux clos, je ne saurais dire s'il dort ou s'il est inconscient. La moitié de son visage, son bras droit et le haut de son buste sont emprisonnés dans des bandages de coton qui ne sont plus immaculés depuis longtemps. Je ne peux réprimer une grimace de douleur. Comme il doit dérouiller, le pauvre vieux !

Un médecin se pointe pour l'ausculter.

— Un camarade à vous ?

— Oui, docteur… Vous pensez qu'il va s'en sortir ?

— Difficile à dire pour le moment… Tout ce que je peux vous dire en revanche, c'est que pour lui, la guerre, c'est fini.

Je n'en saurai pas plus. Il ausculte déjà un autre blessé.

Je me retourne vers Francesco, il n'a pas bougé d'un millimètre. Je dépose sur sa table de chevet les quelques mots des copains et les cigarettes par-dessus.

J'ai le cœur serré, la gorge aussi. Ça aurait pu être n'importe qui.

Ça aurait pu être moi.

Dans les hauteurs de Postumia, samedi 19 septembre 1942

À la cabane, il n'y a plus que Stalo et moi ; Gianni et Marcello sont redescendus à Postumia. Ordre du commando. Ici, rien ne se passe. Rien mis à part les gars du génie militaire qu'ils ont envoyés pour remettre en état la voie ferrée. À ce qu'ils disent, elle n'est pas près d'être rouverte. Nous, on n'en doute pas une seule seconde. Six gars contre une locomotive, ça risque d'être long. En attendant, avec Stalo, on se demande bien pourquoi ils ont voulu que l'on reste là. Du coup, on occupe nos journées d'ermites comme on peut. Aujourd'hui, pour faire passer le temps, nous n'avons rien trouvé de mieux que de grimper aux arbres. On parie même un ciné. Je gagne. Et perché là-haut, à contempler cet océan vert et bleu, j'en oublierais presque le reste. Je sors mon canif et me mets à graver nos deux initiales sous l'œil intrigué d'une mésange. Je souris. Voilà longtemps que cela ne m'était pas arrivé.

De retour à la cabane, le soleil est sur le point de se coucher quand nous recevons un appel du commando.

« Vous avez ordre de regagner ce soir même Postumia avec tout le matériel radio. De nouvelles instructions vous seront transmises une fois sur place. Terminé. »

— Et ça, ils pouvaient pas nous le dire pendant qu'il faisait encore jour, non ? Jouer les marionnettes au garde-à-vous commence sérieusement à me taper sur le système ! lancé-je, furieux.

— T'énerve pas Lino, dit Stalo, impassible.

— Peut-être bien, mais en attendant je suis pas d'humeur à me calmer ! Non mais sans rire... C'est comme se trimbaler la radio ! Tu crois pas que ça aussi ils auraient pas pu nous le dire avant qu'ils rappellent les deux autres, non ? Foutus ordres à la con ! Foutue guerre !

Avec tout notre barda sur les épaules et le matériel qui pèse son poids, cette traversée nocturne est loin d'être une partie de plaisir. Et après ce qu'il s'est passé, les premiers froids d'automne qui nous remontent le long des jambes font résonner notre peur au cœur de ces bois sombres.

Minuit vient de sonner quand nous arrivons en caserne.

Là, l'intendant de service nous balance la bonne nouvelle. « Plus de place dans les chambrées, les gars. Il va falloir vous trouver un coin et faire avec ce que vous avez ! »

Livides et épuisés, ni Stalo ni moi ne trouvons la force de râler. Et nous voilà avec notre toile de tente en guise de matelas et notre manteau comme couverture. De toute façon, la fatigue ne tarde pas à prendre le dessus sur le confort et on s'endort sans demander notre reste.

Nous avons à peine dormi quatre heures que le clairon résonne haut et fort. J'ai un œil à demi ouvert quand quelqu'un aboie juste au-dessus de moi.

— Debout les filles ! Vous partez pour Gradisca !

C'est un lieutenant. Un nouveau sûrement. Sa tête ne me dit rien.

— Le reste de votre section est déjà là-bas depuis vendredi. On dirait bien qu'ils ont failli vous oublier ! dit-il en s'esclaffant.

Encore un qui se croit drôle.

— Vous en faites une tête ! Quelque chose à redire ?

— Non, lieutenant.

— Alors on se dépêche ! Et plus vite que ça !

C'est décidé, je les hais. Non, pire que ça. Les haïr serait leur accorder encore trop d'importance. Je les méprise. Eux, leur monde, leur règlement, leurs ordres, leurs contre-ordres, leurs réveils en fanfare, leurs sales blagues, leur sale bouffe, leurs… Qu'ils aillent tous au diable !

XIV

Gradisca, lundi 21 septembre 1942

Est-ce la fatigue ou autre chose ? En tout cas aujourd'hui, ça ne va pas. Sans doute à cause de la circulaire qu'ils nous ont fait passer aux premières lueurs.

« Tous les étrangers pourront bénéficier d'une permission pour aller voir leurs parents sauf pour la France libre et occupée. »

Avec Stalo, nous sommes abasourdis. Malgré tout, j'essaie de ne pas trop attacher d'importance à cette nouvelle ineptie, étant donné que je suis sûr que ces dernières dispositions ne pourront pas durer, ce serait trop injuste. Stalo est du même avis ; de la colère à l'abattement, tous les sentiments y passent. On se réconforte aussi. Sans succès. Nous avons beau faire ou beau dire, nous n'arrivons pas à comprendre.

— Je vais quand même essayer d'aller me renseigner. J'aimerais bien que quelqu'un me donne une explication et une bonne ! dis-je, remonté comme un coucou, à Stalo.

— T'es sûr ?

— Et comment !

Aussitôt dit, j'écrase nerveusement ma cigarette d'après repas et fonce, déterminé, vers le quartier des officiers.

En chemin, je croise le capitaine Maggio.

— Holà Ventura ! Qu'est-ce que vous venez faire par ici de si bonne heure ?

— Eh bien mon capitaine, c'est par rapport à la circulaire de ce matin, une question me taraude.

— Le contraire de votre part m'aurait étonné, Ventura, mais dites toujours, si je peux vous éviter de divaguer inutilement durant votre service.

— Avec mon camarade Stalo, on aimerait connaître la raison pour laquelle les seuls Italiens de l'étranger qui ont interdiction de rentrer chez eux sont les Italiens de France ! ? Vous pouvez me dire, vous, pourquoi on ne peut pas bénéficier d'une permission pour aller voir notre famille ?

— Malheureusement, je l'ignore, ce n'est pas moi qui rédige les circulaires.

Voyant mon dépit, il se fait compréhensif.

— Ne faites donc pas une tête pareille, tout ça ne peut être que provisoire ! Et vous pouvez toujours aller au commando, même si je doute qu'à cette heure-ci, il y ait quelqu'un pour vous répondre.

À cette heure matinale, il n'y a effectivement pas grand monde dans les couloirs. Il ne me reste plus qu'à trouver l'aide de camp du colonel. Chose aisée, ce zélé de la paperasse n'est jamais très loin de ses dossiers. Je le soupçonne même de dormir accroché à son bureau.

Il a fini par s'habituer à mes visites intempestives. Et bon gré mal gré, je ne saurais dire, il se résigne une fois de plus à m'écouter.

Après lui avoir exposé brièvement le pourquoi de ma présence, il me fait savoir qu'il n'est pas « complètement impossible » de se rendre en France, c'est devenu seulement plus « complexe car seuls les cas graves y sont autorisés ».

— C'est-à-dire ? demandé-je.

— Je ne sais pas, moi… La maladie d'un proche, par exemple.

— Vous voulez dire que si ma femme était malade, je pourrais retourner près d'elle ?

— C'est ça. Mais entendons-nous bien ! Je ne parle pas ici d'une migraine ni même d'un rhume, mais bien d'une maladie grave. Vous pourriez en ce cas, et en ce cas seulement, obtenir l'autorisation de vous rendre auprès d'elle. Mais ne vous bercez pas trop d'illusions, les démarches sont longues et fastidieuses.

Je repars avec un goût amer d'injustice, mais au moins je n'ai pas le souci de me dire que s'il arrivait quelque chose chez moi, je ne pourrais pas m'y rendre.

Je suis en pleine réflexion sur le cynisme de cette ambivalence quand le Baryton me tombe dessus.

— Ah, caporal ! Justement, c'est vous que je voulais voir. Vous vous souvenez de cette histoire de lutte ? Eh bien, nous avons un nouvel arrivage de bleusailles. Alors dès demain, vous commencez l'instruction avec moi. Ordre du colonel.

Il ne me manquait plus que lui.

Gradisca, dimanche 27 septembre

Les jours s'enchaînent et se ressemblent. Et comme je m'y attendais, chaque minute passée aux côtés du Baryton est une épreuve de plus pour mes nerfs. Heureusement, il ne s'agit que de l'instruction du matin. Le reste du temps, avec Stalo, on joue les plantons à tour de rôle. Marcello et

Gianni, quant à eux, ont été envoyés à Trieste. La valse aux marionnettes continue et ne semble pas près de s'arrêter.

Aujourd'hui, miracle des miracles, je ne suis pas de service. Alors je me paye le luxe d'une petite balade dans Gradisca. Cette ville me fait penser à Busseto. Il y a même une salle de billard et un cinéma. Il y a aussi des étals à chaque coin de rue où on trouve toutes sortes de marchandises et surtout des fruits frais en abondance : des pommes, des poires, des prunes, du raisin et même des figues. Tous ces mets que je sais manquant à tant de gens…

Après une culpabilité douce-amère de m'être arrêté pour manger quelques reines-claudes, je me rends au café où Stalo doit me rejoindre.

Je commande une bière au comptoir et vais m'installer en terrasse. L'endroit a une vue imprenable et comme la saison des orages a commencé, le spectacle qui s'annonce à l'horizon promet d'être grandiose. Et il l'est.

Au loin les éclairs s'emballent et se multiplient alors que le soleil, fier et têtu, rayonne toujours sur mes croquenots. Un voile blanc électrique recouvre maintenant toute la vallée et les eaux de l'Isonzo rugissent en un torrent d'enfer.

Je suis encore à contempler le spectacle quand je vois débarquer le petit gars d'Orsay.

— Tiens ! me dit-il en me tendant un billet. De la part du capitaine !

« La permission de congé est accordée au caporal Lino Ventura matricule 14719 pour aller à Parme le mardi 29 septembre à compter de douze heures. Il devra rentrer le lundi 5 octobre à sept heures quarante-cinq. Gradisca le 27 septembre signé colonel Barazani et capitaine Maggio. »

Je reste un instant interdit. Je devrais sans doute être content de cette promesse de liberté, mais comment pourrais-je m'en réjouir puisque je devrai la vivre seul.

— Et c'est en quel honneur ?

— Pour « bon service ».

— Pour bon service ?

— J'ai eu la même réaction. Ça doit être à cause de ce qu'il s'est passé là-haut, je pense. Et puis c'est peut-être bien pour que « notre entraîneur » ne perde pas trop le moral ! Va savoir ?

— Ça ne me fait pas rire du tout, figure-toi. Prévenu la veille pour le lendemain. Me dis pas que ça te pose aucun problème.

— Oh tu sais, moi… Je t'avoue que je m'en fiche ! Je vais aller rendre visite à ma tante et comme elle m'adore, à moi les bons petits plats et basta. Je vais pas me poser plus de questions.

Je l'envie. Je ne sais pas comment il fait. Ne pas se poser de questions et accepter sans broncher, se résigner…Moi, je ne peux même pas aller voir ma femme et ils osent appeler ça une permission.

— Lino, ça va, fais pas cette tête-là ! Dis-toi que pendant cinq jours tu n'auras pas à voir la tronche du Baryton.

D'un trait, il finit sa bière et se lève.

— Allez, viens je te paye un ciné ! De toute façon je t'en devais un.

Parme, mardi 29 septembre 1942

Mon Chéri !

Cette lettre va peut-être te surprendre car je t'écris de Parme, oui figure-toi que j'ai pu obtenir cinq jours de permission et comme Maman a un peu de repos, je peux rester avec elle et c'est ce que je voulais. Tu sais, je suis arrivé ce matin à la même heure que l'autre fois. Mouky, tu ne peux pas savoir les minutes que j'ai passées. Je suis arrivé dans la rue et comme l'autre fois j'ai appelé « Maman ! ». Je ne sais pas, je sais que c'est absurde, mais j'avais le secret espoir que ce soit toi qui apparaisses à la fenêtre et quand je suis monté dans la chambre de Maman, je savais très bien que tu ne pouvais pas être là, mais j'ai eu les larmes aux yeux de ne pas te voir et je me suis retenu à grand-peine car je ne voulais pas m'attendrir devant Maman.

Maintenant je viens de déjeuner chez mon oncle Paride et je suis un peu désemparé car je ne sais pas du tout quoi faire. Peut-être demain irons-nous à Busseto avec Maman, mais je crois que là-bas je n'aurai pas grand-chose à faire non plus.

Je ne t'ai pas parlé de cette permission dans mes lettres car je ne le savais pas moi-même, ça a été très imprévu. Ici j'ai trouvé ton eau de Cologne et je te remercie beaucoup.

Hier avant de partir j'ai eu une lettre de toi et, tu sais, ton Lino n'est pas du tout content ! Pourquoi m'écris-tu des lettres si tristes, mon Aimée ? Si tu savais dans quel état d'esprit tu peux me mettre, tu ne le ferais plus. Le peu de courage que j'ai moi-même disparaît immédiatement en te lisant si malheureuse !

Mon Amour promets-moi de ne plus être si triste, je ne peux pas le supporter et tu ne fais que rendre plus insupportable mon éloignement de toi. Chérie, peut-être très peu de temps nous sépare encore de notre revoir. Essayons réciproquement de tenir bon en pensant à l'instant merveilleux que nous allons vivre.

Je vais te quitter mon Amour, mais ici où je t'ai revue, tu es encore plus présente en moi car les souvenirs me viennent plus abondants. Au revoir Mouky aimée. Je t'aime et ne pense qu'à l'instant où de nouveau je serai près de toi.

Ton Lino qui t'adore

P.-S. : Ici à Parme, j'ai trouvé deux lettres que je t'ai envoyées de Gradisca et qui sont arrivées en même temps que moi. À propos mon Aimée, maintenant j'espère que tu auras reçu au moins une lettre de moi ! Toi, mon Chéri, continue de m'écrire à Gradisca et en retournant là-bas, j'espère trouver au moins trois lettres de toi, cela sera mon encouragement !

XV

Gradisca, mercredi 7 octobre 1942

Mon courage ne tient qu'à un fil. Ces jours passés à Parme n'ont été que cafard et nostalgie. Je n'ai pas pu y rester, c'est même Maman qui a voulu que je parte. N'y ayant aucune connaissance, je ne savais pas quoi y faire, et le cafard qui m'a pris là-bas ne m'a toujours pas laissé.

J'ai attrapé le même train que nous avions pris tous les deux, et tandis que j'attendais à Fidenza j'ai de nouveau rencontré Gaglialino avec sa calèche, et comme cela, tout doucement, je suis arrivé à Busseto.

Là-bas, j'ai dormi dans notre chambre, dans notre lit… Le matin, à mon réveil, je me disais : « Voyons, je n'ai pas quitté Busseto, ma Mouky est là, elle est sans doute à la cuisine en train de prendre le petit déjeuner. » J'imaginais ta trousse sur le meuble, tes robes pendues ou bien posées sur les chaises, enfin tout ton petit désordre, et pour que cela paraisse plus réel, je mettais un peu de ton parfum sur mon oreiller et comme un idiot que je suis, je m'attendrissais.

Durant la journée, je ne faisais qu'aller dans les endroits où nous avions été tous les deux, car je ne vis que de souvenirs. Le plus dur, c'est que tout le monde parlait de toi. Le soir au café, nous passions en revue tous nos moments, chacun avait le sien : « Et tu te rappelles ceci, et tu te rappelles cela ! » Tu étais encore si présente dans l'esprit de tous, que j'en étais ému. De me voir ainsi, mon oncle et ma tante me disaient à chaque instant : « Allons, allons ! Un peu plus de courage ! Vous serez bientôt ensemble ! » Mais au lieu de me réconforter, leur mansuétude ne faisait que redoubler mon désarroi et je me retenais de toutes mes forces pour ne pas pleurer comme un gosse. Il me semblait être au mois de mars quand je suis arrivé à Parme. Le même chagrin, le même état d'esprit. Sans toi, rien n'est beau, chaque joie s'évanouit, je ne trouve goût à rien.

Cette permission a été si funeste, c'est sans aucun regret que je suis de retour à Gradisca et je ne souhaite pas en avoir une autre, si ce n'est pas pour te voir. Je préfère rester à la caserne. Mais de me retrouver comme ça, tout seul, c'est au-dessus de mes forces. Tout me révolte ! Je perds du temps, du temps où je pourrais être heureux, du temps où je pourrais être avec toi. Je ne fais que prier pour que de ton côté tu puisses faire quelque chose auprès du consulat.

Heureusement qu'en rentrant ici, j'ai eu la joie de trouver pas moins de six lettres de toi. Depuis que je les ai, je ne fais que les lire car elles sont pleines de ce beau courage qui manque tant à mon cœur.

Gradisca, jeudi 8 octobre 1942

L'instruction des bleus a repris et franchement, leur enseigner la lutte alors qu'ils n'en ont strictement rien à faire est une véritable punition. Je dois absolument parler au capitaine Maggio. Je peux peut-être trouver à me placer à l'intendance et qui sait, dans les bureaux avec un peu de chance.

À peine mon service terminé, je file le voir à son bureau en espérant qu'il pourra m'accorder une entrevue. La chance semble être de mon côté, car je n'ai pas fait trois pas que je l'aperçois se diriger du côté du mess. Je pique un sprint pour l'accoster.

— Bonjour, mon capitaine !

— Bonjour Ventura, bonjour.

— Je vous prie de m'excuser, mon capitaine, mais je pourrais vous dire deux mots ?

— Qu'est-ce qu'il vous arrive encore, Ventura ?

— Voilà, mon capitaine, je ne suis pas certain d'être fait pour l'instruction…

— C'est-à-dire ?

— Disons que c'est pas trop mon truc de donner des ordres, tout ça… Et pour dire la vérité : je n'ai pas la patience. Voyez ? D'autant qu'avec le lieutenant, on n'est pas trop sur la même longueur d'onde.

— Ça, ce n'est pas nouveau ! Surtout que nous savons tous parfaitement que le lieutenant Toledano est sur une fréquence à part.

— Peut-être, mon capitaine, mais en attendant, les tensions, c'est pas bon pour l'apprentissage. Alors je me disais que vous pourriez peut-être me changer d'affectation…

— Il est très appréciable de votre part de vous inquiéter de la qualité de la formation des nouveaux venus, mais je ne vois pas ce que je peux y changer…

— Peut-être bien que si, mon capitaine. J'ai ouï dire qu'à l'intendance ils avaient besoin d'un nouveau fourrier.

Il marque une pause et me regarde les yeux ronds de surprise.

— Comment diable savez-vous ça, vous ?

— La cantine, mon capitaine. Les hommes, à table, ça cause. Alors dès que j'ai entendu la nouvelle, vous imaginez bien…

— Le moins que l'on puisse dire, c'est que vous êtes tenace ! Nous avons en effet besoin d'un nouveau fourrier. Mais ce poste nécessite des compétences en comptabilité et en gestion de matériel. Vous les avez ?

Je saisis la perche qu'il me tend. Je lui parle de la CIT [1], de mon expérience, de ma percée professionnelle dans une France hostile aux immigrés. Je dramatise un peu, j'arrondis certains angles, j'en exagère d'autres.

Et ça passe.

— Eh bien dites donc… Vous êtes un jeune homme plein de ressources, Ventura ! Vous avez le don de cacher vos talents. Je ne vous promets rien, mais je vous l'ai déjà dit, vous m'êtes sympathique alors je vais voir ce que je peux faire. En attendant faites de votre mieux avec vos tire-au-flanc.

Gradisca, vendredi 9 octobre 1942

Mon Amour !

Depuis l'autre jour, aucune lettre de toi. Tu vois, décidément quand je suis sans lettres de toi, ça ne va pas.

Je fais tout mon possible pour ne pas me laisser aller, mais par moments, c'est impossible. Peut-être suis-je dans une de ces crises de cafard qui quand elles me tiennent, me démoralisent complètement. Et puis je m'ennuie, Mouky, je

1. Compagnie Italienne de Tourisme.

m'ennuie à mourir ! Les jours passent comme automatiquement et à chaque fois, je me dis : un de moins, un de moins, car je n'attends que celui où je te reverrai, voilà vers quoi toute ma pensée, tout mon désir, tout mon être est tendu !

Et dire qu'il faut que je me contente de ce petit peu de ton parfum que tu m'as laissé, mais c'est merveilleux car c'est tellement toi. Il ne me quitte jamais, je l'ai toujours sur moi et de temps en temps, quand je suis tout seul et que personne ne me voit, j'en mets un petit peu sur ma main que j'embrasse fiévreusement. Et puis c'est drôle peut-être, mais il y a tellement de souvenirs dans ce parfum que je vois Paris ! Oui c'est comme ça ! Constamment je pense à toi et j'essaie de m'imaginer où tu peux être et ce que tu peux faire, le soir surtout car tu comprendras... Je me couche à vingt heures trente et il est rare que je m'endorme avant dix ou onze heures. Je fume cigarette sur cigarette et me mets à penser, j'essaie de me transporter là près de toi. Je m'imagine en train de me balader dans Paris. Je fais semblant de rencontrer des amis. Je me dis, tiens, ma Mouke est peut-être chez Jacqueline ou tout simplement chez nous. Je vois la lumière de la cuisine qui éclaire un peu le couloir puis la salle à manger où tu dois être, toi, mon Aimée ; sans doute es-tu en train de travailler. Et puis je vois notre chambre, la petite table, ma photo, les deux petites lampes et tous les soirs c'est comme cela.

Mon Amour, toi à cette heure tu es au magasin, sans doute bien en train de m'écrire... Tu ne peux pas savoir Chérie combien j'aime et j'ai besoin de t'imaginer, de t'évoquer comme cela heure par heure. Et puis tu sais... À six heures, je serai là dehors à côté du bijoutier, oui, je t'attendrai. Mon Aimée, mon rêve, ça serait d'arriver par surprise et qu'un jour en sortant du magasin, tu trouves ton Lino, là, qui t'attend. Mais ce n'est qu'un rêve, Chérie.

Je me rends compte que tout ce que je te raconte est complètement idiot, mais vois-tu, je crois que tous les soldats quand ils sont loin de chez eux doivent connaitre ces moments-là, si tu savais comme ces souvenirs sont bons à évoquer, j'essaie de revivre un peu de ma vie qui, maintenant je m'en rends compte, était merveilleuse malgré les quelques soucis que parfois le manque d'argent nous procurait ! Mais quand donc tout cela finira-t-il ? J'ai beau me dire que ça ne sert à rien de me morfondre avec mes souvenirs, qu'il vaut mieux que je me fasse courage, mais ça m'est impossible, peut-être par moments suis-je un peu moins cafardeux, mais au fond de moi, c'est toujours la même chose. Seules tes lettres me réconfortent !

De ma vie quotidienne mon Chéri, je ne peux rien dire car elle est très monotone, toujours la même chose et c'est ça aussi qui me fiche en l'air !

Hier j'ai reçu une carte de Fausto. Il est à Viareggio et il me dit qu'il va très bien. Tant mieux pour lui. Mais je ne l'envie pas, je n'envie rien, je ne veux et désire rien d'autre que de retourner près de toi et pour toujours, jamais plus te quitter.

Maintenant il faut que je te laisse mon Aimée, il est quatre heures trente et on sonne la soupe. Au revoir mon Aimée et demain j'espère avoir une lettre de toi.

Je t'aime mon Amour et cela, je ne te le dirai jamais assez pour te faire comprendre ce que tu es pour moi.

Ton Lino

XVI

Gradisca, jeudi 15 octobre 1942

Les sommets blanchissent de nouveau et ici, il commence à faire frais. Quand je pense que si j'étais encore en poste là-haut dans les bois, je serais déjà sous la neige.

Mais me voilà fourrier désormais. Le capitaine a tenu parole. Il a même désigner Stalo pour me seconder, alors il serait malvenu de me plaindre. Mais c'est plus fort que moi.

Le travail consiste à répartir les besoins alimentaires et matériels des différentes sections, à s'occuper des livraisons et à sans cesse faire et refaire l'inventaire. En fait, je suis devenu une sorte d'homme à tout faire, mais je préfère de loin ça à l'instruction. En plus, je dois me rendre dorénavant une fois par semaine à Trieste pour transmettre la comptabilité. Au moins, j'y retrouve Gianni. Il s'ennuie. « Mais ça vaut toujours mieux d'être dans les bureaux », m'a-t-il dit. Il a fini par avoir des nouvelles de sa mère. Elle lui a envoyé un certificat attestant de la gravité de son état de santé. Alors il va peut-être pouvoir retourner près d'elle, car il est seul à s'en occuper. Et là j'ai pensé à toi… Et si tu étais malade… Et si tu trouvais le moyen de te faire

faire un certificat… Alors peut-être bien que moi aussi je pourrais espérer rentrer ! Tout ça me donne des idées.

En attendant, toujours pas de lettres de toi. Il doit sûrement y avoir quelque chose qui ne va pas avec cette maudite poste, car je ne reçois plus de courrier ni de toi ni de personne et cela arrive toujours aux moments où j'ai le plus besoin de te lire. Je suis dans un état de cafard permanent depuis que je suis allé à Parme.

Le soir, je voudrais m'endormir ; au lieu de ça, mon esprit ne fait que travailler. Je me dis : « Je vais la revoir bientôt peut-être… », puis l'instant d'après : « Mais il va falloir que je la quitte de nouveau » et c'est insupportable ! Il se produira certainement quelque chose, je ne sais pas quoi, mais je ne peux concevoir d'être encore séparé longtemps de toi. Je suis las de tout et tout me dégoûte, tout ! C'est cette vie de caserne qui me rend comme ça. J'ai les nerfs à fleur de peau : je me mets en boule pour un oui ou pour un non, j'envoie tout balader, je ne supporte plus personne. Moi qui me réveillais généralement de bonne humeur, maintenant je suis exécrable. Si ça continue, je vais devenir neurasthénique.

Stalo fait irruption dans mon bureau.

— On frappe avant d'entrer !

— Ooooh toi, le vaguemestre n'est toujours pas passé ! Tu veux en parler ?

Je le dévisage.

— Bon. J'ai compris, dit-il, résigné. Tiens, voilà les nouvelles demandes de matériel de la 5e section.

« Toujours à quémander ceux-là ! » pensé-je en lui prenant froidement le dossier des mains.

— Je vois… dit-il entre ses dents avant de tourner les talons.

Il n'a pas fait deux mètres qu'il se ravise et revient vers moi.

— J'allais oublier… En arrivant, j'ai vu ça sur le tableau d'informations. Comme tu sais taper à la machine, j'ai pensé que ça pourrait t'intéresser, dit-il en me plaquant une feuille sur mon bureau.

Stalo reparti, je jette un coup d'œil distrait au papier qu'il m'a laissé. Pas longtemps. Je suis médusé par ce que je lis.

Commission d'armistice italienne en France
Recherche dactylographe qualifié
Bilingue italien-français
lu écrit parlé
Pension de 45 lires par jour.
Candidature à déposer auprès du capitaine Maggio qui transmettra.

Je n'en crois pas mes yeux. Moi qui prie depuis des semaines pour un miracle, voilà que j'en tiens un dans mes mains.

Je regarde ma montre : seize heures zéro sept. Le capitaine Maggio doit encore être à son bureau. Je ne réfléchis pas trop et fonce le voir. Arrivé devant sa porte, j'essaie de reprendre ma respiration avant de toquer. Il ne m'en donne pas le temps ; le voilà qui arrive derrière moi.

— Qu'est-ce que vous faites là, Ventura ? Ne me dites pas vous êtes venu pour vous plaindre de votre nouvelle affectation ! Il ne faudrait tout de même pas abuser. Je ne suis pas une agence de placement !

En manque d'air, je peine à trouver mes mots. Alors je lui agite mon papier sous le nez.

— Non, non, mon capitaine… Non, Non… C'est pas ça… C'est ça… J'ai lu que… Il y a… Enfin je veux dire…

— Calmez-vous ! Je ne comprends rien de ce que vous dites !

— À l'entrée… En bas ! dis-je toujours aussi haletant en lui indiquant l'étage en dessous.

— Oui, eh bien ? Abrégez, je suis pressé !

Pour faire simple, je lui tends le papier. Il le prend, passablement énervé de cette irruption dans son programme.

— Ah ça… Je me doutais bien que ça allait vous taper dans l'œil. Malheureusement, je suis désolé de vous dire que ça ne vous concerne pas, me dit-il en me redonnant le papier.

Cette réponse me fait l'effet d'une claque.

— Je parle parfaitement français, je sais le lire et l'écrire. Je ne comprends pas, que faut-il de plus ?

— Vous correspondez effectivement au profil demandé, mais vous êtes trop jeune. Vous êtes de la classe 19 alors qu'il faut être celle de 14.

— Mais ça n'a aucun sens, mon capitaine ! Quel est le rapport ?

— Aucun, je vous le concède. Mais que voulez-vous ? Ce n'est pas moi qui établis les règles.

Je ne trouve plus rien à dire. L'aberration continue. Avec une telle dose de bêtise, je me dis que je ne te reverrai jamais. Je m'effondre.

Il me promet encore une fois de faire son possible. Ai-je d'autre choix que d'y croire ? La dernière fois qu'il s'est mêlé de mes histoires, j'ai pu te revoir pendant presque un mois. Peut-être que cette fois-ci, il m'aidera de nouveau.

— Allez, Ventura, un peu de courage, que diable ! dit-il en me laissant en plan avant de disparaître dans son bureau.

Du courage, j'en ai toujours eu, c'est la force d'y croire qui commence à manquer.

Au réfectoire, je retrouve la soupe et la cacophonie habituelle. Je m'installe face à Stalo qui est déjà attablé le nez dans sa gamelle.

— Je voulais m'excuser pour tout à l'heure, lui dis-je penaud.

Il me jette un œil de travers tout en continuant d'engloutir le rata du jour à grands coups de cuillère. Il est fâché. Il a le droit.

— Il ne faut pas m'en vouloir, Stalo, ça ne va pas fort en ce moment.

Il manque de s'étouffer.

— Ben mon vieux, t'as raison de préciser ! Parce que je ne voudrais pas dire, mais t'as quand même le moment qui dure.

Je me sens bête. C'est vrai que depuis que je le connais, le pauvre, je lui en fais voir, avec mes sautes humeur.

— Je voulais aussi te dire merci pour la circulaire.

— Hmm… Et alors ? dit-il l'air détaché et la bouche pleine.

Alors je lui raconte ma visite éclair chez le capitaine.

— Je dois y croire, martelé-je.

Stalo et les autres gars autour ne peuvent s'empêcher de plaisanter. Ça me vexe. Du coup, ils font tout pour me rassurer. Un rituel devenu banal. Un rituel interrompu par un groupe de trois hommes aux allures de pédants prétentieux. Ils se vantent, parlent plus fort que tout le monde, surtout un. Il se surnomme *il Francese.*

La curiosité me fait tendre l'oreille et je commence à comprendre. Il va soi-disant être muté comme dactylographe en France. Comment est-ce possible ? Le capitaine ne m'a rien dit. D'autant qu'il n'est pas de la classe 14 mais de celle de 18.

— C'est qui ce type ? Tu l'connais, toi ? demandé-je à Stalo.

Stalo me fait une moue négative, mais le gars d'à côté répond à sa place :

— À ce que je sais, c'est le neveu du général.

Je comprends mieux. C'est donc toujours la même chose : piston, piston, piston. Mais quand même ! Il parle le français comme moi le slovène. Et pour le coup, neveu ou pas neveu, piston ou pas piston, avec un tel niveau d'incompétence, je ne vois pas comment il va faire.

Je décide malgré tout de tenter encore une fois ma chance, mais sans aucune recommandation, je ne crois pas arriver à grand-chose. Il me faudra me résigner à laisser partir cette belle occasion. Il y a de quoi devenir enragé !

Gradisca, dimanche 25 octobre 1942

Encore un autre dimanche et, heureusement je peux dire, encore une semaine de passée. Je suis hanté par une seule pensée : retourner à Paris et te revoir. C'est un besoin, une idée fixe.

Aujourd'hui, je suis de service et à cette heure-ci, il n'y a personne à la caserne. Même Stalo n'est pas là. Il a obtenu une permission de cinq jours. J'aime parfois être tout seul, comme ça, je peux me laisser aller à ma fantaisie, personne ne me dérange. Je reste allongé, je sors ma pipe et je me laisse délicieusement happer par les volutes de fumée. Je revois ton quartier, avec son air des dimanches, ses rues calmes, quasi désertes, seulement quelques personnes qui font une balade jusqu'au Trocadéro et qui reviennent par l'avenue Kléber recouverte de feuilles mortes. Une nouvelle bouffée et je remonte la rue Galilée jusqu'à la rue Hamelin et dans une maison de coin au quatrième, je vois un rideau tiré et… Et je me fiche le cafard à penser à tout ça !

Tout à coup, je prends conscience que cela fait sept mois aujourd'hui que je suis soldat et presque huit que je suis parti de chez nous. En pensant à tous ces mois passés, je me dis : « Et si j'en avais encore autant à faire ? » Cette perspective me paraît impossible alors que c'est peut-être ce qui m'attend.

Quand je pense au grand fataliste et philosophe que je me targuais d'être. C'est rigolo, tiens ! Parfois, j'ai honte, je me demande même si je me conduis en homme, mais je n'y peux rien.

Gradisca, mardi 27 octobre 1942

Mon Aimée,

Ce matin au courrier, j'ai enfin reçu une lettre de toi. Tous ceux qui m'entourent de près l'ont deviné sans que je leur dise, ma joie devait se lire sur mon visage. Ils ne sont guère habitués, je suis si taciturne d'habitude. En revanche, tu m'apprends une bien triste nouvelle : le départ de Coco pour l'Allemagne. Pauvre Coco ! Et Jacqueline, avec Fausto qui ne donne pas de nouvelles, elle doit être dans tous ses états. Tu vois Chérie combien d'autres sont beaucoup plus malheureux que nous, mais malgré cela, quand je me dis : « Regarde, d'autres sont bien plus à plaindre que toi ! Tu n'as pas le droit de te lamenter », eh bien non ! Je ne suis peut-être qu'un sale égoïste mais je ne peux pas me consoler de cette façon. Moi je te veux, j'ai besoin de toi et ce n'est pas la douleur des autres qui peut me forcer à me résigner.

J'ai mon plus grand ami qui peut-être souffre cent fois plus que moi, parce que lui sans doute n'a aucun espoir, moi-même je donnerais n'importe quoi pour qu'il puisse retrouver du bonheur, tandis que moi je vis au moins avec la quasi-certitude de te revoir bientôt et malgré cela je me considère comme malheureux. Oui, je me plains ! Je suis égoïste ! Je suis tout ce que l'on voudra, mais je t'aime Mouky et je ne peux pas vivre sans toi, j'ai trop besoin de notre vie à deux, de nos habitudes, enfin de toi quoi ! Et c'est pour cette raison que mon seul désir est de rentrer, mais vite, le plus vite possible et pour toujours et c'est aussi ma seule prière.

Pas une fois, depuis que je t'ai quittée, je n'ai oublié de la faire avant de m'endormir. Pas une fois je suis rentré dans une église sans la formuler. Mais quand sera-t-elle exaucée ? Tu te souviens, avant de partir, je suis allé à Saint-Vincent-de-Paul, deux fois déjà je m'y étais rendu pour toi, par deux fois j'ai obtenu ce que j'avais demandé. Jamais deux sans trois, dit-on. J'attends, voilà.

Un jour quand tu auras un petit moment vas-y, tu verras au fond, derrière l'autel, il y a une chapelle, c'est là.

Chérie, si une autre personne lisait cette lettre, elle aurait sans doute de la peine à croire que c'est un homme qui l'a écrite et de plus elle rirait si on lui disait que c'est un soldat !

À propos, je vois que tu te tracasses de savoir si je ne bougerai pas ou bien un tas d'autres idées que tu te fais, je te le répète Chérie, je ne crains rien, loin de là ! Je suis toujours à Gradisca et je n'entends parler de rien, donc ne te fais pas de mauvais sang et sois tranquille ma Grosse Boule.

Mon Aimée, maintenant je vais te quitter, mais sur cette lettre seulement car tu ne cesses d'être près de moi en pensée. Je t'aime,

Ton Lino

Gradisca, jeudi 29 octobre 1942

Stalo est rentré de permission. Cet animal a oublié les livres et les autres bricoles que je lui avais demandés. En revanche il m'a rapporté une belle brioche.

Il a à peine ouvert le papier ciré qui l'entoure qu'une douce odeur de fleur d'oranger mêlée de citron confit m'enchante. Avec les bestiaux qu'il y a autour de nous, ça m'étonnerait que cette beauté fasse long feu. Stalo, fier comme un coq, se met à nous raconter :

— Cette merveille est une spécialité de la boulangerie de ma tante, mais présentement, celle-ci même que vous contemplez de vos yeux avides est tout simplement l'œuvre de votre serviteur !

Tout le monde applaudit, mais tout le monde s'étonne. Personne ne le soupçonnait d'avoir un quelconque talent en la matière. Alors on s'interroge.

— À peine arrivée chez ma tante, j'ai dû remplacer l'apprenti de mon oncle qui était souffrant. Non mais… Vous me voyez, moi ?… debout dès trois heures du matin, les mains dans le pétrin, sueur au front à fabriquer des brioches à la chaine sans même une pause cigarette et ça pendant cinq jours !? Moi non plus. Un métier de chien, voilà ce que c'est ! Et pourtant… Vous voulez que je vous dise ? Je me suis découvert une passion !

Comme quoi, les préjugés peuvent aisément faire place aux vocations.

— Figure-toi que je pense me reconvertir, ajoute Stalo. Et si on arrive à sortir de cette chienlit, je crois que je vais m'y mettre sérieusement. D'ailleurs, tu sais quoi ? Je pense même venir m'installer ici. Parce que, en France, déjà qu'ils nous aimaient pas trop, c'est pas avec l'autre qui fait n'importe quoi que ça va s'arranger. Moi, je te dis qu'on n'est pas près d'être reconnus pour ce qu'on est.

— J'admire ton optimisme, lui dis-je, circonspect.

— À propos d'optimisme, puisque t'en parles… T'as des nouvelles de ton histoire de dactylographe ?

— Tu penses ! Jusqu'à maintenant, j'en suis encore à zéro, mais j'ai demandé à parler personnellement au colonel et j'espère être reçu demain. Je me dis qu'en exposant moi-même mon cas, je peux peut-être espérer arriver à quelque chose. Je verrai bien…

J'avale le reste de mon morceau de brioche.

— C'est vrai qu'elle est bonne !

Je regarde ma montre : neuf heures dix-sept.

— Oh la déjà ! Il faut que j'y aille, j'ai rendez-vous pour faire des photos.

— Pour la commission ?

— Non, pour ma nouvelle demande de permission pour Noël ! Ces messieurs me demandent d'en faire dix !

— Dix ? Mais pourquoi autant ?

— Qu'est-ce que j'en sais, moi ! Ils m'ont juste dit que c'était pour les dossiers destinés aux différents services de renseignements. Ils ne m'ont rien dit d'autre.

— Ben merde alors ! Et ça te fait pas peur de te retrouver dans les petits papiers de l'Axe ?

— Qu'est-ce que tu veux que ça me fasse ?! Je suis pas Mata Hari, je veux juste revoir ma femme !

Devant le studio improvisé, je ne suis pas le seul à devoir me faire tirer le portrait. À vue d'œil, il y en a pour trente minutes d'attente.

Puis c'est mon tour.

Accoutré dans ma tenue militaire, me voilà debout, devant un fond grisâtre. Le photographe se glisse derrière son appareil. L'ampoule grille, mes yeux aussi. Il me donne un reçu.

— Vos photos seront prêtes la semaine prochaine. Suivant !

Il est l'heure d'aller manger. En me dirigeant vers le réfectoire, je suis arrêté par le vaguemestre qui me remet un colis. Il vient de ma mère. Des biscuits, trois livres, un peu de parfum et une lettre de toi accompagnée de celle du consulat.

« Suite à une demande déposée par Madame Odette Ventura, épouse du soldat Angiolino Ventura matricule N° 14719, nous ne voyons aucune objection à ce que celui-ci rentre à Paris pour une permission dont les conditions et la durée seront fixées par son Commandement.

Le Consul »

Mon cri de joie résonne dans toute la cour. D'abattu que j'étais tout à l'heure, me voici gonflé d'espoir. Mais comme on dit, il ne faut pas vendre la peau de l'ours avant de l'avoir tué, et ils peuvent me croire tous autant qu'ils sont ici comme à Vichy, je vais me démener comme un beau diable. Quand il s'agit de toi, on a beau se mettre en travers de mon chemin pour m'arrêter, avec ma tête de cochon, j'obtiens ce que je veux et cette fois-ci aussi, ce sera de même, devrais-je parler avec le général en personne !

Fort de mon ardeur retrouvée, je me précipite pour transmettre la nouvelle à mon commandant. Loin de s'étonner de mes frasques, Piatelli m'accueille avec son roulement d'yeux devenu tradition dès qu'il me voit.

Je lui tends le Graal. Il soupire et finit par le prendre. Je me lance alors dans un plaidoyer qu'il connaît bien : toi.

— Je vais voir ce que je peux faire… conclut-il.

Cette fois-ci, nous y sommes presque, Mouke.

Gradisca, vendredi 6 novembre 1942

Mon Amour !

Me revoici avec toi Chérie et aujourd'hui plus particulièrement que d'habitude car c'est ton anniversaire, Mon Aimée. Je ne suis pas près de toi, je ne peux rien t'offrir, mais espérons que bientôt je serai près de toi et nous fêterons tous les deux tes vingt-trois ans.

À propos de mon retour, je sais que je suis impatient et que je dois me raisonner mais quand même, j'espère arriver à parler à mon colonel dans la semaine et ça sera déjà grand-chose. Tous mes papiers sont déjà entre ses mains et la demande a dû être envoyée au ministère de la Guerre car il faut son autorisation. Mais je tiens à lui parler personnellement, même si je ne m'attends pas à un résultat immédiat car je sais très bien que ces démarches seront assez longues ; mais maintenant que j'ai l'espoir de te revoir bientôt, j'aurai la patience nécessaire. Je dis cela Mouky, mais tu verrais dans quel état je suis ! C'est bien simple, je ne peux plus penser à autre chose. Je dois être dans le même état que toi, Chérie, lorsque tu devais venir me retrouver ici. Vois-tu, ce que j'aimerais, ça serait d'arriver sans que tu ne saches rien. Tu ne peux pas savoir comme je serais heureux de te faire cette surprise ! Mais je ne voudrais pas par ces mots te mettre dans l'attente dès maintenant, mon

Aimée. D'ailleurs, je suis sûr que ton instinct te dira quelque chose, lui.

Mais je m'aperçois que je fais des projets ! Vite, touchons du bois ! Je n'ai pas encore commencé que je parle comme si c'était déjà fait ! Mais Mouky si tu savais ce que cette idée, qui maintenant est ancrée en moi, peut me faire !...

Les jours ne m'ont jamais paru aussi longs. J'attends le soir avec impatience pour être vite à demain et chaque jour passe ainsi. Mais cet état d'attente qui est plus que fébrile a quelque chose de bon en lui.

Si tu savais comme ces derniers jours ont été noirs pour moi et puis quand j'ai reçu la lettre du consulat, j'ai tout oublié et je te demande pardon mon Amour, mais il ne faut pas m'en vouloir si je me suis montré égoïste de mon bonheur, d'ailleurs toi aussi Chérie tu dois oublier ces mauvais moments rien qu'à la pensée de notre revoir. C'est cela qui compte et rien d'autre.

N'avons-nous pas déjà éprouvé cette joie ? Et si déjà une première fois nous avons su être heureux, cette fois-ci nous devrons encore plus profiter des moments présents, vivre minute par minute notre bonheur !

Mon Chéri, parfois j'ai peur de ma trop grande joie, de mon assurance, mais vite j'efface ces pensées de moi-même en me disant que ma femme a réussi peut-être avec beaucoup plus d'obstacles, donc moi aussi il faut que j'y arrive. Mon Amour, avant de te quitter, je veux te dire ce que déjà je t'ai crié sur le quai de Postumia : À bientôt !

Au revoir Chérie, je suis heureux et je t'aime.

Ton Lino

XVII

Gradisca, jeudi 12 novembre 1942

Voilà quatre jours que les Américains ont débarqué en Afrique du Nord. Trois jours que la caserne s'agite d'innombrables questions. Depuis, les messages des autorités italiennes sur « la nature outrancière de cette nouvelle invasion » ne font qu'amplifier. Hier encore j'entendais à la radio que c'étaient « les juifs de Londres qui avaient commandité cet attentat machiavélique ».

Je ne me fais décidément pas à ces inepties.

Et aujourd'hui, alors que les esprits s'excitent d'autant plus fort sur la terre battue, je sens que l'illumination de certains frôle le court-circuit, comme si la peste s'abattait de nouveau sur leur monde. Sauf que ce n'est ni la peste ni une catastrophe naturelle, et ce n'est pas sans une certaine circonspection que je les regarde partir à vau-l'eau. Par bribes de conversations, beuglements et propagande de journal, j'arrive à me faire une idée sur leur vérité. Et cela m'inquiète. L'Allemagne a refermé son étau, toute la France est désormais occupée.

Au centre de la caserne, un homme s'improvise une estrade à l'aide d'une chaise.

— À Nice ! scandent les quelques-uns réunis autour de lui.

— Voilà ce que répond le fascisme aux impérialistes libéraux américains ! Et parce que les Yankees ont débarqué en Afrique du Nord, et que nous sommes attaqués en traître…

— Encore un nouveau prophète, glissé-je à Stalo.

— Mes frères ! harangue plus fort encore le héraut. Nous ne nous laisserons pas imposer le dogme de ces usurpateurs ! Les Alpes, l'Afrique, la Méditerranée appartiennent à Rome ! Et qu'ils se le disent, nous reprendrons ce qui nous revient de droit !

Il est tout à son discours passéiste quand les clampins lobotomisés qui l'entourent s'électrisent. Non du fait de sa voix enragée ou de la force de ses convictions archaïques, mais simplement parce que la moitié du commando vient de débouler comme un seul homme, commandant en tête.

— On peut savoir ce que vous foutez ? invective Piatelli. Pour qui est-ce que vous vous prenez ? Que chacun aille prendre son service et que ça saute !

Un « Mais mon commandant » bafouillé par le meneur de fronde est vite arrêté par un « Vous, dans mon bureau ! » expéditif de Piatelli. Le temps de dire « ouf » et la cour retrouve son air de sinistrose avec ses grappes d'hommes trépignant de froid et d'ennui.

— Tant qu'il y aura des fanatiques et assez d'imbéciles pour les suivre, comment veux-tu que le monde trouve la paix ? lâche Stalo, désabusé.

— Il ne la trouvera pas. Tu n'as qu'à regarder l'histoire de l'humanité, depuis la guerre du feu, ça ne s'est pas tellement arrêté… enchaîné-je.

— Je ne sais pas comment je dois le prendre, ça. Pas certain que ça soit une bonne nouvelle.

— Pas vraiment, mais c'est juste que ça fait un paquet de temps que je ne me fais plus d'illusions. Ils peuvent bien aller se taper dessus si ça leur fait plaisir, mais sans moi. Moi, je veux juste retrouver…

— Ta vie, ta femme, et c'est tout, on sait ! Rien de nouveau. En attendant, ça ne te fait pas peur ce qui se passe en France ?

— Bien sûr que si ! Mais toi comme moi, deux troufions au fin fond de la Slovénie, qu'est-ce que tu veux qu'on y fasse ?

Et nous voilà repartis dans nos diatribes coutumières contre les responsables de l'état de ce monde, ces voyous en uniforme. Pas pour longtemps cependant. Le service nous appelle.

Gradisca, lundi 16 novembre 1942

Dix-huit jours que j'ai transmis les papiers du consulat et aucun retour. Est-ce à cause des derniers événements ? Probable, même si on n'entend plus parler de rien. Les excités se sont calmés et, chez les gradés, c'est silence radio. Quoi qu'il en soit, je n'ai toujours pas de réponse et je ne tiens plus en place.

Ici, j'ai mis tout le monde au courant ; c'est bien simple, je parle de nos retrouvailles à quiconque a la patience de m'écouter dix minutes. Le malheureux, je lui farcis littéralement la tête. Et ça commence toujours comme ça : « Comment ? Tu connais pas ma femme ?! Attends, attends, je vais te la montrer. » Et en avant pour la revue des photos !

Je suis dans un tel état d'effervescence que je finis par m'embrouiller moi-même. Par moments, j'entrevois le pire et puis à d'autres, je me rassure en me disant que c'est encore trop tôt. Mais j'ai beau dire, beau faire, l'incessant va-et-vient de mon esprit inquiet me dévore les nerfs.

C'est comme si j'attendais un verdict.

Les minutes deviennent des heures, les heures des jours et le temps s'étire interminablement. Je suis dans un état de fébrilité comme jamais et surtout qu'on ne vienne pas me dire de me raisonner, je ne peux pas. Je veux avoir confiance. Je serai optimiste jusqu'au bout et je ne suis pas triste parce que maintenant je sais que bientôt je serai près de toi.

Je veux gagner cette bataille. Je la gagnerai.

Gradisca, samedi 21 novembre 1942

L'obtention de mes papiers m'obsède à un tel point que je suis incapable de penser à autre chose et ça n'arrange pas ma mauvaise humeur. Je n'arrive plus à m'occuper de la comptabilité correctement. Je traîne à faire mes calculs. De plus, je vois tous mes camarades s'en aller à tour de rôle chez eux tandis que je suis encore à attendre une réponse. Par moments, j'en arrive même à regretter d'avoir fait des projets. Chaque matin je me réveille en me disant : « Peut-être que ça sera pour aujourd'hui. » Et toute la journée j'attends…

Aaah… Cette maudite attente ! Avant j'y trouvais comme une sensation de bonheur, mais maintenant je n'en peux plus. Et puis mes nuits m'esquintent ; je n'arrive pas à fermer l'œil, tant et tant que la nuit dernière, à minuit, je suis même sorti dans la cour pour regarder notre étoile. Je me suis mis à lui parler longuement. J'ai même inventé une nouvelle chanson. Une fois de plus ça ne rimait pas, mais quelle importance puisqu'elle n'était que pour moi de toutes les façons.

Les gars n'osent même plus me demander de nouvelles. Stalo, lui, se risque parfois à mettre un peu de couleurs à mes idées noires. Il a bien du mal, le pauvre. J'ai le cafard coriace.

Cet après-midi, comme nous ne sommes pas de service, il m'a traîné au cinéma.

— Un film d'Allégret avec Michèle Morgan et Charles Boyer, c'est du velours ! m'a-t-il dit pour me convaincre.

Seulement *Orage* n'était pas le film à voir. Idiot que je suis, je m'identifie à Gilbert, l'amoureux désespéré, doublé par son frère aîné qui, bien que marié, s'entiche de la dulcinée, qui au final se suicide. Bref... Une histoire d'amour qui tourne mal. Et comme d'un fait exprès, la tromperie se passe à Paris ! Non vraiment, je n'avais pas besoin de ça.

En sortant, je suis encore plus déprimé. Stalo s'en veut de sa fausse bonne idée. Pour rattraper le coup, il m'offre une bière dans notre boui-boui du samedi. La discussion tourne autour du film, de Paris et bien sûr me voilà reparti dans mes élucubrations.

— Si ça se trouve, comme Morgan, Mouky a un amant à Paris... C'est peut-être pour ça qu'elle ne répond plus à mes lettres !

Pendant que je pense tout haut, Stalo fume sa pipe et laisse dire. Il hausse vaguement les sourcils, fait les yeux ronds, hoche la tête et feint même d'acquiescer de temps à autre.

À force d'habitude, il sait très bien que j'en arriverai immanquablement à conclure tout seul d'un « Ce n'est pas possible ! Qu'est-ce qui me prend de penser des choses pareilles ? ».

Revenu à des idées raisonnables, c'est ma tournée. On trinque. Après deux gorgées, Stalo pose son verre.

— Toutes tes histoires à dormir debout là, ça me fait penser… Cette nuit, j'ai fait un drôle de rêve ! Je me voyais bébé dans un berceau. J'étais en tenue de soldat et Mussolini débarquait déguisé en nonne, affublé de la moustache d'Hitler. Il me fixait de ses petits yeux cruels en me menaçant d'une faucille et d'un marteau.

— Et ?…

— Et rien ! Je me suis réveillé ! T'en as de bonnes, toi ! Ça se voit bien que ce n'est pas toi qui avais l'autre dément penché au-dessus de la tête à essayer de t'égorger avec sa saloperie de faucille !

— Oui, c'est sûr… Mais tu vois, moi c'est pire ! Moi, j'ai rêvé que Mouky enlevait son alliance et me la rendait… C'était affreux !

— Et ?…

— Et je me suis réveillé en pleurs…

Stalo soupire bruyamment.

— Tu ne fais rien qu'à te ficher des idées en tête pour t'attrister.

— Peut-être bien, mais si je pouvais au moins lui annoncer quelque chose, ça ferait taire toutes ces sottises qui me viennent à l'idée de la savoir loin de moi.

— Je ne te cache pas que ça serait un immense bonheur pour tout le monde ! dit-il, empreint d'un certain soulagement.

— C'est ça, moque-toi.

Ce n'est pas la peine que je commence un petit discours sur mon impatience, c'est au moins la centième fois que je lui répète la même chose et je pense que pour aujourd'hui, il a son compte.

Mais bon sang de bon sang ! Il faudra bien qu'un jour ou l'autre elle arrive, cette réponse !

Gradisca, vendredi 27 novembre 1942

Hier soir, j'ai cassé ta bouteille de parfum ! Cela m'a mis dans un de ces états de colère. Je me suis traité de tous les noms. Les gars de la chambrée étaient tous abasourdis de me voir vociférer ainsi « pour si peu ».

« Pour si peu »... Quelle bande de buses ! À deux doigts de les traiter eux aussi de tous les noms, je me suis ravisé ; comment auraient-ils pu savoir ce que représentait ce parfum pour moi, combien je tenais à ces quelques gouttes de liquide qui me rappelaient tant toi ?

Puis il est arrivé un billet disant qu'il fallait que je me présente ce matin chez le colonel. À l'annonce de cette convocation, les gars ont tous sauté de joie. Moi, j'ai commencé par ne plus vivre et pour finir je n'ai pas dormi car ce billet se voulait sans conteste porteur de belles promesses.

Et là, en traversant la caserne pour aller au rendez-vous, c'est à peine si j'y crois.

Derrière son bureau, Barazani affiche un sourire. Une première qui en dit long.

— Ventura ! Asseyez-vous, je vous en prie ! me fait-il poliment en m'indiquant une chaise face à lui.

Je m'exécute, impatient d'entendre ce que je devine de son enthousiasme.

Barazani, appuyé les mains fermement croisées sur son sous-main, me regarde alors droit au fond des yeux l'air franchement satisfait.

Je retiens ma respiration, tout prêt à lui dire merci.

— Êtes-vous content, Ventura ?

Je reste interdit. Voilà bien une question à laquelle je ne m'étais pas préparé. Pas le moins du monde.

— C'est-à-dire, mon colonel ? Qu'entendez-vous par « content » ? dis-je en bafouillant à moitié.

— Eh bien… Est-ce que tout marche pour vous ?

— Je ne suis pas sûr de vous suivre, mon colonel…

— Je vous demande cela car nous avons reçu des ordres formels du ministère de la Guerre comme quoi les Italiens de l'étranger ont le droit à un traitement de faveur et ne doivent manquer de rien. Alors si vous avez la moindre revendication, il ne faut surtout pas hésiter à me le faire savoir.

« C'est une mauvaise blague », pensé-je en me retenant de lui demander s'il n'était pas en train de se fiche de moi.

— J'avoue que je ne sais pas quoi vous dire, mon colonel, mais puisque vous parlez du ministère… Vous avez reçu ma réponse pour Paris ?

— Pas que je sache, dit-il légèrement embêté. Mais je vous ai prévenu, pour ce genre de démarche, il faut beaucoup de patience. C'est très long, mais ne vous en faites pas, dès que j'aurai des nouvelles, vous en serez le premier averti.

— Mais, mon colonel, ça va prendre encore combien de temps ? Ma femme m'attend, moi ! Je lui ai promis que je serai là pour Noël et même avant. Je ne comprends pas pourquoi c'est si long, tous mes papiers sont pourtant en règle, non ?

— Certes, mais je ne vais pas vous le répéter cent fois : soyez patient ! En attendant, en tant qu'Italien de l'étranger, j'ai le plaisir de vous remettre de la part du Fascio de Rome : trente-cinq lires, un billet gratuit pour le cinéma et un magazine illustré !

Je me retrouve comme deux ronds de flan à contempler le lot de kermesse qu'il me remet solennellement comme s'il s'agissait d'un premier prix. Moi qui pensais avoir obtenu mon billet pour Paris… Quelle désillusion !

Dans la cour, mes gars m'attendent avec impatience. Ils me sautent dessus tout sourire. Les questions fusent. Ils me demandent pour quand est prévu le grand départ, combien de temps j'ai pu obtenir. Ils sont heureux pour moi, pour nous… Bref, ils s'emballent !

Mais je leur raconte en deux mots : « Toujours rien ! »

À voir leurs mines s'assombrir, leur déconvenue semble encore plus amère que la mienne. Ils compatissent à coups de tapes dans le dos assaisonnées de « Merde alors ! », de « Oh, mon pauvre vieux ! », de « C'est pas chance ! ».

Les gars voudraient en savoir plus, mais je n'ai guère le temps de m'épancher, le clairon du rassemblement vient vite mettre au pas mes états d'âme. Et c'est dans un silence à couper au couteau, lorgnant nos pieds, que nous rejoignons les rangs.

Gradisca, dimanche 29 novembre

Le clairon n'a pas encore sonné l'éveil de la garnison, que je sens une main me tirer de mes rêves.

— Vous êtes attendu au commando, dit une voix à peine perceptible.

Là, dans le brouillard du réveil, mes pensées frôlent la vitesse de la lumière. Et si c'était pour ma permission, cette fois ? Il n'en faut pas plus pour que j'y croie. Dans un seul et même mouvement, comme monté sur ressort, je me redresse et bondis hors du lit. L'autre, celui qui m'a réveillé, devant une telle réactivité, fait même un bond en arrière.

Je saute dans mon pantalon, enfile mes croquenots, me donne un coup de peigne pour la forme et fonce ventre à terre au commando.

Je suis encore en train de boutonner ma veste quand j'arrive devant l'aide de camp du colonel.

— Caporal, j'ai deux informations vous concernant. Premièrement, vous partez avec le convoi de ce matin pour Udine. Visite médicale... Votre œil, à ce que je lis là.

Il me tend mon billet pour l'hôpital et retourne le nez dans ses papiers.

— Et deuxièmement ? demandé-je pressant.

— Deuxièmement, le Fascio de Rome nous a retourné votre demande de permission avec la mention refusée.

Je sens l'afflux sanguin me bouillir le cervelet en voyant le document barré de rouge.

— Refusée, vous dites ?

— Oui, enfin... sachez que je n'y suis pour rien. C'est le Fascio qui exige que vous fassiez la demande vous-même par écrit.

— Vous vous moquez de moi ?! Mais ça là ! lui dis-je en excitant mon index sur les lignes en question. C'est bien écrit noir sur blanc, non ? Qu'est-ce que vous voulez de plus ?

— Bah... Que ça soit écrit de votre propre main.

Furibard, j'attrape la chaise à côté de son bureau et m'assieds face à lui.

— Papier et plume, je vous prie !

Sentant que je suis au bord de l'explosion, et peu enclin à une témérité naturelle, le sbire dactylographe obtempère fébrilement.

Il ne me faut pas plus de cinq minutes pour terminer ma lettre. De rage, je leur aurais bien dit tout ce que je pense, mais à quoi bon.

J'appose ma signature quand le colonel fait son entrée. Crispé d'amertume, je me lève pour le salut réglementaire.

— Repos, Ventura.

Silence. Je ne décolère pas.

— Vous m'avez l'air contrarié, reprend-il, magnanime.

— Mon colonel, sachez toute ma déception en cette matinée qui devait être pour moi une libération.

— Que se passe-t-il encore ?

— Mais mon colonel, rien de plus que ce qu'il se passe d'habitude : rien.

Je lui parle alors de ce refus que je viens de prendre en pleine figure.

— Comment pouvez-vous expliquer que personne ne m'ait parlé de ça ? Écrire une simple lettre ! Ce n'est pas comme si personne n'était au courant de mon histoire ! Et pourtant, pas un n'a su me dire qu'il me fallait faire « moi-même » une demande par écrit. Combien de fois suis-je venu quémander ? Combien de temps perdu à attendre ? Et tout ça pour quoi ? Pour qu'après vingt-huit jours, je m'entende dire aux aurores que tout est à refaire ! Alors oui, je suis contrarié, mon colonel et veuillez pardonner mon émotion, mais vous avouerez qu'il y a de quoi !

Il me prend ma lettre à l'encre encore fraîche et, devant mon désarroi, me promet de faire partir ma demande en « prioritaire » d'ici ce soir au plus tard.

Ainsi je m'en remets à ses promesses, encore une fois.

XVIII

Gradisca, jeudi 3 décembre 1942

Voici un nouveau mois qui a commencé pareil aux autres, loin de toi, mais la fin de celui-ci ne sera peut-être pas la même, car malgré tout j'espère toujours que je serai avec toi.

C'est cet espoir, aussi faible soit-il, qui m'aide à supporter ces jours-ci car je suis contrarié comme jamais à cause de cette histoire de lettre manuscrite. Et c'est sans grande surprise que depuis j'ai le droit à un quotidien « Il est encore trop tôt ». Pourtant, je ne me résigne pas encore à croire que l'on me refuse ce que je désire le plus au monde : retourner auprès de toi, ma femme, mon Aimée. Je ferais même volontiers à pied le chemin qui nous sépare, pour que ce rêve se réalise.

Pour changer, le temps est affreux, le souffle glacé du vent trouve son chemin à travers la moindre fissure, entre chaque plinthe, s'immisce jusque sous ma couverture. Un tel froid que j'en ai des engelures aux oreilles.

Pour couronner le tout, moi qui pensais en avoir enfin terminé avec cette vie idiote d'instruction, voilà qu'hier est arrivé un nouveau, un petit pète-sec recommandé par je ne sais qui et naturellement il a fallu que je lui cède ma place de fourrier. « Oui, vous comprenez, il nous vient de Rome celui-là », m'a dit le capitaine Maggio sur un ton qui se voulait désolé. Non, je ne comprends pas ! N'empêche que j'ai dû reprendre le harnais à l'instruction encore une fois, et même encore pire qu'avant, vraiment comme un bleu.

Heureusement qu'il y a cette fameuse circulaire qui dit que les Italiens venant de l'étranger doivent bénéficier d'un traitement meilleur et que, s'il y a moyen de les employer dans les bureaux, il faut le faire ! Alors oui, parlons-en ! En neuf mois de service, leur prétendu traitement s'est résumé à trente-cinq lires, un journal illustré et un billet à tarif réduit pour le cinéma. Pour le reste, je me suis vu refuser systématiquement tout ce que je demandais. Y a pas à dire : « Y a d'la joie ! »

Alors ce matin, entre le froid, les engelures, les poumons en feu et le mal de gorge qui ne fait qu'empirer, je n'ai pas le courage de me lever pour faire l'instruction. De toutes les façons, je peux à peine parler. Ma voix est cuite à l'étouffée et dès les premières syllabes, elle se fige sous la douleur.

Je tousse. Une bombe me remonte dans le larynx et m'assaille de mille et une lames de rasoir.

Foutue Slovénie ! Foutue guerre !

Non, je n'ai décidément pas le courage pour faire l'instruction. Tout comme l'enfant qui ne veut pas aller à l'école, je m'enfonce un peu plus encore sous ma couverture. Et même si le clairon sonne, advienne que pourra.

Une nouvelle quinte de toux m'étouffe l'esprit quand quelqu'un entre dans la chambrée sans frapper.

— Caporal, vous êtes demandé par le lieutenant Toledano.

— Dis-lui que je suis malade et que je suis dans l'incapacité de prendre mon service.

Le bleu s'en retourne sans plus d'insistance. Mais j'ai à peine le temps de fermer les yeux que le Baryton se pointe, furieux.

— Dites-moi, caporal, vous vous croyez où ? Pour qui vous vous prenez ?!

— Pour quelqu'un de malade, mon lieutenant… balbutié-je en me retournant vers lui.

À entendre ma voix éraillée, il écarquille les yeux et le cerbère en lui marque un temps d'arrêt. Il se sent tout de même dans l'obligation de me demander pourquoi je ne me suis pas rendu chez le médecin.

— Je pensais que pour une toux…

— Ah parce qu'une toux vous fait penser ?!

Chassez le naturel, il revient au galop.

— Bravo ! reprend-il de plus belle. Et la guerre ? Vous y pensez, à la guerre ? Avec des gens comme vous, elle n'est pas près de se terminer !

— Avec des gens comme moi, comme vous dites, elle n'aurait surtout jamais commencé !

Ça a été plus fort que moi. Le Baryton, lui, ne s'y attendait pas. Ça se voit. Et comme ne pas avoir le dernier mot lui est strictement impossible, il se ressaisit et enchaîne avec un panache désabusé.

— Votre impertinence n'a d'égale que votre fainéantise, soldat ! Je vais en aviser de ce pas le capitaine Maggio. Une chose est sûre : vous êtes bon pour la consigne, si ce n'est le cachot ! On va vous faire passer l'envie de penser, c'est moi qui vous le dis !

Il me balance son billet de punition à travers la figure avec un plaisir non dissimulé, tout en continuant à m'aboyer dessus. J'encaisse sans rien dire. On sait tous ici que, quand on est pris en grippe par un supérieur, il vaut mieux laisser aller, il aura toujours raison. Et puis après tout, il peut bien continuer à me jouer la grande scène du II, le Toledano, ça me rentre par une oreille et ça sort par l'autre ; et que ce soit la consigne ou le cachot, je m'en fiche royalement.

— Et allez donc vous faire examiner, c'est un ordre ! hurle-t-il en claquant la porte.

Alors j'obéis.

Résultat de la visite médicale : ni consigne, ni cachot mais une bonne bronchite et trois jours d'arrêt. Et même perlant de fièvre, c'est sourire aux lèvres que je regagne ma paillasse.

Le Baryton l'a dans l'os et j'avoue que je ne suis pas mécontent.

Gradisca, lundi 7 décembre 1942

Au courrier du matin, j'ai reçu deux lettres de toi et une me venait de Turin datée du 25 novembre. Quand j'ai vu cette enveloppe bleue avec ton écriture, j'ai eu une de ces émotions ! Je ne sais pas à quoi je pensais, je savais bien que c'était impossible que tu sois en Italie, mais je vis tellement dans l'attente d'un espoir. Dans ta lettre, tu me dis de ne pas perdre courage même si on me répondait négativement. Je te suis reconnaissant de me montrer tant de force. Pour moi, l'essentiel maintenant, c'est d'avoir une réponse. C'est la prière que je fais et je la fais avec tant d'ardeur que ce n'est pas possible qu'elle ne soit pas entendue.

Comme aujourd'hui je me porte mieux, j'ai dû reprendre le service. Parmi les rangs, un bruit circule : « Tous ceux qui ont une résidence à l'étranger vont être renvoyés chez eux avant la fin de l'année ! » Stalo semble y croire. Moi, ça fait un bon bout de temps que je n'attache plus aucune importance à toutes ces histoires ; j'en ai entendu tellement !

En revanche, si la réponse du ministère tarde beaucoup encore, je ne sais pas ce que je vais devenir. J'ai un cafard noir. J'ai beau me dire que ça va passer, j'ai beau me répéter qu'il y a pire que moi… Mais rien n'est pire que d'être loin de toi. Quand je ne suis pas au fond du gouffre à me morfondre, c'est la rage qui prend le relais. Là où je ne décolère pas, c'est quand je songe à ceux qui ont été envoyés en France pour la Commission d'armistice. Quand je pense qu'ils savaient à peine bégayer le français et que moi, depuis des jours, je fais des pieds et des mains pour arriver à être ne serait-ce que balayeur dans les bureaux et qu'on me répond qu'il n'y a rien à faire ! Non, vraiment… Il n'y a que cet espoir de permission qui puisse m'aider à tenir le coup.

Gradisca, vendredi 11 décembre 1942

Mon Amour !

Aujourd'hui ça va un petit peu mieux. D'abord parce que j'ai reçu deux lettres de toi et que j'ai réussi par miracle à me faire embaucher comme vaguemestre ; c'est provisoire, mais ça durera ce que ça durera et ça sera toujours ça de gagné. Ensuite ce matin j'ai eu l'occasion de parler à mon colonel alors j'en ai profité pour lui glisser un mot au sujet de ma permission. Il ne m'a pas fait tourner la tête d'espoir mais enfin il m'a dit avoir envoyé de nouveau mes papiers avec « avis favorable » de sa part et qu'il fallait attendre. Il se souvient de t'avoir vue à Postumia et m'a souhaité que je réussisse. Maintenant il ne s'agit que d'attendre « le bon vouloir » du ministère, voilà l'écueil, mais ce serait bien le diable si avec un peu de chance je ne parvenais pas à le surpasser !

Malheureusement mon Amour je désespère de pouvoir passer les fêtes auprès de toi, mais sait-on jamais. Et malgré tout, au fond de moi-même, il y a une voix qui me dit : « Tu seras avec elle pour Noël ! » Ça fera quinze jours lundi que j'ai fait ma deuxième demande, donc certainement que maintenant il ne doit plus y en avoir pour très longtemps à attendre avant de savoir quelque chose.

Cette nuit, j'ai encore rêvé de nous deux, je ne peux pas te l'expliquer ici car même le papier en rougirait ! C'est même le plus beau rêve que j'ai pu faire depuis que je t'ai quittée. Tu vois de tout cafardeux, aujourd'hui je suis presque heureux et pour créer ce changement, il m'a suffi de lire tes lettres mon Aimée ! Si tu m'avais vu ce matin fouiller dans tout ce tas de courrier pour trouver mon nom ! Et puis, je ne sais pas, tes lettres aujourd'hui m'ont donné tellement d'espoir ! De te sentir si sûre de mon retour, comme lorsque c'était toi qui devais venir ici, m'a donné du courage car je ne crois pas que l'instinct que te fait avoir notre amour puisse te tromper. Et vois-tu moi-même en t'écrivant je m'exalte et je ne peux m'empêcher de te dire : « Tu verras Mouky, nous réussirons ! » Car rien que de penser à ce que sera notre revoir, cela dépasse le mot merveilleux ! Ma Chérie, je crois que nous nous souviendrons plus tard de cette bataille que nous livrons pour notre amour. Rien ne peut s'envisager sans l'autre et c'est merveilleux de savoir cela. Oui Chérie je t'aime et j'en suis heureux !

Il reste encore quatorze jours avant d'arriver à Noël et qui sait, d'ici là… Mais je ne veux rien dire et continuer à prier pour que bientôt je puisse te serrer dans mes bras ! Je sais que pour nous deux, si ce rêve ne pouvait se réaliser, ça serait une déception des plus cruelles, mais je ne veux pas croire cela, notre prière doit être entendue, il ne peut en être autrement ! Vois-tu, pour moi, ça me paraît impossible que je reste séparé de toi car sans toi tout est rien, tu comprends ? Et à chaque fois, quand je m'imagine revenant vers toi, je ne sais pas ce qui me prend mais j'ai comme le vertige ! En tous les cas, tant que je ne recevrai pas de réponse, ce sera toujours la même chose. Et je crois bien que le jour où je réussirai à te serrer dans mes bras, je saurai ce que cela veut dire pleurer de joie ! Mon Aimée, jamais peut-être tu ne réussiras à comprendre et à te douter de ce que tu es pour moi et combien je t'aime.

Je présume que cette lettre t'arrivera pour Noël, mais je ne veux faire aucun souhait, ou du moins un seul : que je puisse te le faire de vive voix ! Neuf mois ont passé et peut-être que maintenant nous n'en aurons plus pour très longtemps avant d'être de nouveau réunis et heureux et pour toujours !

Mon Amour, je vais te quitter et je voudrais tant encore cette nuit faire un rêve merveilleux !

Je t'adore mon Aimée et peut-être à bientôt.

Ton Lino

Gradisca, dimanche 13 décembre 1942

Aujourd'hui je suis dans un jour d'espoir, et ces jours bénis sont rares.

Quelque chose me dit que je vais savoir. Ce matin à l'église, je suis sûr que ma prière a été entendue. Je voudrais tant que mon instinct ne me trompe pas !

Douze heures tapantes. Le repas terminé, j'ai trois heures devant moi avant de reprendre mon service. Le temps de profiter de ma bonne humeur pour aller jusqu'à mon café, t'écrire et écouter Paris. Qui sait, peut-être que toi aussi tu seras à l'écoute ? Et puis c'est plus fort que moi, mais le dimanche, je reste accroché à ma TSF à écouter nos chansons, André Claveau, Raymond Legrand et beaucoup d'autres. Je ne suis ni triste ni gai, je me sens transporté vers toi, chez nous. Je me rappelle notre quartier, nos sorties, nos amis, toutes nos petites habitudes en somme. C'est absurde, je le sais bien, mais je ne peux retenir mon cœur de battre plus fort en pensant au jour où cela deviendra réalité.

Aujourd'hui, après *Les Nouveautés du dimanche*, il y a la retransmission d'un concert de Wagner aux Champs-Élysées.

Pendant que les violons s'emballent allegro, sur mon bloc de papier, mon crayon se laisse aller. J'écris ton nom partout, en gros, en gras, en rond, en cœur. Je griffonne Paris, ses rues, des trajets que je connais. C'est fou ! Cela ressemble aux courbes de ton corps. Je dessine tes lèvres. Je tente tes yeux. Enfin, je m'essaie à tout un tas de bêtises, mais des bêtises qui me font du bien.

Des grésillements épouvantables mettent fin à ma douce rêverie. Les ondes, les violons et Wagner n'ont pas résisté au mauvais temps.

D'ordinaire, j'aurais sans aucun doute été frustré, mais pas là. Non, là c'est même avec le cœur léger que je repars sous une pluie battante. La distribution de l'après-midi ne va pas tarder. Je me hâte, il n'est pas question que les gars attendent.

J'ai pris à cœur mon nouveau métier de vaguemestre et je crois même qu'il me plaît. Je m'avale des kilomètres sous des trombes d'eau glacée avec une sacoche presque aussi lourde que moi, mais je suis content. Oui, content. Ne serait-ce que pour ce moment où j'arrive à la caserne, quand j'entends une voix s'écrier : « Le vaguemestre ! Le vaguemestre ! » Oui, à ce moment précis, j'ai l'impression de servir à quelque chose d'utile. Enfin. Rien que pour cette belle lueur que je perçois dans les regards. Donner l'espoir du bonheur n'est-il pas le bonheur lui-même ?

Vient le moment que je redoute. En face de moi une quinzaine de gars et je n'ai plus que cinq lettres. Pour sûr, ils n'auront pas tous leur trésor. Certains repartent le silence fataliste, d'autres expurgent leur déception en maudissant la terre entière, moi y compris. Il n'y a rien à répondre, si ce n'est quelques mots maladroits qui parfois soulagent malgré tout. Je sais tellement ce que ça représente. Et chaque jour, je voudrais tant donner une lettre à chacun d'eux.

Gradisca, le 15 décembre 1942

Pour ma permission, toujours pas de réponse. Je vois Noël qui s'approche à grands pas et cela ne fait que rendre mon attente plus nerveuse encore.

Il y a vraiment de quoi devenir maboul de se réveiller chaque matin, de se dire « Peut-être que ça sera pour aujourd'hui », d'attendre toute la journée et puis rien !

Malgré tout je me refuse à penser à ces jours à venir loin de toi tant que j'aurai l'espoir d'une réponse favorable. Je m'en veux parfois de penser de travers et de perdre confiance car, au fond, n'ai-je pas la perspective des jours merveilleux qui m'attendent ? J'essaie là de me persuader moi-même pour ainsi dire, je le sais, mais que me reste-t-il d'autre pour ne pas sombrer pour de bon ?

À ma montre, déjà quinze heures. J'abrège à contrecœur ma conversation avec toi pour aller poster ma lettre et prendre le courrier de l'après-midi.

Et pourquoi pas y trouver ma petite enveloppe bleue… J'ai tant besoin de te lire.

Mon Aimée,

Tu vois vraiment le sort est ironique avec moi. À peine ai-je fini ma lettre que je suis descendu pour aller à la poste et j'ai rencontré le lieutenant qui m'a annoncé que ma permission était refusée. Mouky mon Chéri, n'aie pas de peine, fais-le pour ton Lino.

Quand il me l'a dit, je suis resté assommé. Je n'ai pas été à la poste, je m'en fiche ! Je suis parti, j'ai marché jusqu'à maintenant sous la pluie et ça m'a fait du bien. Je te le jure, mon Amour, je n'ai pas pleuré, je ne l'ai dit à personne encore. À toi non plus, je ne voulais pas l'écrire, mais je ne peux pas garder tout ça pour moi. Je ne sais pas ce qu'il se passe en moi mais j'ai mal, très mal. Je n'ai encore vu personne et ne veux voir personne. Je t'écris de mon café et après je m'en vais, je veux être seul, tout seul. Je ne suis pas rentré à la caserne depuis une heure cet après-midi, mais je m'en fiche ! Tu m'entends ? Je m'en fiche !!! Tu veux savoir la raison du refus ? La voilà : d'abord c'est loin, Paris ! Et puis parce que le consul, dans sa lettre ne dit pas « Il faut qu'il vienne, c'est grave » mais « si vous pouvez l'envoyer, moi je n'y vois pas d'inconvénient ». Si le consul m'avait rappelé à Paris, alors cela aurait été oui !

Mais je ne veux pas m'avouer vaincu ! Non et non ! Je vais écrire moi-même au ministère et je t'assure qu'on va rigoler ! Je vais leur en parler, moi, de l'aide morale des Italiens à l'étranger ! Ah si tu savais comme j'ai envie de rire ! Oui, je vais bien les remercier ! Je souffre Chérie et je voudrais tellement pleurer, je voudrais que Maman soit là et pleurer dans ses bras.

Au revoir mon adorée,

Ton Lino

Gradisca, mercredi 16 décembre 1942

Ce matin en me réveillant, je ne réalise pas encore très bien ce qui m'est arrivé hier.

Cette nuit, je n'ai fait que fumer cigarette sur cigarette et de rester tout seul à penser comme ça, curieusement ça m'a fait du bien.

À quoi ai-je pensé ?... Je n'en sais rien exactement.

Je te voyais là devant mes yeux et au fil des heures, mon chagrin et ma douleur ont fait place à la rage.

Maintenant je serre les dents. Je ne me donne pas pour vaincu. Non !

Non, je ne veux pas abandonner. Non, je ne baisserai pas les bras. Ça serait trop bête ! Surtout quand je vois les autres qui, un par un, s'en vont eux voir leur femme, et moi, il faudrait que je ne tente plus rien pour avoir droit, moi aussi, à ce bonheur ?!...

C'est hors de question !

Mouky,

Je ne peux pas te dire ce que je ressens en moi, mais je me suis juré, oui juré de ne pas me laisser abattre. Je viens déjà d'écrire une lettre, et quelle lettre ! À Rome, à la Federazione dei Fasci all'Estero et je peux t'assurer d'une chose : cette fois-ci ça a raté, mais je réussirai ! Tu m'entends, Chérie ? Je réussirai !!!

Tout ce que je pourrai faire, je le ferai, devrais-je écrire jour et nuit à droite à gauche. Je sais bien que des gens me diront pour me consoler qu'il y en a d'autres pires que moi, mais moi je ne vois que nous deux ! Personne ne m'a aidé à construire mon bonheur, mon Amour, et je sais que personne ne m'aidera à retrouver tout ça et tant que ce sera comme ça alors rien d'autre ne me touchera ! Oui je suis un sale égoïste quand il s'agit de mon bonheur ! Chérie, si tu peux faire quelque chose tant mieux, sinon je continuerai tout seul. Tout ce que je sais, c'est que je reviendrai !

Maintenant tant que je recevrai tes lettres où tu ne sais pas encore, où je lirai tout ton espoir, ça sera terrible. Comme je pense au jour où tu apprendras que je ne peux pas venir ; je ne sais pas ce que je donnerais pour qu'à ce moment-là, quelqu'un soit près de toi pour te réconforter et te donner du courage. Je te le répète, Chérie, je voulais te le dire plus tard pour que ma lettre t'arrive après le 8 janvier, mais je n'ai pas pu, Chérie. Mon Aimée, pour moi tu dois être forte et j'ai besoin de ton encouragement.

Maintenant mon Aimée, je ne sais plus quoi te dire, si, c'est que je croyais que ma prière aurait été entendue là-haut.

Mon Amour, je vais te quitter, je voudrais tellement que cette lettre que j'écris ne soit qu'un horrible cauchemar, mais malheureusement ce n'est que la vérité. Je ne te demande qu'une chose Chérie, sois forte et ne perds pas courage.

Chérie, je vais te dire au revoir, je suis malheureux, j'ai mal, mais je t'aime ! Je t'aime comme un fou ! Je t'adore Mouky plus que jamais !

Ton Lino

Ma lettre partie, je m'en vais faire ma tournée la mort dans l'âme. Je suis l'ombre de moi-même, fermé à double tour. Pour le petit mot de réconfort, ce sera pour un autre jour ; là, je n'y arrive plus. Personne ne rechigne. Tout le monde sait.

Après en avoir terminé, je croise l'aide de camp de Barazani.

— Ventura, vous tombez bien, j'avais à vous parler !

Son air compatissant ne me dit rien qui vaille.

— Pour votre femme, pour vous, pour Paris… Je suis désolé.

— Pas autant que moi, lui dis-je, passablement excédé par son empathie de surface.

— Et sachez que si jamais vous vouliez une permission pour aller voir votre famille à Parme, le colonel Barazani vous l'accordera volontiers.

Je manque de m'énerver, mais le dépit l'emporte.

— Le lot de consolation, quoi !

Il ne sait plus quoi dire. Y a de quoi.

Gradisca, vendredi 18 décembre 1942

Depuis trois jours, je ne sais comment je vis. Quand un être en est arrivé au point où j'en suis, de voir tout lui faillir, tout aller de travers, il faut de sacrés nerfs pour ne pas se laisser aller. Moi, les miens n'en peuvent plus.

Je me traite de lâche. Ça n'arrange rien. De n'avoir aucune lettre de toi depuis plusieurs jours non plus.

La lettre de Maman reçue ce matin n'a fait qu'enfoncer un autre clou à mon malheur. Elle aussi est malheureuse, elle était si contente de notre revoir. Quand je pense qu'elle m'a fait retourner mon costume pour aller à Paris ! C'est bête à pleurer ! Pauvre Maman, elle me sait malheureux et elle veut absolument que j'aille passer quelques jours avec elle, mais cette permission je l'entrevois tellement triste que je ne sais pas quoi faire.

Maintenant il y a une chose que j'attends : c'est la réponse à la lettre que j'ai envoyée à Rome. Je suis bien curieux de voir ce qu'ils vont me dire, ces guignols du Fascio !

Cette fois-ci, je ne peux pas me tromper. Je ferai n'importe quoi, je suis capable de tout et on finira par me donner raison. Je suis certain que je retournerai à Paris !

Ce matin, le Baryton m'a aussi appris qu'il fallait que je parte. Où ? Je ne sais pas. Pour combien de jours non plus. Je ne sais même pas quand je dois partir ! De toutes les façons, quelle importance ? Ça m'est complètement égal puisque ce n'est pas pour te rejoindre.

Dans la foulée, pour me réconforter, le capitaine m'annonce que je ne pourrai pas rester vaguemestre et qu'il faudra à mon retour que je reprenne l'instruction pour les bleus à venir.

Décidément, tout me réussit.

Bressanone, dimanche 20 décembre 1942

Après vingt-cinq heures de voyage, je suis enfin arrivé à destination cette nuit et je m'en retournerai probablement ce soir. Je remplace le gars chargé d'acheminer le courrier entre Gradisca et Bressanone. Même si le trajet est plutôt long, je ne m'en plains pas. Cela me distrait un peu de mon terrible cafard et je fais mon possible pour ne pas me laisser aller, même si c'est sacrément difficile. Je ne parviens pas à oublier toute la joie que je m'étais promise, cet immense bonheur qui m'attendait, mais je suis certain que j'y arriverai bien quand même.

Bressanone est perdu au milieu de nulle part et l'endroit est si paisible que la guerre semble avoir eu la bonne idée d'épargner cette petite ville. Tout ici me donne l'impression d'être une carte postale. Et c'est d'un café aux murs décorés de grandes salamandres en mosaïque, un énorme verre de bière devant moi, que je t'écris. Je me prends à rêver… Je t'écris qu'en voyant tout ce beau paysage, je me promets qu'un jour nous y viendrons tous les deux.

Malheureusement, la trêve est de courte durée. Mes mâchoires se serrent d'inquiétude. Ce que j'appréhende de plus en plus, c'est Noël et notre anniversaire. J'étais tellement sûr en moi-même que ce n'était pas possible que je ne sois pas près de toi ces jours-là, qu'encore maintenant… C'est bête, mais je crois qu'il va arriver quelque chose, je ne sais pas quoi, un miracle, mais je serai avec toi.

XIX

Parme, jeudi 24 décembre 1942

Mon Amour,

Comme tu vois, je t'écris de Parme. Je suis retourné à Gradisca le 23 matin et mon capitaine m'a fait trouver une permission prête et comme ça le soir même, je suis reparti et suis arrivé ce matin. Je vais passer Noël avec Maman et Paride et ensuite j'irai peut-être à Busseto. Tu sais, tout le monde voudrait m'avoir et tous pour la même raison, parce qu'ils savent que je suis malheureux. Si tu voyais la lettre que ma tante Antonietta m'a écrite ! Elle me dit : « Il faut absolument que tu viennes à Busseto, je ne veux pas que tu restes tout seul. » Maintenant que tu la connais, pour qu'elle me dise ça !! Maman aussi a été heureuse de me voir. Tout le monde cherche à me consoler ici, mais c'est inutile Mouky, tu n'es pas là et toi tu es tout pour moi. Je te jure Chérie que je ne sais pas quoi faire tout seul, je m'ennuie et Parme sans toi, c'est devenu insupportable ! Et puis ces jours-ci, je suis bête, oui ! D'abord je n'ai toujours pas reçu de lettre de toi. Je croyais trouver quelque chose à mon retour à Gradisca et ici en arrivant chez Maman et au lieu de cela, rien. Je sais bien que ce n'est pas possible que tu puisses rester si longtemps sans m'écrire, mais tu sais mon cafard me donne des idées qui me rendent malheureux. Et puis j'ai fait un rêve tellement idiot ! Mais une seule lettre de toi fera disparaître tout ça. Oui, il suffira que je lise : « Mon Lino je t'aime, je ne suis qu'à toi et je t'attendrai. » C'est bien peu de chose, je le sais, mais pour mon cœur, c'est tellement !

Demain c'est Noël et comme je te l'ai dit : cette nuit à minuit je serai avec toi, en tout ! Je peux te dire ce que je ferai ce soir : Linetto a préparé une crèche sur la cheminée et nous sommes en train de faire l'installation électrique. Pour ce soir nous dînerons en famille ici et puis dodo. Tu vois, c'est bien simple. Voilà exactement cinq nuits que je ne dors pas, je suis complètement éreinté, mais ce soir j'attendrai minuit pour être avec toi car quelque chose me dit que toi aussi, à cette même minute tu penseras à moi. N'est-ce pas mon Amour que tu penseras à ton Lino ?

Tu sais quand je me suis changé ce matin, j'ai trouvé dans la valise de Maman les affaires dont tu lui as fait cadeau, eh bien rien que de voir cette étoffe qui t'a appartenu, qui a touché ta peau, j'aurais voulu l'embrasser. Je n'ose pas, mais je voudrais bien la prendre en cachette et dormir avec.

Chérie, je vais te quitter et si au moins Noël pouvait m'apporter rien qu'un petit mot de toi, je serais content. Au revoir mon Aimée, je t'aime et n'oublie pas Mouky que tu es tout pour moi.

Ton Lino

Busseto, lundi 28 décembre 1942

Voilà, je ne sais plus depuis combien de jours je n'ai plus une seule lettre de toi. Jusqu'à maintenant j'ai voulu me persuader que ce retard était dû à cette fichue poste et je persiste en voulant espérer que ce n'est pas autre chose. Mais ces jours-ci, ce silence avilit mes pensées. Surtout qu'il y a toujours quelqu'un pour vous dire que toutes les femmes sont pareilles. Et je donnerais je ne sais quoi pour effacer toutes les bêtises qui me passent par la tête.

Busseto, mercredi 30 décembre 1942

Aujourd'hui finalement, j'ai reçu une lettre, mais elle n'a fait qu'augmenter mes idées noires ! « Tous les hommes qui sont autour de moi me dégoûtent »... Que dois-je comprendre de ces mots que je reçois en plein cœur ?

Je ne pleure pas parce que... je ne sais pas, mais je n'en peux plus ! Je m'en veux terriblement d'avoir perdu un peu confiance en ma femme. Il suffirait pourtant que je t'aie dans mes bras et que je lise dans tes yeux ce que nous sommes l'un pour l'autre.

Parma, vendredi 1er janvier 1943

Il y a au moins vingt centimètres de neige. C'est merveilleux, mais triste pour moi, d'ailleurs tout est triste.

Ces derniers jours à Busseto se sont déroulés comme si rien n'existait autour de moi. J'ai perdu tout ce courage que la rage de ma déception m'avait donné, je ne sais plus moi-même quoi penser. Je ne sais plus quoi tenter d'ailleurs. Maintenant, mon seul espoir, qui au fond de moi-même est faible comme un fil, c'est cette réponse de Rome. Peut-être feront-ils quelque chose, mais je n'y crois guère et pour tout dire, c'est comme si je m'accrochais à un fétu de paille. Jusqu'à maintenant, comme unique réponse, ils m'ont envoyé un mandat de cinquante lires, sans même un mot. Je présume qu'ils m'écriront, mais je vois ça d'ici : ils me diront de prendre patience, qu'il y en a d'autres dans mon cas…

Non vraiment, je ne veux plus faire de projets, je ne veux plus parler d'espérance, à quoi bon ? Noël est passé, la nouvelle année est déjà là, mon imagination continue de me jouer des tours et je ne cesse de m'enfoncer dans la paranoïa. Je voudrais faire taire cette maudite voix qui est revenue me hanter. Elle m'afflige de toutes sortes de scènes insupportables. Ce ne peut être vrai, non ! C'est bête, mais je n'arrive pas à contrôler ces pulsions malsaines. Elles me viennent par vague sans que je puisse en maîtriser les marées, parfois interminables, souvent dévastatrices. Je te vois comme ma Pénélope et rien qu'à la pensée d'imaginer tous ces courtisans de basse-cour tourner autour de toi, j'enrage d'être si loin. Mais l'absence n'est pas une excuse et prenez garde messieurs ! Ulysse à son retour ne fait ni cadeau ni concession, et tous ceux qui auront ne serait-ce que pensé toucher à l'un de tes cheveux, subiront mes foudres. Mais tout cela n'est qu'un tour d'esprit de plus, je le sais.

Hier soir, Paride, Anna, Maman et même Adalgisa n'ont fait que me parler de toi, de nous. Et pendant que le gramophone de mon oncle répandait la complainte de Caruso, *Una furtiva lagrima*, m'emportant à chaque note un peu plus dans mon abîme sans fond, tous me rassuraient sur notre histoire sans faille. Et à les écouter, elle ne pouvait avoir d'autre issue que celle des contes de fées, celle de ces belles fables que l'on raconte aux enfants pour que l'espoir ne les délaisse pas. L'espoir, ce sentiment qui défie le temps, qui aujourd'hui même me maintient en vie et me tue tout à la fois.

C'est au nom de cet espoir qu'à minuit pile, j'ai sorti ta photo, je l'ai regardée longuement et en voyant tes yeux j'ai voulu me persuader : tu m'attendras.

XX

Gradisca, dimanche 3 janvier 1943

Et me revoici à Gradisca.

La neige immaculée recouvre maintenant les montagnes tel un édredon posé sur l'horizon. Depuis que j'ai quitté Parme, l'air d'*Una furtiva lagrima* tourne en boucle dans ma tête et devant ce paysage épargné, je ne sais pourquoi l'envie de devenir un flocon de neige me prend. Un flocon tombant lentement sur ce tapis blanc, disparaissant pour toujours.

En retrouvant la caserne, sa grisaille et ses têtes à claques, rien n'est décidément fait pour me mettre du baume au cœur. De plus, il gèle à pierre fendre. Et les mauvaises nouvelles ne s'arrêtent pas là : je croyais qu'une réponse de Rome m'attendrait, mais rien. Mon seul réconfort est de revoir Stalo. Il ne devrait plus tarder, l'animal, sa permission se terminait aujourd'hui. J'espère qu'il n'aura pas oublié cette fois les livres qu'il m'a promis.

En sortant de mon baraquement, c'est une autre bonne nouvelle qui se présente à moi : le Baryton.

Il ne m'a pas manqué, celui-là.

— Alors Ventura ?! Toujours parmi nous ! s'amuse-t-il en jouant du sourcil.

Non, en effet il ne m'a pas manqué.

— Oh ! Et arrêtez de faire cette tête-là, c'est la nouvelle année que diable ! D'ailleurs à ce propos…

Le voilà lancé dans son monologue préféré : les ordres à exécuter. Il le fait dans le vide. Moi je suis toujours avec Caruso. Il ne remarque rien. Tant mieux. De toute façon, je ne comprends pas pourquoi il s'évertue à se donner de l'importance, les ordres sont toujours les mêmes. Seule la météo change par ici.

L'autre est encore à son discours quand je vois Stalo arriver dans son dos. L'animal se met à le singer et à le voir ainsi faire le pitre, je me décrispe un peu. Le Baryton abrège, il se vante d'être attendu au mess des officiers. Ça serait dommage de le retenir.

— Salut, vieux frère ! Il voulait quoi, l'autre ? s'enquiert Stalo en désignant du nez le Baryton qui a déjà disparu.

— Un rappel des us et coutumes, je crois bien.

— C'est vrai qu'il y a de quoi les oublier, avec la complexité des tâches, ironise-t-il.

Une bourrasque balaie nos manteaux. Un vent glacé. Implacable. Il nous rappelle ce qui nous attend : l'ennui. Ce sempiternel recommencement, à devenir fou à lier.

Stalo extirpe un paquet de cigarettes de sa poche intérieure.

— T'en veux une ?

— Ça se refuse pas.

Nouvelle bourrasque. On resserre notre col. On enfonce le béret. On se ratatine.

Stalo fait craquer une allumette. Le soufre consumé, le vent se charge d'éteindre la flamme. Stalo en sort une deuxième. Même résultat. Une troisième.

— Vacherie de temps ! s'énerve-t-il.

— Tu permets ?

Je m'y essaie. Au creux de mes mains, la flamme tient le coup et nous finissons par nous en griller une. Ce petit réconfort nous accompagne le temps de rejoindre notre baraquement.

— Au fait, j'ai tes livres ! me dit Stalo content de lui alors qu'il déballe ses affaires.

— C'est gentil d'y avoir pensé, mais je n'ai pas trop le cœur à la lecture…

— Bah si t'as pas trop le cœur à la lecture, t'auras peut-être le cœur à la gourmandise ! dit-il en m'agitant un saucisson sous le nez.

— Fallait pas, lui dis-je, morne.

— Bon. Qu'est-ce qui t'arrive encore ?

— Il y a que les seules nouvelles que j'ai pu avoir de Mouky depuis plus d'un mois, c'est une lettre datée du 3 décembre où elle ne me parle que des hommes qui rôdent autour d'elle. Et pas un traître mot en réponse aux vingt lettres que je lui ai envoyées depuis le 15. Voilà ce qui m'arrive !

— Alors premièrement tu vas me parler autrement parce que je n'y suis pour rien, moi, si ta jalousie te ronge le cervelet ! Et deuxièmement, « t'as pas de retour, t'as pas de retour »… C'est pas comme si c'était la première fois que la poste te jouait des tours, non ?

— Non, là, c'est différent. Je ne suis plus sûr de rien. Il y a un truc qui tourne pas rond. Et comme par hasard, juste au moment où moi je lui annonce que je ne peux pas aller la retrouver, plus aucune lettre ! Non tu vois, j'ai un mauvais pressentiment : je crois qu'elle ne m'attend plus.

— Oui ben tu sais quoi ? À part te mettre la rate au court-bouillon, les suppositions, ça n'a jamais servi à rien !

s'agace-t-il tout en farfouillant dans son sac. Et puis tiens, voilà tes bouquins !

Stalo me tend toute une pile, sept des huit romans de la saga des *Thibault*. Du *Cahier gris* à *L'Été 1914* seul *L'Épilogue* manque.

— Avec un peu de chance, ça te changera les idées !

Ce qu'il ne sait pas, l'animal, c'est que je les ai déjà tous lus. Mais je me garde bien de le lui dire parce qu'après tout, je m'en fiche bien des *Thibault*, du saucisson, du temps qu'il fait et du reste. Non, il n'y a bien que tes silences qui m'obsèdent.

Le temps de capituler avec moi-même, et pour Stalo de ranger son petit bazar, l'heure de la soupe est déjà là. Ni une ni deux, nous voilà repartis. Des grappes d'hommes recroquevillés sur eux-mêmes convergent tous vers le réfectoire d'un même pas lourd, tels des pachydermes vers leur point d'eau. Ils y ont installé un sapin d'où pendouillent trois pauvres guirlandes lumineuses et une poignée de boules ridicules. Le tout, sapin compris, semble avoir fait son temps et à part nous rappeler que nous sommes loin de nos familles, je me demande bien à qui et à quoi cette piètre mise en scène peut être utile.

— Ils ne nous l'auraient pas mis ce fichu sapin que tu aurais trouvé à rouspéter tout pareil ! s'amuse Stalo tandis que j'achève une énième diatribe.

Il n'a pas tout à fait tort.

À table, nous retrouvons les mêmes têtes. Il fait toujours aussi froid et la lumière vert blafard des néons n'arrange rien à nos grises mines.

Aujourd'hui, pour accompagner nos fayots, nous avons le droit à un verre de vin. Sûrement une tradition. Et alors que les verres s'entrechoquent mollement, notre colonel fait irruption. Les hommes se lèvent en désordre. Sans même avoir le temps de saluer, le colonel d'un geste désinvolte nous fait signe de nous rasseoir. Après quelques mots d'usage, le voilà qui se perd dans des vœux sans grande conviction. Les perspectives d'avenir étant plutôt floues, et pour le moins incertaines, l'affaire est pliée en moins de deux. Le vin aussi.

Le colonel s'en retourne sans plus de manières, le brouhaha reprend et Stalo revient au concret.

— Oh, ça va te plaire ! s'écrie-t-il.

— Et quoi donc ?

— En venant, j'ai croisé des gars en ville qui étaient en train de bricoler à tout va sur la place principale.

— Et ?…

— Eh bien figure-toi qu'ils installaient une scène. Oui monsieur ! Nous allons avoir le droit à des concerts. Et là où tu vas être content, c'est qu'ils vont commencer par ton cher Beethoven !

Ça, pour sûr, ça me plaît.

— Tu sais si c'est un concerto pour piano ou pour violon ?

— Qu'est-ce que j'en sais, moi ! s'exclame Stalo.

La tête va avec la réponse. Il n'en a strictement aucune idée. Peu m'importe après tout, tant qu'il y a Beethoven.

Gradisca, mardi 5 janvier 1943

Mon Amour !

J'ai enfin trouvé trois lettres de toi et vois-tu malgré leur date du 4, 7 et 17 décembre, elles ont mis un peu de baume dans mon cœur. Oui Chérie, de voir ou plutôt de lire que tu m'aimes, que tu ne penses qu'à moi, cela a fait disparaître un peu le cauchemar de ces derniers jours. Je t'assure qu'ils ont été terribles pour mon moral. Je me suis torturé comme un idiot !

Vois-tu, je me suis dit : « Elle m'attend et puis elle ne me voit pas venir, alors… » Alors je ne sais pas moi-même… Et tiens, c'est trop bête !

Mon Aimée, peut-être t'ai-je fait beaucoup de mal avec mes idées stupides et dire que tu seras assez malheureuse de savoir que je ne peux pas venir, mais tu dois me pardonner, Mouky, car j'ai souffert terriblement.

C'est la première fois depuis que je t'ai quittée que ce quelque chose en moi est venu me tourmenter, mais je te jure Mouky, je donnerais cher pour pouvoir en rire ! Si tu savais comme j'ai hâte de recevoir une lettre de toi datée de ces derniers jours ! Car vois-tu, tes lettres sont comme tes yeux, elles laissent tout voir.

Je suis à piler car malgré tout tu vois, je cherche encore ! Mais je t'en supplie Mouky, ne m'en veux pas, c'est une crise stupide, idiote et tant pis pour moi car elle me fait horriblement mal, mais assez ! Car je suis sûr que je me suis rendu assez bête comme cela.

Pour ce que je te disais l'autre jour quant à nos lettres, je te recommande de m'écrire directement car certainement que beaucoup ont dû être retenues.

Pour notre revoir mon Amour, je ne sais plus quoi te dire, mais maintenant que j'ai réalisé tout à fait, je suis complètement désorienté. De voir tout mon espoir, tout le bonheur que je m'étais promis s'envoler de cette façon m'a rendu comme une chique !

Chérie, j'ai tout de même l'espoir que de nouveau tu puisses faire quelque chose toi, mais je t'avoue qu'au fond de moi-même je me dégoûte et tout me dégoûte.

Rien pourtant ne pourra me résigner à supporter de vivre loin de toi. La seule chose qui puisse me soutenir durant cette séparation c'est de savoir que tu m'aimes et que tu m'attendras, car sinon pour moi ce serait un enfer comme l'ont été ces derniers jours ; mais déjà je n'y pense plus et ne veux plus y penser.

Dans trois jours mon Aimée ce sera notre anniversaire à nous deux, notre premier anniversaire ! Et je ne serai pas près de toi ! Et pourtant un jour viendra où de nouveau je pourrai être heureux, heureux comme je l'étais l'année dernière le 8 janvier.

Au revoir Mouky, ma pensée va vers toi. Je t'aime et je ne sais comment te le dire pour te faire comprendre à quel point.

Ton Lino

Gradisca, jeudi 7 janvier 1943

Depuis le début de la semaine, le Baryton fait crise de nerfs sur crise de nerfs. Ça hurle à qui mieux mieux, dans tous les sens et surtout pour rien. Il va vraiment falloir que ça change et vite. Très vite.

Pour l'heure, à peine mon service terminé, je regagne en vitesse mes quartiers. Une toilette s'impose ; avec Stalo, nous sommes de concert ce soir.

Je croise l'animal sur le pas de la porte. Il est beau comme un sou neuf et sent l'eau de Cologne à plein nez. Je le charrierais bien, mais il ne m'en donne pas le temps.

— Te voilà enfin ! C'est pas trop tôt ! Tu m'excuseras, mais j'ai une envie pressante ! Alors rendez-vous au portail, hein !

Je n'ai pas placé un mot qu'il a déjà filé.

Avec la perspective d'aller écouter de la musique autrement que l'oreille collée contre une radio, j'ai vite fait d'effectuer un brin de toilette, de changer de chemise, de donner un coup de propre à mes croquenots et d'ajuster ma coiffure. Dans d'autres circonstances, j'aurais enfilé costume et mocassins, mais là, à dire vrai, il n'y a pas grand-chose d'autre que je puisse faire pour m'arranger.

Au portail, Stalo n'est pas là. Les minutes passent. Je commence à faire les cent pas. Si ça continue, le concert va commencer sans nous.

Je l'aperçois enfin qui arrive au petit trot.

— Tu t'es endormi sur le trône ou quoi ?! Je te préviens… Si on rate l'ouverture, tu vas m'entendre !

— Pas la peine de t'échauffer, me dit-il avec son immuable sourire.

— Peut-être oui, mais tu as bien failli nous mettre en retard !

— Ne crie pas, c'était pour la bonne cause. J'ai surpris une conversation dans les toilettes qui devrait t'enchanter au plus haut point, me dit-il réjoui.

Je le vois attendre une question que je ne saurais lui poser, toujours avec ce sourire et ce regard malicieux.

— Eh bien vas-y, accouche !

— Le Baryton…

Et le voilà qui persiste avec son sourire silencieux.

— Quoi, le Baryton ?!

— Figure-toi qu'il s'est cassé la gueule à moto et qu'il a fini sa course dans l'Isonzo, l'imbécile ! Une patrouille l'a récupéré cent mètres plus bas, les guiboles en compote. Je sais bien que tu n'es pas du genre à te complaire du malheur des autres, mais je me suis dit que ça ne te déplairait pas de le savoir. Il ne risque plus d'être sur notre dos pendant un bon bout de temps.

— C'est sûr que je ne vais pas pleurer. Et de toute façon, que ce soit lui ou un autre… tu peux être sûr d'une chose : ils n'auront pas mes larmes ! Bon, au lieu de discuter, on ferait mieux d'y aller.

Sur la place, un barnum a été monté et des rangées de chaises ont été installées en demi-cercle autour d'une scène improvisée. Civils et militaires sont venus par petits groupes assister au spectacle. Il y a là quelques visages familiers, dont notre commandant qui est en pleine discussion. Lorsqu'il m'aperçoit, il m'interpelle.

— Ventura, que faites-vous ici ? Non, ne dites rien, dit-il en faisant mine de réfléchir. C'est rapport à votre permission ! plaisante-t-il.

— Eh bien non, pas ce soir, mon commandant. Ce soir, je suis là pour Beethoven !

— Vous m'en direz tant ! Je ne vous savais pas amateur de musique classique, dit-il joyeusement surpris.

— Vous savez, mon commandant, quand on est enfant de Parme, c'est comme une deuxième nature.

Je lui glisse deux mots de cette passion, discrète, qui m'anime depuis toujours.

— Mais c'est épatant tout ce que vous me dites là ! Et nous aurons très certainement l'occasion d'en reparler. En attendant, je vous présente un autre mélomane : votre nouveau lieutenant. Je vous expliquerai, ajoute-t-il sur le ton de la confidence.

Il s'appelle Giuseppe Moreno. L'homme est grand, la trentaine, assez fin et surtout d'une élégance plutôt rare dans les parages. Il a le regard droit, le sourire franc et la poignée de main ferme. D'emblée, il m'est sympathique, mais nous n'avons pas le temps de faire plus ample connaissance, les musiciens ont déjà pris place. Le hautbois vient de donner le *la* et dans une noble cacophonie les instruments s'accordent.

— Venez donc vous asseoir avec nous ! propose Piatelli.

Avec Stalo, nous restons l'un comme l'autre interdits par cette invitation plutôt inattendue.

— Allons bon ! reprend-il plus jovial encore. N'ayez pas peur, que diable ! Ne faites pas tant de manières et pressez-vous un peu, ça ne va pas tarder à commencer.

Loin d'être habitués à ce genre de familiarité, ce n'est pas sans embarras que nous nous décidons à le suivre.

Le chef d'orchestre, emmitouflé dans un long manteau de laine, fait son entrée sous les applaudissements. À la stupéfaction générale, une toute jeune femme d'une vingtaine d'années à peine, violon et archet en main, l'accompagne. Les applaudissements se font subitement plus retenus, plus indécis. Une femme musicienne et qui plus est soliste ! Une rareté qui soulève trouble et messes basses parmi l'assistance.

Sur la scène balayée par le froid, les musiciens ne prêtent aucune attention à cet émoi général. Ils attendent sagement. Ils attendent le geste qui nous fera tous vibrer.

Le silence se fait. Les musiciens ont le geste suspendu, le regard rivé sur leur chef. Après les battements d'usage sur le bord de son pupitre, les quelques signes de tête entendus aux uns et aux autres, le maestro d'un ample mouvement de baguette invite les bois à s'élancer. Frisson. Les cordes les rejoignent crescendo. Le tout est emporté par les cuivres et les timbales. Puis c'est l'invitation à l'accalmie pour céder la place au chant du violon. Merveille. Je me laisse envahir avec délectation par cette musique qui me transporte loin d'ici, loin de cette vie inconsistante, loin de cette vie sans toi.

Les dernières notes s'éteignent et les applaudissements jaillissent. La jeune fille et son violon ont envoûté l'assistance. Stalo, sous le charme, hurle des « bravo » à tue-tête.

— C'est fabuleux ! ne cesse-t-il de répéter, des étoiles dans les yeux.

Euphorique à souhait, les mots se bousculent.

— Ah ! Ce Beethoven ! Du grand ! Du très grand !

— Je t'avais prévenu.

— Ah ! Et puis tout ! Même le… la… dit-il en mimant l'archet.

— Le violon. C'est un violon, Stalo.

— Mais non pas ça ! Le truc plus gros. Le gros violon…

— Le violoncelle ?

— Si tu l'dis ! Oh ! Et puis zut ! Quoi qu'il en soit, c'était vraiment chouette !

Piatelli s'en mêle :

— Votre enthousiasme fait plaisir à voir !

— Mon commandant, je suis conquis ! lui répond Stalo aux anges.

— Tant mieux. Et vous verrez, la musique est une maîtresse des plus agréables à qui sait l'écouter.

Cette réflexion nous replonge au cœur de ce moment de grâce. Après une cinquantaine de mètres, alors que nous marchons d'un même pas, chacun perdu dans ses pensées, Moreno se lance :

— Alors Ventura, c'est donc vous qui habitez Paris ? dit-il en me fixant droit dans les yeux.

— Oui, mon lieutenant, c'est bien moi.

— Il paraît que votre femme est d'une beauté rare.

Il a droit à mon plus beau sourire.

— Oh que oui !

— Oh là là ! Faites attention, Moreno ! s'exclame Piatelli. Vous venez d'ouvrir là une porte qu'il est difficile de refermer.

Mes yeux se sont illuminés. Et le commandant peut dire ce qu'il veut, dès lors que l'on parle de toi, je ne peux m'en empêcher. Et en avant la valse aux souvenirs.

— C'est qu'il recommence ! s'emporte gaiement Stalo. Vous allez voir mon lieutenant, c'est maladif, c'est plus fort que lui ! Quand ça le prend, ça le lâche plus !

Joyeusement désespéré, Piatelli, qui connaît l'histoire depuis longtemps, approuve d'un hochement de tête avant d'abandonner notre nouveau lieutenant à son sort.

Moreno paraît gêné. En poursuivant notre route, je comprends mieux. Ému, il nous montre des photos de la femme qu'il aime. Celle dont la guerre l'a privé, lui aussi.

— Emma, elle s'appelle Emma…

Dans son regard il y a cette tristesse, écho d'une douleur incontrôlable qui torture un homme et transforme son manque d'amour en folie viscérale. Et de le voir ainsi, en proie à ces tourments, faire défiler les images d'un passé heureux, je ne vois que mon malheureux reflet.

Gradisca, vendredi 8 janvier 1943

Ma femme !

Oui ma femme ! Voilà aujourd'hui un an que j'ai eu ce bonheur, celui de t'avoir rien qu'à moi et pour toujours.

Mon Chéri, je peux t'assurer que cette journée je ne la dédie qu'à toi. Depuis que je me suis réveillé, j'ai été avec toi. Le premier mot que j'ai dit à Stalo, ça a été pour lui parler de cet anniversaire. Je lui ai raconté comme cela s'était déroulé, ce que nous avons mangé, ce que nous avons fait et de lui évoquer cette journée merveilleuse, c'était comme une grande joie pour moi.

Vois-tu Mouky, devrais-je vivre cent ans, jamais, jamais je n'oublierai tes yeux ce jour-là. Ils étaient tellement pleins de bonheur, tu étais en face de moi et quand les miens les rencontraient, c'est comme s'ils me criaient : « Je t'aime, je suis heureuse ! » Mais peut-être la reverrais-je bientôt cette expression dans tes yeux, sans doute le jour où nous nous retrouverons. Mais toi mon Aimée, n'oublie pas de regarder dans les miens car ce que je ne saurai te dire, tu le liras en eux. Et tu verras comme ce sera beau, ce qu'ils pourront te dire !

Mouky, maintenant il est cinq heures passées et sais-tu l'image que j'ai devant mes yeux ? Eh bien je me rappelle très bien que vers cette heure-ci, tu t'es levée de table (un peu hmm !) et que tu m'as appelé. Je me souviens que ne savions pas trop quoi se dire tous les deux tellement nous étions heureux. Tout ce que tu as pu me dire, c'est ceci : « Tu m'aimes ? » Mouky comme je t'ai aimée pendant ce moment-là, je t'aime maintenant et je t'aimerai toujours.

Je me souviens aussi quand nous avons été louer la chambre, comment tu insistais sur le mot « Madame » et de quelle façon tu montrais ton alliance !

Ce soir malheureusement c'est différent, tant pis, ma Mouky n'est pas là sinon tout serait comme il y a un an.

Ce soir j'en connais un qui avant de s'endormir restera longtemps les yeux ouverts dans le noir en fumant quelques cigarettes pour penser à sa femme qui est loin de lui et qu'il aime de toute la force de son être.

Maintenant mon Amour je vais te quitter en te disant encore une fois je t'aime, oui Mouky je t'aime ! Au revoir Mouky chérie. À demain !

Ton Lino

XXI

Gradisca, samedi 16 janvier 1943

La mélancolie est revenue me tenir compagnie. Je ne sais pas trop bien moi-même pourquoi ou, plutôt pour dire la vérité, je ne le sais que trop. C'est cette bête noire de cafard, voilà tout. Ce sont des moments comme ça, qui vont qui viennent, et je n'y peux rien. Je n'en peux décidément plus et de l'instruction encore moins. Heureusement Moreno a vite compris que cet exercice n'était pas fait pour moi. Hier, je lui ai demandé s'il pouvait faire quelque chose quant à la possibilité de m'attribuer une nouvelle affectation. Une fois de plus, j'attends. Mais avec lui, je ne sais pas pourquoi, j'ai bon espoir.

Juste avant d'aller à la cantine, un billet me parvient. Je dois me présenter chez le capitaine.

Dans son bureau, j'apprends que mon nouveau lieutenant a tenu parole. Je suis affecté à la tenue du magasin de campagne. Cette fois, je vais devoir passer mon temps à charger et décharger des caisses, à ranger et à trier des affaires, à nettoyer et réparer le matériel. Le capitaine m'a prévenu que mes journées allaient être bien remplies. Tant mieux, ça m'évitera de penser et puis du moment que ça peut m'éviter l'instruction.

Je commence lundi et je reste sous les ordres de Moreno. Ça, c'est la bonne nouvelle. Mais comme toujours, la mauvaise suit de près et bien évidemment c'est en rapport avec ma permission.

— Votre prochaine demande de permission pour Paris ne pourra sans doute pas être accordée avant dix-huit mois de service, c'est à craindre ! m'annonce le capitaine.

C'est moi qui crains de ne pas pouvoir tenir. Il me demande d'attendre encore huit mois ? Je n'y crois pas ! Et ce « sans doute » est effrayant. Autrement dit, ce n'est même pas certain que je puisse retourner chez moi. Je ne peux pas me faire à cette idée. C'est impossible !

— En attendant, reprend-il, vous changez de quartiers. Vous serez dorénavant dans le quartier des sous-officiers, juste derrière le mess.

Un meilleur lit, une meilleure place, ce serait sûrement malvenu de me plaindre. Mais avec cette implacable incertitude…

De retour à l'instruction, Moreno vient aux nouvelles.

— Alors… Cette affectation ? demande-t-il, affable.

La gorge toujours serrée de mon entrevue, je n'arrive pas à répondre.

— Quelque chose cloche, Ventura ?

— Non, rien, mon lieutenant… Je vous prie de m'excuser.

J'aimerais tout lui balancer, mais ce n'est pas le moment.

Et bien évidemment à chaque minute passée s'ajoute le poids des mois que j'ai encore à attendre. Autant dire que je suis loin d'être d'humeur et c'est écrit sur mon visage. Même les bleus n'osent plus rouspéter.

L'instruction terminée, Moreno me prend à part. Il veut comprendre. Je lui glisse deux mots à propos de ma permission, de cette bataille irrationnelle que je mène depuis des mois et que j'ai du mal à ne pas croire perdue désormais.

— Venez donc me voir dans mes quartiers après le souper. Nous en parlerons plus longuement. Et si le cœur vous en dit, amenez donc ce diable de Stalo avec vous ! me dit-il.

J'accepte l'invitation sans rechigner. Prestement même. C'est bien la première fois qu'un officier fait preuve d'un peu de compassion. Et tandis que je m'éloigne, la voix de Moreno m'interpelle de nouveau.

— Et gardez espoir, Ventura !

Gradisca, lundi 25 janvier 1943

Mon Amour,

Hier j'ai eu une lettre de toi, la lettre que tu m'as envoyée pour notre anniversaire. Mouky chérie, si toutes tes lettres étaient comme celle-ci, je crois que je deviendrais fou de joie ! Mon Aimée, toi tu sais si bien me faire comprendre que tu m'aimes ! Tu sais dire tout ce que ton cœur pense, pas comme moi qui te dis toujours les mêmes choses.

Vois-tu mon Aimée, quand j'ai la joie de lire une lettre de toi, tous mes tourments, comme tu dis, me paraissent une idiotie sans nom. Mais d'un autre côté, cela rend ma solitude plus terrible car cela me fait entrevoir ce que serait notre vie si de nouveau l'on pouvait être côte à côte. Car tu sais bien, je ne vis qu'avec cet espoir de bientôt te retrouver et de vivre pour toujours avec toi et tant que ce jour ne sera pas arrivé, eh bien rien d'autre ne pourra me rendre heureux. Aussi mon Amour je me demande quand pourrais-je avoir cette joie de te prendre dans mes bras ? Que rien ne vienne plus nous séparer ! Dans l'état où je vis actuellement, cela me semble irréalisable par moments ! C'est bête Chérie, mais tu vois quand on désire une chose jour et nuit comme je la désire depuis des mois, et constamment, avec tout mon être, eh bien cela finit par devenir comme un mirage !

C'est peut-être idiot, mon Chéri, mais je veux te reproduire ici une lettre de Beethoven car elle dit exactement ce que je suis incapable de te faire comprendre.

« Mon ange, mon tout, mon moi, j'ai le cœur gonflé du trop que j'ai à te dire. Ah ! Où je suis, tu es aussi avec moi. Je pleure quand je pense que tu ne recevras probablement pas avant dimanche les premières nouvelles de moi. Je t'aime comme tu m'aimes, mais bien plus fort. Ah ! Dieu quelle vie ainsi ! Sans toi ! Si près, si loin. Mes idées se pressent vers toi mon immortelle Aimée, parfois joyeuse puis après triste, interrogeant le destin, lui demandant s'il nous exaucera. Je ne puis vivre qu'avec toi ou je ne vis pas. Jamais une autre n'aura mon cœur ! Oh Dieu ! Pourquoi faut-il s'éloigner quand on s'aime et pourtant ma vie comme elle est à présent est une vie de chagrins. Ton amour m'a fait à la fois le plus heureux et le plus malheureux des hommes. Sois paisible, aime-moi ! Aujourd'hui, hier, quelle ardente aspiration, que de larmes vers toi ! Toi, toi, ma vie, mon tout ! Adieu ! Oh ! Continue de m'aimer, ne méconnais jamais le cœur de ton aimé Ludwig. Éternellement à toi, éternellement à moi, éternellement à nous. »

N'est-ce pas que c'est merveilleux cette lettre, mon Amour ? Pour moi surtout car j'y ai trouvé tant de choses qui nous regardaient. Pardonne s'il a fallu que ce soit un tiers qui s'exprime pour moi, Mouky, mais lui, ce n'est pas un indiscret pour nous, et puis tu le sais, moi je ne sais que te dire je t'aime !

Ton Lino

Gradisca, jeudi 28 janvier 1943

Il n'est pas encore dix-sept heures. J'attends Stalo pour notre incontournable partie de billard, quand je le vois arriver avec un colis sous le bras. Je reconnais l'emballage, l'écriture. Il vient de toi. Je le lui prends des mains en le remerciant à peine tant je suis pressé de l'ouvrir tel un gosse avec son cadeau d'anniversaire. Et le plus merveilleux, à mesure que je défais le paquet, c'est que j'ai la douce sensation de toucher tes mains.

Je reste bouche bée. Il y a une bouteille d'eau de Cologne, une boîte en fer remplie des sablés de ton père, et même une petite conserve de langoustines. C'est miraculeux, tout est arrivé en parfait état. Comment as-tu réussi ?

— Eh bien, mon vieux… Ça fait plaisir de te voir sourire, me dit Stalo. Au fait, tu vas toujours chez Moreno ce soir ?

— Pour sûr !

Et j'y serai avec un réel plaisir car au fil des jours, Moreno est devenu un véritable ami pour moi. Après le service, souvent je vais chez lui et nous parlons de tout.

Nos conversations nous emmènent souvent du côté de Paris qu'il connaît bien, et pour cause sa sœur est mariée à un Français habitant Pavillon-sous-Bois. Alors forcément la région parisienne ça rapproche.

Nous parlons aussi musique et opéra qu'il connaît mieux encore. C'est un passionné. Comme moi. De temps à autre, il me joue des airs sur son accordéon. Il m'impressionne, il les connaît tous ! L'autre soir, je lui ai même demandé de jouer *Show Boat*. Il m'a suffi de lui fredonner l'air pour qu'en quelques secondes, il me le joue à la perfection.

Ce soir, j'ai apporté avec moi mon petit trésor et je ne suis pas peu fier de faire goûter les sablés de ton père. Je voulais m'en garder quelques-uns, mais dès la première bouchée, les deux lascars m'en redemandent déjà. Alors pour faire diversion en douceur, je sors la bouteille d'eau de Cologne et là aussi je dois les contenter, avec quelques gouttes sur leurs poignets.

On trinque à ta santé. Dans la foulée, le lieutenant Moreno allume la radio. Et qu'est-ce que j'entends ? Notre chanson.

« *Tu pourrais être au bout du monde…* »

Je me sens d'humeur à pousser la chansonnette. Cela fait rire. Stalo, qui la connaît bien lui aussi, s'y met de plus belle.

Il y avait longtemps que je ne m'étais pas senti vivant.

Moreno ouvre une nouvelle bouteille, la troisième. L'éthanol a pris le contrôle. Le choc des verres se fait plus bruyant, les souvenirs amers se font joyeux et la déliquescence de notre verve se fait entendre.

— Parfaitement, mon lieutenant ! Nous sommes bien d'accord. Il faut que j'rentre chez moi ! Que TOUT l'monde rentre chez MOI !

— Chez SOI, Ventura…

— NON ! CHEZ M-O-I !

Je sens que je m'égare.

Le sifflement enivré de ma voix fait partir Moreno dans un éclat de rire. Du coup, il sort son accordéon. En l'espace de quelques notes, il nous emmène du côté de Ménilmontant. Ah, Trenet ! Stalo est aux anges. Le poète chantant, c'est son idole. Et alors qu'il entonne son sixième verre, le voilà à pousser la vocalise. « La la la la !... Ménilmontant !... Mais oui madame, c'est là que j'ai... laissé mon cœur !... C'est là que je viens retrouver mon âme, toute ma flamme, tout mon bonheeuuur !... » Je le rejoins sous le regard de Moreno qui s'en donne à cœur joie. « ... J'suis pas poète, mais j'suis ému ! Et dans ma tête y a des souvenirs... LalalaMmmMmm... » On a perdu les paroles. Mais sur les dernières notes on s'enflamme, notre trio hurle un formidable « Ménilmontant » dans un accord presque parfait. On rit, on trinque, mais la balade est terminée. Il ne nous reste plus qu'à servir la fin de la bouteille. On rit encore une fois, puis on se quitte. Il se fait tard et chacun d'entre nous doit retourner à son paillasson.

Est-ce parce que j'ai sans doute bu un peu plus que de raison, mais tout en marchant je pleure. Pas de tristesse non, mais de bonheur. Je me tourne vers notre étoile et je lui chante à tue-tête notre chanson, la boîte à gâteaux sous le bras et la bouteille d'eau de Cologne dans la main.

Les rares bipèdes en uniforme que je croise se moquent de moi. Ils pensent que je suis ivre. Idiots ! Ils ne connaissent pas le bonheur de t'aimer.

Gradisca, vendredi 29 janvier 1943

Depuis vingt jours, c'est la première fois que le facteur me gâte. Comme mon service s'est terminé plus tôt, j'ai pu descendre jusqu'à mon bistrot pour être tranquille avec toi. Cependant, en te lisant, il y a une chose qui ne me plaît guère, c'est cette idée qui commence à prendre racine en toi, celle de venir ici pour toujours.

— Mauvaises nouvelles ?

Je sursaute. C'est Moreno.

— Pas vraiment, lui dis-je, peu convaincu. Disons que je suis inquiet…

— Je vois bien. Je peux ? dit-il en montrant la chaise vide en face de moi.

— Bien sûr, faites, mon lieutenant.

— Alors, que se passe-t-il ?

— Ma femme songe à venir vivre ici !

— Je vous avoue que c'est une mauvaise nouvelle, c'est même très ennuyeux et si vous voulez un conseil : il faut absolument l'en dissuader !

— Mais comment ? Je ne voudrais pas lui créer de désillusions, vous comprenez.

— Comme je vous l'ai dit, ce serait une grave erreur. Vous devez lui faire comprendre que sa venue ici agirait sans aucun doute sur votre service car pour le moment si vous n'avez pas encore été envoyé sur le front, c'est parce que vous n'êtes pas territorial et que vous avez justement de la famille à l'étranger ! Non, vraiment, sa venue ici ne vous serait aucunement favorable.

Après ces derniers mots prononcés, je ne suis plus qu'un soupir. Parce que je sais bien que pour toi aussi, la seule chose qui compte au monde, c'est de nous revoir et de ne plus jamais nous quitter. Je sais aussi que tu affronterais pas mal de sacrifices pour nous deux, mais de là à tout laisser là-bas, même ton travail, pour quoi ? Ça serait vraiment se jeter dans l'imprévu. Moreno a raison. Maintenant il me faut trouver le sang-froid nécessaire pour te répondre « non » et ne pas te crier : « Oui, viens ! »

Gradisca, lundi 1er février 1943

Un nouveau mois, un peu d'encre, une feuille blanche et ton visage pour m'accompagner… Comme à mon habitude je t'écris, passionnément, frénétiquement, mais ne trouve rien d'autre à t'exprimer qu'un « je t'aime », sincère et maladroit, qui se multiplie encore et encore sur le papier. Et je suis sûr que l'on ne peut pas dire autre chose que « je t'aime » à quelqu'un qui vous fait constamment penser à lui, le soir avant de s'endormir, le matin en ouvrant les yeux avant de prendre contact avec la réalité où finit, les yeux grands ouverts, le rêve de la nuit qui vous a permis d'être avec ce quelqu'un même pendant votre sommeil. Quand on lui écrit, mettre sa photo devant ses yeux, de temps en temps s'arrêter d'écrire et la regarder, lui causer à voix haute, attendre une lettre de ce quelqu'un comme on attend je ne sais quoi, aller se cacher pour la lire afin d'embrasser fièrement cette feuille de papier touchée de ses mains et ensuite la relire trois, quatre, cinq fois ! Et comme ça encore combien de choses je pourrais te dire sur ce « quelqu'un » qui est toi mon Amour et ce « on » qui est moi…

… Attends-moi, mon Amour, c'est tout ce que je te demande et aime-moi comme je t'aime et tu verras que, pour nous aussi, le jour du bonheur définitif arrivera.

Ton Lino

XXII

Gradisca, mercredi 3 février 1943

Cette fois-ci, c'est chez le commandant Piatelli que nous dînons. Je leur ai promis de leur concocter des œufs mimosa aux langoustines, comme ton père m'a appris à les faire. De son côté, Moreno a apporté des bouteilles pour tout un régiment. Stalo, lui, nous a surpris en proposant de cuisiner des spaghetti à sa façon. J'ai un doute. Alors, même en sachant qu'il s'est pris de passion pour la boulange, entre deux coups de cuillère, j'ai la paupière qui s'égare sur sa manière de procéder.

Je suis à m'affairer au dressage de mes mimosas quand un gradé, que je ne connais pas, débarque avec bonhomie. Il se présente : Dante Mandolini. Il nous vient tout droit de Postumia.

— Ventura, mon lieutenant, bien le bonsoir !

Curieusement, mon nom déclenche chez lui un intérêt débordant d'enthousiasme.

— Ah Ventura ! s'exclame-t-il en renforçant sa poignée de main.

Décidément, tous ceux que je rencontre semblent déjà me connaître.

— Comment me connaissez-vous ? Et pourquoi diable cette exclamation ?

— Il paraît que vous avez une femme splendide ! Mes camarades de Postumia qui l'ont vue me l'ont dit !

Je sens mon cœur se gonfler de fierté et il ne m'en faut pas plus pour lui montrer des photos de toi.

— Vous savez, je serais le plus content des hommes si je pouvais vous la présenter en chair et en os, dis-je, les yeux rivés sur ton sourire.

Et là, belote et rebelote. J'ai le droit aux mêmes plaisanteries de la part de Stalo. Ça fait sourire Moreno, moi aussi par la même occasion. Quant à Piatelli, il abdique une fois de plus.

J'apprends que ce Dante est venu exprès à Gradisca pour s'occuper des Italiens de l'étranger. C'est à peine si j'en crois mes oreilles. Ce nouvel arrivant est tout simplement un miracle et si tu pouvais voir la tête que je fais, je crois bien que tu n'aurais pas fini de te moquer de moi.

À table je lui raconte ma situation, en long, en large et en travers.

— Bon, clairement je pense que votre demande est tombée entre de mauvaises mains, me dit-il. Je ne voudrais pas remuer le couteau dans la plaie, mais la vérité m'oblige à vous dire que celui qui devait s'en charger n'a absolument rien fait. Votre demande a dû rester au fond de son tiroir, je ne vois pas d'autre explication. Il faudrait que vous et votre femme refassiez une demande, mais cette fois-ci, chacun de votre côté.

Piatelli pose cinq verres sur la table et ouvre une bouteille.

Dante poursuit :

— Il va falloir renvoyer tout le dossier avec le certificat de santé de votre femme, même si celui-ci date de trois mois. Il faut aussi qu'elle fasse écrire une lettre par le consul au ministère de la Guerre directement, réclamant votre présence auprès d'elle. Il faut également que le consulat de Paris envoie impérativement ce *Nulla Osta* ici. C'est essentiel car seul ce document, certifiant que rien ne fait obstacle à votre retour à Paris, sera pris en compte par le commando.

— Et ensuite pour moi, c'est fini ?! m'empressé-je de dire.

— Pas exactement.

De nouveau, je ne sais pas où mes émotions m'emmènent. Mais cette fois-ci encore, je veux y croire. Il ne peut en être autrement.

— Assez parlé ! interrompt Piatelli. Entamons donc ces œufs avant que leur vue ne nous consume !

Le cliquetis des couverts fait taire les conversations. Un ange passe.

— Un régal, Ventura ! s'exclame Piatelli.

La tablée approuve dans un bourdonnement de satisfaction. Et c'est au tour des pâtes de Stalo d'exciter les papilles.

Plein succès.

Après une bordée de compliments sur fond de réflexions culinaires, la discussion tourne au sérieux.

— Vous vous intéressez à la politique, Ventura ? demande Piatelli entre deux bouchées.

Je me doute de là où il veut en venir. Mais moi, parler politique, ça ne m'intéresse pas.

— Oh moi, vous savez, la politique… Elle ne m'a jamais causé que désordre et tracas. C'est à cause d'elle que je suis parti d'Italie, c'est à cause d'elle que je suis revenu et maintenant, c'est elle qui m'empêche de repartir. Et moi dans tout ça, qu'est-ce que j'y peux ? Rien. Vous voyez ce que je veux dire ?

Piatelli acquiesce silencieusement.

— Et si vous voulez mon avis, les hommes politiques se moquent bien du malheur des gens. Ils font des belles promesses et quoi ?

— Ventura, je rejoins ce que vous dites. Les *fascisti* ont réussi à prendre le pouvoir, tout ça parce qu'un homme a promis du pain à certains et des autoroutes à d'autres ! s'emporte Piatelli. Ils ont répandu par là même la terreur pour des rêves de grandeur, séparant des familles, divisant les élites, jetant en prison les intellectuels au nom de la pensée unique !

— Et faisant du silence l'unique arme des exilés ! s'empresse d'ajouter Mandolini.

Moreno s'en mêle.

— Et notre roi... À l'époque, il n'a pas bronché et aujourd'hui notre peuple est désabusé, il a faim, harassé par cette guerre sans fin qui ne le concerne pas !

— Que de misère... murmure Piatelli avant d'avaler sa dernière gorgée de vin. Mais bientôt, très bientôt, j'ai l'espoir qu'un vent nouveau viendra souffler sur l'Italie et balaiera avec lui tous ces tyrans !

— Vous oubliez l'Allemagne et le Pacte d'acier ! s'emporte à son tour Moreno. Il ne suffit pas de déchirer là un bout de papier.

— Foutaises ! Foutaises ! s'énerve Piatelli. Ce « bout de papier » comme vous dites, écrit avec le sang de notre peuple, est tout juste bon à brûler ! Que nous soyons italiens, français, allemands, anglais, nous avons tous connu les horreurs de la Grande Guerre ! Et le plus grand désir de chacun était de ne jamais revivre pareil cauchemar ! Et voyez où nous en sommes !

— Ne vous énervez pas, mon commandant, je suis d'accord avec vous, le calme Moreno. Mais qu'est-ce que vous faites d'Hitler ? Nous savons tous qu'il est imprévisible…

— Un fou à lier, oui ! coupe Piatelli, furibard. Si je meurs dans cette guerre, j'aimerais autant savoir pourquoi !

— Je vous suis bien, mon commandant ! Mais si comme vous dites, ce vent nouveau soufflait sur l'Italie…

— Sur le monde ! Moreno, sur le monde !

— Si ce vent nouveau soufflait sur le monde, alors ! imite Moreno. Vous croyez qu'Hitler, obsédé par l'édification de son Reich de mille ans, laisserait faire ?

J'écoute attentivement cette conversation, incongrue pour des gradés. Je sors mes cigarettes. Mon paquet fait le tour de table et, comme une accalmie après cette averse verbale, seul le grattement des allumettes se fait entendre.

Dans un panache de fumée, Moreno reprend :

— Et tout cela, sans parler des forces alliées qui sont à nos portes…

— En voilà une vérité vraie ! crache Stalo, sans pouvoir cacher sa joie.

— La vérité ne rend pas les choses plus faciles à comprendre ! se fait-il rabrouer aussi sec par Piatelli.

— De toute façon, si l'Angleterre gagne, on perd. Si l'Allemagne gagne, on est perdus, intervient Mandolini dans un souffle.

Ces quelques mots sur un avenir sans issue fendent l'air comme une lame d'acier. Le taux d'éthanol revient subitement à son degré le plus bas.

Là, autour de cette table désormais silencieuse, il n'y a plus de gens d'armes, mais des hommes perdus dans les méandres de l'absurde. Et étrangement, cela me rassure.

Gradisca, vendredi 5 février 1943

Chaque jour apporte son lot de nouvelles et aujourd'hui c'est Fausto qui m'a donné des siennes. La lettre est vague. Pas d'adresse. Pas de date. Il me demande simplement si la vie suit son cours. Lui est en Tunisie, il y sert de traducteur.

En Tunisie, c'est écrit. Après la discussion de l'autre soir, l'inquiétude m'envahit. Les Alliés sortent l'Axe d'Afrique du Nord, et la mansuétude ne fait certainement pas partie de leurs desseins. Je pense au pire. J'espère secrètement qu'il soit fait prisonnier.

Là-bas, dans son « désert lointain », comme il l'appelle, il ne fait que penser à Jacqueline. Il s'en fait beaucoup pour Coco, toujours en Allemagne à travailler de force. Lui qui vantait sa naturalisation… Y a pas à dire, il s'est bien fait avoir par Sauckel. Fausto s'en fait aussi pour toi, pour nous. La lettre n'en dit pas plus.

Dix-sept heures. Je n'ai pas vu la journée passer. Je n'ai pas arrêté, j'ai eu un travail fou et je n'ai fait que ressasser la lettre de Fausto, encore et encore.

Dans la cour, je retrouve Stalo qui s'en grille une. Comme à son habitude il remarque que ça ne va pas.

— Ta femme encore, dit-il d'un air découragé, pensant avoir deviné.

— Un ami cette fois. Je suis inquiet.

Il n'a pas besoin d'en savoir plus. Il a compris. Tout le monde sait que le vent est en train de tourner et les Alliés ne feront certainement pas la différence entre nous, les enrôlés, et les autres, les fanatiques.

Pour éviter de penser de travers et surtout de trop, on décide d'aller faire un billard.

Sur le tapis, Stalo place les billes aux mouches de départ. J'entame la partie.

— Joli coup, Ventura.

Je me retourne. C'est Mandolini.

— Je ne vais pas vous déranger longtemps, dit-il avec sa bonhomie habituelle. Je vous ai vu en entrant alors je me suis dit que je pouvais bien venir vous annoncer la bonne nouvelle en personne. Je me suis chargé personnellement de votre demande. Tout est envoyé !

— Merci, mon lieutenant !

— Vous devrez tout de même attendre un mois avant d'avoir la réponse. Vous connaissez autant que moi l'engrenage bureaucratique, je crois. Mais sachez que je suis confiant.

Stalo s'impatiente. Il déteste être interrompu. Particulièrement au billard.

— Je ne sais comment vous remercier…

— Eh bien… Quand est-ce que vous nous refaites vos œufs mimosa aux langoustines ? dit-il avec gourmandise. Je ne serais pas contre une nouvelle dégustation de vos merveilles.

— Vous me flattez, mon lieutenant !

— Non, je vous assure, vos mimosas sont à se damner ! N'est-ce pas, Stalo ?

— Pour sûr… grommelle l'animal.

Avec Dante, nous ne sommes pas dupes : Stalo, parler mangeaille, ça lui va bien, mais pas quand il se trouve en pleine partie de billard. Déjà la dernière fois, au dîner, il nous avait déclamé toute une tirade quant à une certaine sacralité autour de ce jeu d'adresse. Alors Mandolini, sans doute peu enclin à débattre ici comme l'autre soir, préfère couper court et retourner à sa bière.

Je passe le restant de la partie à siffloter. Ça déstabilise Stalo. Je gagne. Il crise. Mauvais joueur, oui ! Mais pas de temps à perdre avec de pareilles broutilles.

Rentrer chez moi, enfin ! Et quelqu'un m'aide réellement pour une fois. Ça, pour être une bonne nouvelle, c'est une bonne nouvelle.

Maintenant, je ne veux plus me bercer d'illusions, j'ai payé trop cher cette habitude. Par expérience, je sais qu'il faudra du temps. Encore. Peu m'importe, tant que je te sais au bout de cette attente.

Gradisca, mercredi 10 février 1943

Ici, les premiers jours de printemps se montrent déjà. Les arbres s'ouvrent au renouveau et le soleil, téméraire, fait rougir les montagnes encore vêtues de blanc. Sans doute est-ce dû à ce splendide spectacle que m'offre la nature : mon esprit est tout autre, je vois tout avec beaucoup plus de courage. Il y a surtout cette nouvelle qui se répand comme une traînée de poudre comme quoi les boches ont perdu Stalingrad. Le *Feldmarschall* Paulus a rendu les armes le 31 janvier. Leur 6e armée est tombée, mais aux seuls dires des journaux, « cet écueil serait sans grande importance dans la formidable avancée des troupes allemandes sur le front de l'Est ! ». Qualifier cette reddition de simple écueil, faire passer cette défaite pour une victoire alors que le sang versé n'est plus à compter, n'est qu'un mensonge de plus à mes yeux et la preuve de leur suprématie défaillante, quoi qu'en disent leurs articles de propagande. Moreno est de mon avis. Et nous décidons de prendre cette capitulation allemande comme une bonne nouvelle. Première fois depuis le début de ce conflit que les boches reculent ! Si seulement cela pouvait être le début de la fin…

Fort de cet éclair d'optimisme, je me mets à ranger tout un arrivage de nouvelles couvertures avec entrain. Je suis seul à faire tout le boulot, mais je préfère en un sens. Je n'ai pas à parler et ça me va bien.

Je suis perché sur mon escabeau à les empiler quand l'aide de camp du colonel débarque dans le magasin. C'est un nouveau, petit, pas bien costaud. Sous son calot ajusté au millimètre, il a la tête de l'emploi. C'est le genre de bonhomme à taper soixante mots à la minute sans même regarder ce qu'il écrit.

— Soldat Ventura ?!

— Vous voyez quelqu'un d'autre ici ? lui dis-je, plaisantin.

Visiblement peu enclin à prendre son rôle à la légère, il poursuit avec le plus grand sérieux.

— Le colonel m'envoie pour vous informer qu'il vous accorde une permission d'un mois pour Parme et celle-ci est effective dès aujourd'hui après votre service du midi.

Sans blague ! Ils n'ont encore rien compris.

— Et en quel honneur cette fois ? demandé-je.

— Pour bon service, me répond-il, abrupt.

Pour « bon service »… Bientôt un an que je suis là et je n'ai toujours pas compris le sens de ces deux mots.

— Pouvez-vous dire de ma part au colonel que ça ne va pas être possible.

— Je ne peux en aucun cas transmettre les doléances des soldats auprès du colonel. Vous imaginez, sinon ! dit-il

Il abrège et s'en va. Moi, il faut que je parle au colonel.

— Qu'est-ce que vous voulez encore ?! lâche Barazani dans un soupir en me voyant arriver dans son bureau.

— Voilà mon colonel… Je vous remercie pour l'attention que vous me portez, mais je refuse votre permission.

Il me fixe, flegmatique.

— Vous n'avez pas le choix Ventura, ce sont les ordres.

— Mon colonel, si vous le permettez, je ne vous demande un peu de temps car si jamais j'acceptais cette permission aujourd'hui, il me faudrait attendre encore des mois avant de pouvoir espérer revoir ma femme, alors que justement je suis sur le point d'obtenir les papiers nécessaires pour retourner la voir à Paris. Vous comprenez ?

Au fil des mots, mon argumentaire tragico-romantique finit visiblement par l'attendrir.

— Décidément, je ne sais pas comment vous faites Ventura, mais une chose est sûre, avec votre pugnacité, vous irez loin.

Il marque un temps.

— Bon. Je veux bien vous garder vingt jours sur les trente, Ventura.

Je retiens ma joie tandis qu'il poursuit.

— Dites-vous bien que si je le fais, c'est uniquement pour vous ! En revanche, dès ce soir, je vous veux chez vous pendant les dix prochains jours. Et pas un jour de moins !

— Merci, mon colonel, c'est vraiment très gentil de votre part !

— Oui bien, bien, dit-il un peu gêné de l'utilisation du qualitatif « gentil » à son égard. Maintenant hors de ma vue ! fait-il en se drapant de toute son autorité.

XXIII

Busseto, mardi 16 février 1943

Me voici chez mon oncle et ma tante à Busseto encore une fois depuis quatre jours. Ici comme à Parme, j'ai trouvé la neige. En arrivant, j'ai vu que beaucoup de ceux que j'ai croisés l'été dernier sont partis. Du coup, Busseto s'est fait encore plus vide. C'est beaucoup plus triste sans doute, mais dans ce calme, je me sens mieux à mon aise et c'est ce qu'il me faut tant que je n'aurai pas ma femme auprès de moi.

Naturellement je serais un menteur de dire que je me trouve mieux à la caserne, mais ici je me fais moins à l'idée de ne pas pouvoir te voir. Plus que jamais j'ai hâte d'y retourner pour voir s'il y a du nouveau, car cette fois-ci je crois que bientôt je pourrai t'annoncer l'heureuse nouvelle.

Les jours s'enchaînent, toujours les mêmes. Je les passe à t'écrire. Et mon oncle, à me voir ainsi toute la sainte journée, plume en main, s'étonne de ce que je peux bien trouver à te raconter puisque rien ne se passe. Mais à force, aujourd'hui il a tenu à te mettre un petit mot.

« Ma Merveilleuse, je t'envoie tanti beaucoup petits mots des tendresse et avec la vive recordance des beaux jours

passés ensemble, je me souhaite vivement de la rivedere encore. Je t'envoie bien d'embrassements. Ton Vieux oncle Manfredo. »

J'aime bien quand il écrit « Ma Merveilleuse »...
C'est vrai que tu es merveilleuse.

Busseto, vendredi 19 février 1943

Ça commence à devenir long sans lettres de toi. Surtout que j'en ai reçu une de Stalo où il me dit n'en avoir reçu aucune encore. Je ne croyais pourtant pas cette fois-ci passer ma permission sans recevoir une seule lettre de toi, et puis au contraire je crois que je m'en retournerai sans t'avoir lue.

Et comme chaque fois, ce manque se transforme en journées noires. J'en ai assez de cette vie, aller chez l'un, chez l'autre, et toujours être tout seul. J'en ai assez de ces permissions qui m'ennuient. Tout ça me paraît tellement injuste ! On dira peut-être que je suis capricieux, que d'un jour à l'autre je passe d'heureux à cafardeux. Mais je n'y peux rien. Si je pouvais avoir rien qu'un petit mot de toi... et peut-être aussi une photo. Comme j'en serais content !

Tout d'un coup, je pense à ce que tu peux faire en ce moment : il est deux heures et demie, sans doute viens-tu d'arriver au magasin. Et je pense que bientôt ma femme va se mettre en printemps et qu'elle va être encore plus belle... Comme tu me plais quand je t'imagine comme ça. Et puis ton odeur, ton parfum, je ne peux pas m'arrêter d'écrire pour y penser, c'est si bon !

Mais sans doute que bientôt je vais retrouver tout ça. Il y a quelque chose de plus fort en moi qu'il y a deux mois, où j'y ai cru, et je donnerais je ne sais quoi cette fois pour ne pas me tromper. Si seulement le ministère pouvait prononcer ce « Oui » ! Dire qu'il suffirait de ce petit mot pour que nous puissions nous serrer dans les bras l'un de l'autre.

Parme, lundi 22 février 1943

Mon Amour !

Je ne t'ai pas écrit hier car tout d'abord la poste était fermée et puis il faut que je te dise que je ne suis parti de Busseto qu'hier au soir à six heures car j'y ai passé l'après-midi pour voir une partie de football entre Busseto et Fidenza et je t'assure, il y avait de quoi mourir de rire ! C'est tout juste s'ils ne se sont pas entre-tués à la fin. Durant la partie, je pensais à une partie que nous avions vue tous les deux à Postumia, te souviens-tu ? Mais aussi il y a autre chose que je voudrais te dire. Je voulais attendre demain, mais je ne peux pas. Eh bien mon Aimée demain, c'est le 23 février ! Mouky, voilà bien un jour qui, comme celui de mon mariage, ne s'effacera jamais de ma mémoire ; tous les plus petits détails de ce jour, depuis deux heures de l'après-midi où je t'ai donné rendez-vous à ce café rue Cadet, à chez moi rue Baudin, et quand nous sommes arrivés le soir chez Mme Martel, que nous attendions sur un banc car elle n'était pas là, eh bien tout ça c'est comme tes photos que j'ai devant les yeux, il n'y a qu'une chose qui reste confuse, c'est ce qui s'est passé entre-temps. Je me souviens t'avoir embrassée et quand je m'attendais à te voir pleurer, au contraire tu m'as souri. À ce moment, j'étais comme dans l'attente d'un verdict et puis tu m'as regardé en souriant. Oh ! Mon Amour comme je t'aime en pensant à tout ça ! C'est tout ce dont je me souviens, tout le reste je te jure que je serais incapable de te le décrire. Il faut croire que je devais être dans un bel état. Vois-tu, moi j'attends une lettre de toi où toi aussi tu me parles de ce jour. Je suis impatient de cette lettre, je veux tellement lire ton souvenir ! Voilà six ans mon Aimée demain ! Et sais-tu à quoi je pense aussi aujourd'hui ? Eh bien je vais te le dire. Je pense à nous deux, tout seuls dans un petit appartement à nous, et je pense aussi que dans ce petit appartement pour qu'il soit encore plus joli, il faudrait peut-être un petit Lino, qu'en dis-tu ? Ça serait merveilleux, n'est-ce pas Chérie ? Un petit Lino qui casse tout, qui fasse du bruit. Mouky mon Aimée je crois que je t'aimerais d'une façon encore plus belle, que sais-je moi, bien qu'il me paraisse impossible qu'on puisse aimer sa femme plus que je t'aime, Chérie. Et lui, oh lui, il me semble que je voudrais que personne n'y touche, non ce n'est pas ce que je voulais dire, c'est tous les deux, toi et lui, tu me comprends ? Peut-être pas très bien avec ma manière d'écrire et puis je divague un peu, mais je vais te le redire en deux mots, je t'adore !!! Et comme je suis heureux quand je pense que je suis aimé par toi, que tu es ma femme.

Demain je vais repartir pour Gradisca et là-bas j'espère trouver quelques lettres de toi et aussi sans doute du nouveau au sujet de ma demande. Tu verras, je t'envoie ici une des photos que je me suis fait faire pour ma carte. Elle n'est pas très bien réussie, mais ça sera toujours un peu de moi. Si seulement à Gradisca je pouvais trouver la tienne ! Maintenant je vais te quitter et porter cette lettre à la poste pour que vite elle t'apporte tout l'amour dont mon cœur est plein à en éclater pour toi. Je t'adore. J'ai confiance en notre avenir et j'espère que bientôt je pourrai t'écrire d'heureuses nouvelles ! Te dire que bientôt je vais venir près de toi ! Au revoir Chérie, je t'aime fort fort fort.

Ton Lino

Gradisca, samedi 27 février 1943

Depuis que je suis rentré à Gradisca, il règne à la caserne une ambiance électrique. Un an qu'ils nous font faire des tours en montagne et là plus rien. « Aucun exercice jusqu'à nouvel ordre. » C'est tout ce qu'on sait. Moi, je suis toujours à attendre la décision de Rome. Mandolini, pourtant confiant jusqu'ici, se fait moins éloquent et met des « oui mais » dans chacune de ses réponses à mes questions. Alors forcément mon monologue intérieur a repris de plus belle et malgré moi je me laisse emporter par un flot continu de pensées négatives.

XXIV

Gradisca, mardi 9 mars 1943

Mon Amour !

Mon Amour, mon Aimée, mon Chéri ! Je ne sais pas comment commencer. Mouky, je voudrais hurler, chanter, danser, embrasser tout le monde entier !

Figure-toi qu'à l'instant je viens d'apprendre que le ministère m'a accordé ma permission pour Paris !! La lettre est arrivée ce matin au commando.

Mais est-ce que tu te rends compte, Mouky ?!

Je ne sais plus tenir en place ! Mon Amour, je ne sais plus quoi te dire, ça bourdonne dans ma tête ! Oh je sais bien que je ne vais pas partir demain car il faut maintenant que j'aille à Gorizia pour mon passeport puis à Trieste pour avoir le visa allemand et cela demande encore pas mal de temps, car le consulat allemand doit écrire à Berlin. Ensuite il faut que j'aille à Udine pour la visite médicale obligatoire, mais maintenant je crois que le principal est fait Chérie et si Dieu le veut bientôt, oui bientôt, je vais pouvoir te rejoindre, te revoir, te prendre dans mes bras !

Vois-tu Mouky, c'est ma prière qui est exaucée. Depuis que je suis parti, tous les soirs, je n'ai fait que répéter cette prière à la Sainte Vierge qu'elle me fasse retourner auprès de toi et voici finalement peut-être le moment venu.

Ce matin, j'ai reçu une carte de toi, rien qu'une toute petite carte, méchante ! Mais je suis trop heureux mon Aimée pour te gronder, et puis je t'aime, oui je t'aime comme un fou ! J'ai la tête qui tourne, je suis comme saoul, pardonne-moi Chérie, mais c'est la joie qui me rend comme ça. Je vais t'envoyer encore cette lettre en recommandé express même si pour ton Lino soldat, c'est beaucoup cinq francs, mais pour que cette lettre t'arrive tout de suite, je vendrais ma chemise !

Comme tu vas être heureuse, Mouky ! Je voudrais être près de toi pour te voir quand tu liras cette lettre ! Mouky, pardonne-moi mais il faut que je coure à la poste et puis je ne sais plus quoi te dire, je n'en peux plus de rester assis ! Je voudrais que cette lettre soit déjà partie, dans le train. Oh je ne sais plus ce que je dis !

Je t'aime Mouky, je t'adore, je t'aime !!!

Ton Lino

Mouky, j'avais fermé ma lettre mais je l'ai rouverte pour te dire, aujourd'hui à six heures vingt il y a un an que je te quittais et regarde le destin ! Il y a un an j'avais mon cœur qui saignait à la même heure et maintenant, il déborde de bonheur, de joie et d'espoir !

Encore une fois je t'aime !

Ton Lino

Gradisca, jeudi 11 mars 1943

Aujourd'hui, j'ai enfin pu entamer les démarches pour mon passeport et mon visa avec la ferme intention de faire accélérer les choses. Je suis immensément heureux, mais terriblement impatient et cent fois plus qu'avant encore. Je ne cesse de manger des yeux ce petit bout de papier qui m'a tant fait soupirer.

J'ai commencé par écrire une belle petite lettre en leur expliquant pour la énième fois mon histoire et ma situation. Gianni l'a fait pour sa mère malade et ça a bien marché pour lui, alors pourquoi pas pour moi ? Puis j'ai tout tapé à la machine moi-même, comme me l'a conseillé Mandolini. Dans la foulée, je suis passé chez le coiffeur avant d'aller chez le photographe me faire tirer le portrait. Puis je me suis présenté à l'officier chargé du service des identités pour faire viser mes photos. Un tatillon auquel il ne fallut pas moins d'une vingtaine d'allers-retours entre mon visage et ma photo en dix exemplaires, pour qu'il daigne les estampiller une à une de son poinçon officiel, seul garant de mon identité.

Malgré ce temps perdu et mes nerfs en pelote, tout est fait en moins de trois heures. Maintenant, la mauvaise surprise est d'apprendre qu'entre-temps Mandolini a été appelé à Postumia.

La guigne ! Sans lui, je me retrouve bloqué.

Comme il m'a fait promettre de le laisser s'occuper lui-même de Barazani pour obtenir sa signature, je n'ai pas d'autre choix que d'attendre son retour. Je me trouve donc un nouvel emploi : vigie. J'ai même déplacé mon bureau pour avoir une vue imprenable sur toute la cour et surtout sur l'entrée principale. Personne ne peut m'échapper. Un panorama de première où je guette le moindre mouvement, où j'épie chaque visage dans l'espoir de voir passer celui de Mandolini.

Entre deux commandes, je sors fumer pour calmer mes nerfs qui, au fil des heures, se tendent un peu plus. Je suis sur le point de m'en retourner à mon poste quand je vois Stalo m'arriver dessus en me faisant des grands signes. J'écrase mon mégot à la hâte et le rejoins.

— Qu'est-ce qu'il t'arrive l'animal ?

— Mandolini est dans la place ! Alors si tu veux pas le louper, radine tes fesses et vite… Il doit repartir ce soir à ce que j'ai pu saisir.

Je ne lui donne pas le temps de m'en dire plus que je me rue chez Mandolini.

Il est en train de ranger des papiers dans sa sacoche quand je toque à sa porte restée grande ouverte.

— Je vous dérange, mon lieutenant ?

— Non, non, je vous en prie, me dit-il en me faisant signe d'entrer. Une déconvenue à Postumia, mais rien qui ne saurait s'arranger. Et vous Ventura, votre dossier, vous en êtes où ?

— Eh bien justement, pendant votre absence, j'ai tout rassemblé ! Il ne manque plus que la signature du colonel.

Mon air réjoui le réjouit à son tour.

— Formidable ! Voyons voir si tout est complet.

— Ça pour sûr mon lieutenant ! J'ai tout ! Et quand je vous dis tout, c'est tout, vous pouvez me croire !

De me voir ainsi déchaîné, cela le fait sourire un peu plus.

— Alors… Voici l'autorisation du ministère… La lettre du consulat avec le certificat de santé de ma femme… Les photos visées avec la lettre de demande pour mon passeport et… le formulaire pour les Allemands. Tout ça en dix exemplaires comme ils l'exigent.

— Eh bien dites donc, vous n'avez pas chômé. Beau travail, je vous félicite ! dit-il, épaté. Si vous ne finissez pas champion de lutte, vous pourrez toujours finir dans l'administration, plaisante-t-il.

— Ça franchement, ça m'étonnerait ! La paperasse, je crois que j'ai mon compte pour le restant de mes jours.

— Bien. Plaisanterie mise à part, j'ai rendez-vous avec Piatelli dans moins d'une demi-heure. Je vais m'arranger pour qu'il sollicite une entrevue avec le colonel dans la journée avant que je ne remonte à Postumia. Et je vous en prie, Ventura, ne prenez pas cet air inquiet, je vous promets que tout sera signé avant ce soir !

— Vous savez, mon lieutenant, que vous avez toute ma vie entre vos mains là. Si jamais ça se perdait en chemin…

— Mais bien sûr ! Je pense même en faire des confettis si vous continuez comme ça ! Allez, arrêtez de vous faire du mauvais sang, que diable ! Je viens de vous le dire : je m'en occupe.

Je me sens subitement ridicule et je le prie de m'excuser. Il me claque alors une tape dans le dos, aussi rassurante que chaleureuse.

— Allez, retournez à votre poste, je viens vous voir dès que c'est signé.

Je repars en trombe, le cœur gonflé d'espérance.

Arrivé au magasin, les jambes sont molles.

Et si après tout, mes beaux espoirs n'étaient qu'une vaine illusion ?

Sur les coups de trois heures, Mandolini franchit la porte de mon magasin. Il affiche un air de satisfaction que l'on pourrait supposer de bon augure.

— Tout est en ordre, Ventura ! Je vous l'avais bien dit que nous y arriverions ! Barazani m'a même demandé de vous souhaiter bonne chance, vous n'avez qu'à voir !

J'exulte !

Maintenant, il ne me reste plus qu'à aller à la gare m'acheter un billet pour Gorizia où ils doivent établir mon passeport. Je tenterai de gagner le plus de temps possible pour me rendre ensuite à Trieste. Je devrai aussi m'organiser pour retourner à Parme pour chercher mes affaires. D'ailleurs si ça peut me faire gagner du temps, peut-être que je ferais mieux d'écrire à Maman pour lui demander de me les envoyer ici. Mais en y réfléchissant bien après tout… avec la poste qui marche une fois sur deux et moi qui suis toujours à droite, à gauche, avec la chance que j'ai, je risquerais de me les voir passer sous le nez. En fait, peut-être que je ferais mieux d'attendre d'avoir tout de fait pour voir comment je m'en arrange. Je ne sais pas. Je suis dans un tel état d'exaltation.

« Raisonne-toi, Lino ! Raisonne-toi ! »

La seule chose qui compte et que je vais m'autoriser à croire à présent : bientôt Paris !

Gradisca, dimanche 14 mars 1943

Comme tous les dimanches maintenant, je vais chez Moreno. Nous faisons la popote, nous écoutons de la musique, nous discutons littérature, nous parlons de la vie, des hommes, surtout pas de guerre, non. Ces moments, je les apprécie grandement : ils raccourcissent ce temps gaspillé qui nous sépare encore.

Mais aujourd'hui, au lieu de profiter pleinement de cette joie qui ne me quitte plus ces derniers jours, je ne fais que penser à la lettre que j'ai reçue de toi au courrier du matin. Je l'ai lue à la hâte, car elle contenait un tas de vilaines choses. Elle n'était faite que de ça, d'ailleurs ! Comment m'écrire des choses pareilles ? Pourquoi me dire : « Cette séparation ne nous amènera rien de bon » ? Pourquoi nous comparer à « ces prisonniers qui rentrent en ce moment chez eux et qui ne retrouvent pas le bonheur qu'ils attendaient » ? Pourquoi s'obstiner à nous faire tant de mal à tous les deux ? Je n'arrive décidément pas à comprendre et mon cœur se brise rien que d'y penser. Et au contraire des autres lettres, je n'ai pas voulu la relire, ça non ! Je l'ai rangée et je me suis même dit que j'allais faire comme si je ne l'avais pas reçue.

J'en ai vraiment gros sur le cœur et après le concert de l'après-midi, je n'y tiens plus, je ne peux m'empêcher d'en parler à Moreno.

— Vous comprendrez que j'attends autre chose d'une lettre de ma femme !

— Je n'en doute pas, mais je suis sûr que, dès sa prochaine lettre, elle n'y pensera plus, à tout ça.

Moreno me sourit avec son empathie habituelle.

— Ça vous fait sourire, n'est-ce pas ! En attendant, vous avouerez quand même que, moi qui vis en permanence dans un état de joie et d'anxiété tout à la fois à la seule perspective de pouvoir la serrer dans mes bras, de voir arriver une lettre pareille, c'est un peu dur, non ?

— Je vous l'accorde volontiers... Mais dites-vous que tout cela sera derrière vous sous peu.

— Oui, vous avez raison après tout. Je ne suis qu'un pauvre imbécile. Mais si vous saviez comme je l'aime...

— Ça... Je crois que je commence à en avoir une petite idée, dit Moreno, l'œil malicieux.

— Vous devez me trouver stupide, n'est-ce pas ?

— Stupide, vous ? Loin de moi cette idée ! Irraisonné serait peut-être plus exact, dit-il, facétieux. Et si je peux me permettre, au lieu de débattre d'hypothèses pessimistes, à quelques mètres de votre victoire, gardez confiance.

Trieste, mercredi 17 mars 1943

Avec l'aide de Moreno, j'ai pu avoir un jour de repos pour faire ma demande de visa et me rendre à Trieste. Arrivé par le train du matin, me voilà à faire le pied de grue au milieu du va-et-vient affairé des couloirs de l'administration allemande. L'atmosphère y est chargée d'une crispation nouvelle ; la dernière fois que je suis passé déposer les comptes, les vert-de-gris semblaient moins… nerveux. Aujourd'hui, quelque chose a changé. Les rumeurs de la guerre se propagent à la vitesse des oiseaux migrateurs et les visages que je croise ne paraissent pas satisfaits de ce qu'elles rapportent. Ils ont beau raconter de belles victoires dans les journaux, la duperie s'effrite de jour en jour. Et comme Piatelli le répétait il n'y a pas si longtemps encore : « leur Reich de mille ans s'effondrera aussi vite que le vent balaie un château de cartes. » Mais je me garde bien de laisser transpirer une quelconque émotion à ce sujet, j'ai trop besoin d'eux. Rien que d'y penser, ça me fait mal !

Une bonne heure maintenant que j'attends. Les bottes cirées claquent dans les couloirs et les portes ne semblent que se refermer. Je vérifie une énième fois que tous mes papiers sont en règle : mes photos, mes lettres de recommandation, mes fiches de renseignements et j'en passe. Jamais je n'aurais cru aussi bureaucratique le résumé de notre amour. Je resserre le tout contre moi, par peur qu'un événement, aussi banal soit-il, ne les emporte.

La porte d'en face s'ouvre avec fracas.

— Monsieur Ventura ? C'est vous qu'on m'envoie de Gradisca ? dit l'Allemand dans un italien d'école.

Je me lève aussitôt et il me fait signe d'entrer, tendant un bras raide en direction de son bureau.

— Bon, faisons vite, je suis très occupé ! reprend-il en s'asseyant. Vous êtes venu pour ?

— Une demande de visa, monsieur. J'en ai besoin pour me rendre auprès de ma femme, à Paris.

— Votre femme est française ?

L'air surpris qu'il ose afficher, avec ce ton supérieur, me touche au plus profond. Et c'est bien la première fois que je rechigne à raconter notre histoire, mais puisqu'il le faut. Puisque sans leur assentiment je ne peux rien, pour une fois le manège aux souvenirs se met à tourner avec dièses et bémols.

— Oui bon, épargnez-moi tous vos trémolos de cinéma et venons-en au fait ! Vos papiers, qu'on en finisse !

En temps normal, il aurait été bon pour un aller-retour sur le tapis les deux omoplates plaquées au sol, mais à la place de mes fantasmes, je lui remets toute ma liasse de documents. Il s'en saisit avec avidité. Manifestement, il n'y a que ça qui les excite, ces sous-fifres vert-de-gris : les formulaires, le tapé machine, les tampons, les photos alignées, sans sourire, sans émotions. Du factuel certifié, voilà ce qu'ils veulent ces hommes dressés à l'obéissance aveugle, et aucun sentiment ne saurait venir gâcher le plaisir de l'exercice de leur toute-puissance.

Après cette passe d'armes administrative, il semble plus enclin à la communication. Sans doute est-il rassasié de ce que je lui ai donné. Il me surprend même à me dire que ma demande partira le jour même.

— En revanche il faudra bien compter quatre semaines pour avoir une réponse, dit t-il d'une voix métallique.

— Sans vouloir abuser de vos services, dis-je en feignant la sincérité, pensez-vous qu'il serait possible d'avoir une réponse directement auprès de ma caserne ?

— Une réponse télégraphique, vous voulez dire ?

— Oui c'est cela, télégraphique…

— Il faudra donc compter cinquante lires de plus pour la transmission.

J'avale ma salive. Cinquante lires. Ces gens-là ne se gênent de rien. Mais si cela peut me permettre de te revoir plus vite, alors ça me va de ruiner ma solde. Je sors la dîme requise et la lui dépose sou par sou sur la table. À ce prix-là, j'ose une dernière question.

— Vous savez si je peux rapporter quelque chose d'ici, enfin d'Italie je veux dire ? Un petit cadeau pour ma femme, vous voyez ?

— *Nein nein nein ! Absolut verboten !* s'énerve-t-il en écarquillant les yeux comme si je lui avais annoncé vouloir passer tout un cochon. Vos affaires personnelles et c'est tout.

« Un éclair de conciliation m'aurait étonné », pensé-je.

— Tant que l'on me permet de passer moi, hein ! dis-je en esquissant un rire.

Le vert-de-gris ne rit pas. Mais je m'en moque après tout, j'aurai mon visa dans un mois et j'ai maintenant la certitude de notre revoir.

Gradisca, mardi 23 mars 1943

D'un jour à l'autre, je m'attends à être appelé par la préfecture à Gorizia pour retirer mon passeport, car voilà déjà huit jours que j'y suis allé. J'attends toujours la réponse du consulat allemand et mon visa ; si d'ici quinze jours je n'ai encore rien, je retournerai à Trieste et demanderai à voir le consul s'il le faut. Si je n'avais pas maintenant cette quasi-certitude que bientôt je vais être près de toi, si je n'avais pas cet espoir qui à chaque instant chasse toute tristesse, eh bien aujourd'hui j'aurais le cafard. D'autant que je suis encore et toujours sans nouvelles de toi. Cependant, « Père Cafard » aura beau cogner à ma porte, il n'aura plus de prise sur moi, je me le suis juré ! Je suis contrarié, voilà tout. Je ne pense pas être triste car je sais maintenant mon retour auprès de toi imminent et chaque fois que cette pensée traverse mon esprit, je me sens profondément heureux.

Ici tout le monde est au courant. Maintenant, dès que je vais au commando, on me dit : « Eh bien ?... Encore ici ? » Je crois qu'il n'y a pas un seul officier auquel je n'ai point cassé la tête avec tous mes papiers. Mais je crois aussi que tout le monde est content pour moi, à voir comme ils me souhaitent tous bonne chance.

Malgré tout ce bonheur et le fait d'avoir beaucoup de travail, les journées sont d'une longueur terrible. Voilà un an que j'attends ce jour. Je voudrais déjà y être et à la fois, il me faut me raisonner. Encore un soupçon de patience...

Mais mon Dieu ce que c'est long !

Gradisca, jeudi 25 mars 1943

Mon Amour,

Finalement après tant de jours, une lettre de toi ! Mais elle est datée du 3 mars donc comme tu vois, ce ne sont pas des nouvelles très fraîches ! Je vois que toi aussi tu es sans nouvelles de moi ! C'est vraiment incompréhensible ! Dans ta lettre, je vois que tu te donnes encore du mal pour nos démarches et encore une fois si ce courrier était plus rapide, j'aurais pu t'éviter toutes ces allées et venues que tu dois faire, car maintenant c'est inutile, mais peut-être Chérie ta joie n'en sera que plus grande d'apprendre la nouvelle d'une façon si inattendue.

Mais toi Chérie de voir arriver toutes ces lettres express, je crois que je dois te donner pas mal d'émotions ! Sans doute crois-tu que chacune d'elles va t'annoncer mon arrivée, mais pour cela mon Amour, il faut encore un petit peu de patience.

Et puis tu sais, je pense que tu ne seras pas prévenue de mon arrivée, mon Mouky. D'abord parce que je ne pourrais pas le faire à temps et puis parce que pour moi, rien qu'à la pensée de te faire aussi cette surprise, j'éprouve une joie intérieure que moi-même je ne peux t'expliquer !

Mais tu sais Chérie, tant que je ne serai pas dans le train qui m'emportera vers toi, je ne pourrai pas donner libre cours à toute cette joie qui m'étouffe.

Tu te doutes bien dans quel état d'impatience je peux me trouver !

Quand je pense… Il y a un an je commençais à huit heures du matin ma vie actuelle. Je ne voudrais plus jamais dans ma vie revivre ces moments-là. Mais il vaut mieux ne plus parler de ça. Penser seulement que peut-être bientôt nous serons de nouveau réunis mon Aimée, oui penser à cela et à rien d'autre, seulement à ce bonheur pour lequel nous avons tant fait pour pouvoir en jouir de nouveau et profiter le plus possible de notre amour pour rattraper tout ce temps perdu. Pour moi, quand j'entrevois tout cela c'est comme si je rêvais, je me demande parfois si c'est possible ! Qu'enfin tout va se faire et que je pourrai te revoir, te rejoindre ! Depuis que cette perspective est devenue presque une certitude, tout me paraît facile. Je chante, je ris enfin, je suis heureux mon Amour et tout ça parce que je t'aime Mouky, tu comprends Chérie ?

En me redonnant Toi, on me redonne Tout !

Au beau milieu de ma joie et bien il y a un petit nuage. Si quelque chose devait m'empêcher de te rejoindre, que sais-je moi, cela me fait trembler. Mais tout de suite après je me secoue et je me dis que je suis un bel idiot. Ça ne dure qu'une seconde mais enfin cette seconde me donne des frissons. Mais je suis bête de te raconter tout ça Mouky. D'un autre côté tu dois bien te douter dans quel état d'anxiété je continue à vivre durant ces moments !

Tant que je n'aurai pas passeport et visa en main, je serai toujours un peu inquiet dans le fond. Quand je t'aurai dans mes bras, je rigolerai en pensant à toutes ces craintes qui m'assaillent aujourd'hui. Tu vois, je suis un menteur car je t'ai dit que je n'ai pas le cafard et je suis sûr que ma lettre ne montre que cela aujourd'hui ; eh bien oui, je suis un peu triste, c'est stupide, je le sais. Oh mais tu sais Mouky, rien qu'un petit peu.

Maintenant je vais te quitter avec l'espoir que demain je recevrai une lettre de toi un peu plus récente.

Au revoir mon Aimée et continue d'avoir confiance.

Je t'aime,

Ton Lino

Gradisca, mercredi 31 mars 1943

Je me suis réveillé de travers aujourd'hui. Sans doute estce à cause du temps ou bien de Mandolini, qui est allé au consulat allemand et à qui on a dit qu'il me serait assez difficile d'obtenir un visa. Certainement aussi à cause de Maman : j'ai reçu une carte d'elle où elle me dit devoir prendre un peu de repos et aller chez ma tante à Busseto pour une dizaine de jours. Je me demande quand elle aussi en aura fini avec la vie qu'elle mène en ce moment. Enfin espérons que tout s'arrangera. En attendant, il faut encore que je vive dans les transes.

À l'heure de la pause, je m'en vais faire un tour en ville. Je n'ai plus de papier à lettres et j'ai besoin de t'écrire.

Au bazar, je tombe sur une carte postale. « *Vinceremo.* » « Nous allons gagner. » Il me la faut. C'est un signe.

XXV

Trieste, samedi 3 avril 1943

Me voici de retour à Trieste, mais cette fois-ci avec la lettre que j'ai pu obtenir de mon colonel. À ce que son aide de camp m'a rapporté, il a même téléphoné personnellement au vice-consul pour me recommander. « Il vous recevra en personne », m'a-t-il assuré.

Dans le hall du consulat, je n'en mène pas large. Ça va, ça vient dans tous les sens, ça gueule en allemand, ça ne semble guère s'être arrangé depuis ma dernière visite. Moi, dans toute cette agitation germanique, j'essaie de me présenter. À défaut de me faire comprendre, je montre mes papiers. Agacé par mon impatience, le secrétaire vert-de-gris finit par passer un coup de fil.

Après un « *Jawohl, Herr Hauptmann* [1] *!* » retentissant, il raccroche et m'indique d'un doigt accusateur quelques chaises où m'asseoir.

J'attends depuis un bon bout de temps quand un jeune aspirant vient à moi.

---

1. « À vos ordres, mon capitaine ! »

— Angiolino Ventura, je présume ?

Je lui réponds par un hochement de tête affirmatif.

— Veuillez me suivre, je vous prie.

Je m'exécute à la lettre et me mets à le suivre dans le grand escalier. Notre revoir résonne à chaque pas, à chaque marche.

Au premier étage, il y a des gardes au regard de statues postés tous les cinq mètres. Un malaise me parcourt l'échine. Je détourne les yeux : un réflexe que j'avais perdu depuis Paris.

Le sbire vert-de-gris finit par toquer à une porte aux prétentions exubérantes. On se croirait à Versailles.

— *Herein*[1] ! dit une voix sans commentaires.

Un bref échange s'en suit. À part mon propre nom et celui de mon colonel, je ne comprends pas un traître mot. Après un claquement de talons et un salut en règle, l'aspirant m'enjoint d'entrer, puis referme la porte derrière moi.

La pièce est immense. Un portrait grandeur nature d'Hitler aux allures de conquérant satisfait est accroché au-dessus d'un buffet où trône une intimidante statue en bronze de l'aigle nazi. Près de la fenêtre ouverte, se tient un homme aussi haut que large. L'uniforme allié à son embonpoint lui confère un air d'édredon ficelé par le milieu. Sur son col, un insigne du parti. Si seulement il n'avait pas prêté serment, il aurait presque l'air sympathique.

— Entrez ! Entrez ! me dit-il dans un italien parfait.

Accroché à mon calot, je le salue poliment.

— Votre colonel m'a dit grand bien de vous, reprend-il en prenant place derrière son bureau. Je crois savoir que vous avez une lettre pour moi, n'est-ce pas ?

---

1. Entrez !

— Oui, monsieur. La voici.

Il la saisit d'une main rigide.

— Hum !... Il m'a effectivement parlé de votre femme restée à Paris, dit-il tout haut en parcourant la lettre.

Les secondes passent...

— Et de quelle maladie souffre-t-elle exactement ?

Sa voix me transperce.

— Pardon ? dis-je en déglutissant ma surprise.

Il laisse tomber la lettre sur son bureau et me fixe.

— Votre femme ? Elle est malade, n'est-ce pas ?

Je soutiens son regard et tente de me rattraper en prenant une mine de circonstance.

— Oui, monsieur. Cela fait des mois...

— Au moins trois mois, si on en croit ce certificat ! coupe-t-il tout en le parcourant.

— C'est exact.

— Seulement il y a un détail qui m'interpelle... Nulle part n'est mentionnée l'affliction qui la touche.

— Eh bien... Pour tout vous dire, les médecins ne savent pas.

— « Les médecins ne savent pas » ? Hum... Étonnant... Je pensais justement que de ce côté-là, les Français avaient la réputation d'être d'excellents diagnosticiens, dit-il d'un ton acerbe tout en replaçant le document avec les autres.

— Il faut croire que les temps changent...

Cette réflexion très certainement inattendue de la part d'un troufion de troisième zone provoque chez lui un tic nerveux à la commissure des lèvres qui relève indubitablement beaucoup plus du spasme que du sourire.

— Mais cela doit être quand même extrêmement grave si le consulat réclame votre présence à Paris, n'est-ce pas ?

— Malheureusement, je le crains, monsieur.

— Hmm… Hum…

Serait-il en train de douter ? Tant pis j'en rajoute, autant risquer le tout pour le tout.

— Et je vous assure que les nouvelles que j'ai depuis ne sont pas faites pour me rassurer. C'est pour cette raison que j'ai besoin de votre visa pour me rendre auprès d'elle et au plus vite.

J'ai le cœur qui bat à tout rompre.

— Hmm… Hum…

Je retiens ma respiration.

Là, sans prononcer un seul mot, il rassemble méticuleusement tous mes papiers. Dans ma tête s'affichent en gros, en gras, en large et en travers ces quelques mots : « C'est fichu. Il ne fera rien. »

— Bien, finit-il par dire. Je vais envoyer un télégramme à Berlin en votre faveur. Je ne peux rien refuser à votre colonel.

Aucun son ne sort de ma bouche. Je n'y arrive pas. Je ne sais pas quel accord tacite ces deux hommes ont entre eux, mais une fois encore mon cœur vient de faire le grand huit ! Me voilà reparti du consulat avec un espoir de plus. Et l'espoir redonne faim. Au buffet de la gare, je m'engouffre une plâtrée d'un ragoût indéterminé avant de reprendre le train.

Prochain arrêt : la préfecture de Gorizia.

Là, je reçois un nouveau coup sur la tête !

Moi qui pensais repartir avec mon passeport en poche, non seulement il n'est pas prêt, mais voilà que le préposé m'annonce de nouvelles complications.

— Quand vous l'aurez, votre passeport, vous devrez l'envoyer à la Commission d'armistice à Turin qui, à son tour, devra l'envoyer à Vichy pour nous le retourner et tout ça, vous pensez bien que ça va pas se faire en une semaine.

— Autrement dit, il faut encore que j'attende, quoi !

— Vous avez tout compris, répond la tête à claques.

Attendre ! Attendre ! Attendre ! Ce mot résonne à mes oreilles d'une façon qui m'exaspère. Attendre, toujours attendre !

Gradisca, dimanche 4 avril 1943

Je passe un dimanche comme il y a longtemps que cela ne m'est pas arrivé. Je ne sais pour quelle raison exacte, aujourd'hui je suis envahi par tant de tristesse et de nostalgie. Certes, Moreno et Stalo sont en permission. Et je suis un peu contrarié par la journée d'hier. Même s'il ne s'agit que de contretemps, de voir tant d'obstacles surgir les uns après les autres me freine dans mon élan. Mais je veux arriver au bout à tout prix. On exige une preuve de ma persévérance ? Si je ne la démontre pas cette fois-ci, je ne la démontrerai jamais ; devrais-je passer des journées entières à faire antichambre dans tous les bureaux possibles et imaginables.

Dans toute cette lutte, car pour moi c'en est une, j'ai besoin de toi plus que jamais. Tes lettres sont pour moi le meilleur des stimulants, c'est pour cela que je les désire tant. Je ne parle même pas de recevoir une photo de toi. Alors là, d'attendre un petit peu plus, eh bien ça me semblerait presque plus facile.

Après t'avoir écrit pour la millième fois que je t'aime sans savoir vraiment te le dire, pour faire passer cette journée amère, je n'ai rien trouvé de mieux que de m'étendre pour essayer de dormir. Vers quatre heures, voilà que je suis presque réveillé. Je dis bien « presque », car je suis toujours en plein rêve... *Je suis avenue Kléber à vélo et je suis content. Je siffle, je chante, et je me dis : « Maintenant c'est la rue Galilée qui va venir... et puis la rue Hamelin... et puis...* » Patatras ! Je n'ai pas le temps d'arriver jusqu'au quatrième.

Coup de clairon !

De rage, j'enverrais bien ma chaussure à la tête de cette maudite trompette en bas qui me réveille !

Du coup, je me lève les nerfs en pelote. Pour me calmer, il ne me reste plus qu'à aller faire un tour. Sans même m'en rendre compte, je me retrouve à marcher en pleine campagne. Seul, j'erre comme une âme en peine, sans but. Je me fais l'effet d'être une épave à la dérive. Saloperie de cafard ! Autour de moi, le vide se crée et je me sens tellement impuissant quand ce voile sombre me tombe dessus de cette façon. Je m'en veux, mais je n'y peux rien.

Gradisca, lundi 5 avril 1943

Aujourd'hui, cela va déjà mieux et dans le fond je m'en veux beaucoup de ce moment de découragement. Mais maintenant, c'est fini.

Au courrier de midi, j'ai reçu une lettre de Gianni : il a obtenu son visa de la part du consulat allemand. Il va enfin pouvoir partir. Cette nouvelle a pour moi quelque chose de rassurant : je sais maintenant que mon tour viendra. Encore un peu de patience.

Le service terminé, nous voilà partis en ville avec Stalo pour trinquer en pensée à son départ. Sur le chemin, c'est un Mandolini pâle comme un linge qui nous rattrape.

— Ça va, mon lieutenant ? Vous n'allez pas l'air bien ! lui dis-je inquiet.

— Vous avez appris ? me dit-il pressant.

— Non quoi ?

— Hier, Paris a été bombardée…

Je n'arrive plus à articuler. Je ne veux pas entendre et pourtant… Je me mets à courir comme un dératé jusqu'au bistrot.

Après une entrée fracassante, le regard des piliers de comptoir se fige sur moi. Je fonds sur le poste de radio et me mets à changer la fréquence pour entendre Paris. Bien sûr, au niveau du zinc ça donne dans le mécontentement ; ça braille, ça rouspète, ça fait de grands gestes. Mais moi, j'ai des priorités ! Alors je me fige à mon tour en perçant chaque visage. Il n'en faut pas plus pour que chacun retourne dans le fond de son verre.

Mes mains tremblent. Après quelques secondes de recherche, je finis par capter.

« … Mêmes procédés, même résultats. La Royal Air Force, une fois de plus, a semé la mort et la désolation parmi la population de la banlieue parisienne. En début d'après-midi hier, alors que, par cette magnifique journée printanière, les gens, en foule, profitant du repos dominical, partaient en promenade, sortaient leurs enfants, les aviateurs anglo-américains ont lâché leurs bombes sur plusieurs localités de banlieue, déjà éprouvées lors de raids précédents. Le bilan exact de cette odieuse agression ne peut encore être dressé. Jusqu'ici deux cent soixante-seize morts et sept cents blessés ont été dénombrés mais après vingt-huit heures d'agonie, la liste des victimes s'allonge d'heure en heure. Demain sera déclaré jour de deuil national. »

Je m'effondre. C'est la nouvelle de trop.

Je sors du bistrot en chancelant, l'espace et le temps se dilatent. Je suis sûrement stupide de m'alarmer de la sorte, à la radio ils n'ont parlé que des faubourgs de Paris, rien au-delà. Ce serait le comble de notre malheur si tu t'y étais rendue à ce moment précis. Nous n'y avons aucune connaissance et tu n'y as jamais fait de livraison. Une chose est certaine, une chose qui me rend malade, c'est la peur que tu as dû avoir. Je me souviens de mars dernier, comme tu tremblais, blottie tout contre moi, dans cet abri de la rue Lafayette. Et dire qu'aujourd'hui je ne suis même pas là. Quand j'y pense ça me met dans un tel état de rage, une rage absolue ! Et ça me rend encore plus dingue de te savoir loin, de savoir que je ne sers à rien et comme toujours je ressens comme un choc dans ma poitrine. J'ai envie de crier ! Mais malgré moi, je vais devoir me résigner à attendre un mot de toi. Salvateur.

Non décidément, je n'avais pas besoin de cette nouvelle.

Gradisca, mercredi 7 avril 1943

L'angoisse me noue les tripes et je donnerais cher pour avoir des nouvelles. Dès que j'ai le moindre temps libre, je me rends au commando. Mais là non plus, les officiers n'ont aucune information à me communiquer. Ni pour Paris ni pour ailleurs. Personne ne semble plus rien savoir. La loi du silence règne en maître. Malgré les victoires incessantes de la Wehrmacht dans les journaux, ils perdent du terrain. Sans cesse. Il paraîtrait même que Rommel ne commande plus l'Afrikakorps. Contre-offensive sur contre-offensive, le brasier qui a embrasé le cœur de la vieille Europe ne semble plus vouloir s'éteindre. Bien au contraire, il se propage, de plus en plus vite, de plus en plus loin, de plus en plus intense, comme du feu grégeois se répandant sur un navire. Sauf qu'à bord, il y a ma femme, ma famille, mes amis.

Même si je sais très bien que cela ne sert à rien, ce midi je n'ai pas pu m'empêcher d'aller jusqu'à la poste. J'y ai trouvé deux lettres de toi : une du 12 mars et une autre du 20. Elles ne m'ont pas soulagé ! Tu continues à avoir de vilaines idées. Si vilaines que j'ai du mal à me réjouir de la seule bonne nouvelle du moment : Gianni part pour la Belgique. Ça me paraissait impossible et pourtant demain il sera de retour chez lui. Moi-même, je ne sais pas quoi choisir entre sauter de joie ou pleurer ; je ne peux m'empêcher de penser au jour où ça sera mon tour. Seulement voilà, moi, il faut encore que j'attende. Ce mot finit par me devenir insupportable. Voilà déjà un bon moment que j'attends.

Gradisca, mardi 13 avril 1943

Depuis cette histoire de bombardements de Paris, je suis inquiet car toujours sans nouvelles de toi. Je me suis tellement évadé dans le travail que j'en ai fini plus vite que prévu avec mon magasin. Et c'est presque regrettable : ils me renvoient là-haut ! J'ai ordre d'accompagner les bleus en balade. Ce changement n'est pas fait pour me remonter. Au contraire. J'espère simplement qu'en arrivant là-bas, je vais trouver autre chose à faire pour m'occuper que de jouer les nounous. Et pour rien au monde je voudrais refaire la vie d'avant.

Une fois à Postumia, ordre nous est donné de rejoindre sans attendre le camp en montagne. Cet ordre est incompréhensible. Il est déjà tard et, avec les énergumènes qui sont avec moi, cela ne me dit rien qui vaille. Je retourne un an en arrière : le chemin que nous empruntons est le même. Les quelques murets de pierres délabrés traversant la forêt n'ont vu que leur teinte de mousse se verdir davantage. Seuls les visages qui m'accompagnent ont changé.

Comme je l'avais prévu, ça se traîne dans la file indienne. Moi, je n'en mène pas large, la nuit commence à pointer du nez et d'après mes souvenirs, le camp est encore loin. Là, entre chien et loup, j'arrive encore à me repérer, mais pour combien de temps ? Si on continue à cette allure, j'ai bien peur que dans une heure nous soyons bel et bien prisonniers de l'obscurité.

Mais parfois la providence…

À la croisée d'un chemin, à quelques centaines de mètres en amont, je reconnais une ferme. Celle-là même où nous nous étions réfugiés un an plus tôt. Le moral remonte en flèche et, dans un sursaut d'énergie, nous voilà à accélérer la foulée.

Dans la cour de la ferme, les gars sont au bord de l'apoplexie. Je n'ai pas le temps de toquer à la porte qu'elle s'ouvre. C'est le vieil homme de la tempête.

Nos regards se croisent et se reconnaissent.

Il nous fait entrer et dit quelque chose d'incompréhensible à sa femme qui est tout à son balayage. Le même cirque pour se faire comprendre recommence. « *Va bene ! Va bene !* » nous répète-t-il tandis que sa femme sans un mot et d'un pas silencieux se dirige vers un buffet. Elle en sort une bouteille de vin et des verres. Sans plus de mots et sans le moindre regard, elle nous sert à boire. Le verre haut, nous la remercions. À son hochement de tête et son demi-sourire, je suppose qu'elle a compris.

Les gars le finissent d'une traite. Ils n'ont qu'une seule hâte, aller dormir. Moi, je suis bien trop préoccupé pour trouver le sommeil. Alors, dans la limite de mes acquis linguistiques, je fais comprendre que j'aimerais rester un peu pour t'écrire. Le vieil homme n'a que « *Va bene ! Va bene !* » à la bouche. Sa femme, elle, me répond d'un sourire. Un de ces sourires bienveillants qui éclipsent les yeux.

De temps en temps, je la surprends à jeter des coups d'œil sur ce que j'écris. Et plus j'écris, plus elle semble impressionnée. À force de gestes, de sourires et de mimiques, elle me fait comprendre que j'écris bien vite et se demande pourquoi une si longue lettre puisque je suis marié. Alors je lui parle de toi, du bombardement. Elle, elle me montre un portrait de son fils qu'ils ont envoyé se battre au nord et dont elle n'a plus de nouvelles. On s'apitoie sur notre sort, on maudit cette guerre puis on se réconforte. Tout ça dans un charabia épouvantable. Seul le carillon de la pendule, qui sonne minuit, met fin à notre complainte.

Au-dehors, la nuit noire m'enveloppe et dans cette obscurité silencieuse, seul le sommeil du soldat s'échappe de la charpente fatiguée de la grange. Je me faufile sans bruit dans l'entrebâillement de la lourde porte. Là, les quelques rayons de lune parviennent à m'indiquer un carré de paille où m'allonger.

Je sors ta photo, je craque une allumette. Je serre les dents. Pourvu qu'il ne te soit rien arrivé…

Gradisca, mardi 20 avril 1943

Après ces jours de marche en montagne, je prie de toute mon âme pour trouver des nouvelles de toi. Mais rien ! Plus de quinze jours que Paris a été bombardée. Malgré toute ma volonté, je ne respire plus, un tas de pensées ne cessent de m'assaillir jour et nuit depuis.

« Et si ? »

Des pensées qui me font peur, complètement idiotes certes, mais tellement cruelles. Et cette attente qui n'en finit pas ! Pourtant, si Gianni est parti, il n'y a pas de raison que, pour moi, ça ne soit pas la même chose. Je compte encore un bon mois et je devrais en avoir terminé une fois pour toutes avec toutes mes démarches. Il me suffirait de trouver la patience nécessaire pour ne pas être si tourmenté. Au fond de moi-même, je sais que toute cette anxiété disparaîtra pour faire place à la joie la plus belle lorsque mon rêve se réalisera : quitter cet endroit pour te rejoindre. Et si jamais cela ne se faisait pas, je me demande si je ne regagnerais pas Paris coûte que coûte ! Fini le coup de la carotte qu'on m'agite sous le nez. Terminé, c'est la dernière fois qu'on me trimbale.

La seule éclaircie de cette semaine est que j'ai reçu un mot de Fausto. Entre les lignes noircies par la censure il ne dit pas grand-chose, à part qu'il se trouve toujours bien mais il se plaint du courrier. Je le connais, le Fausto, ça m'étonnerait qu'il se trouve « bien », comme il dit. Ce ne sont que des balivernes, je le sais. Malgré tout, ces quelques mots aseptisés valent mieux que le silence et je suis content de le lire, je commençais à être inquiet. Il y en a un autre pour lequel je donnerais beaucoup pour avoir des nouvelles : c'est Coco. Personne ne sait rien, mais j'imagine combien il doit souhaiter, lui aussi, la fin de tout ça.

Oh, mais ce jour viendra ! Tout a une fin, tout ! Et nous retrouverons le chemin de nos vies et nous pourrons jouir de ce bonheur auquel nous avons droit.

Gradisca, samedi 24 avril 1943

Mon Amour,

Finalement j'ai reçu cette photo ! Hier au soir juste avant de sortir, Stalo m'a apporté une lettre recommandée et quand j'ai senti qu'il y avait quelque chose dedans, je ne savais plus quoi dire tellement j'étais content ! Mais vilaine, sans boucle d'oreille, hein ?! Et puis pas peignée comme je veux ! Mais tu es belle quand même, tu me plais et je t'aime, voilà ! Ensuite ta lettre m'a apporté une autre nouvelle que j'attendais, car je vois qu'elle est datée du 16 avril et comme le bombardement a eu lieu le 4 et que tu ne me parles de rien, c'est que tout va bien.

Ce matin, j'ai reçu de toi une lettre du 8, déjà le jour d'avant, j'ai été très déçu de ne rien recevoir et en lisant cette lettre, tout d'abord je vois que tu es triste ! Et ensuite tu me dis m'avoir laissé deux jours, comme ça, sans m'écrire, sans raison eh bien je t'assure que ça ne m'a pas fait plaisir. Mais heureusement que ta photo est venue tout arranger ou sinon tu aurais vu quelle méchante lettre je t'aurais écrite ! Tu sais ta photo, bien qu'elle ne soit pas comme je veux, hier au soir elle m'a tenu éveillé jusqu'à minuit et ce matin à peine j'ai ouvert les yeux, j'ai tout de suite cherché dans mes poches et, sous la couverture, pour ne pas me faire voir, je t'ai embrassée. Maintenant je t'écris et je l'ai devant moi. Tu ne me souris même pas ! Mais tu es belle Mouky et quand je la regarde longuement, j'ai envie de la couvrir de baisers ! Quand je la fixe, il me semble que tu vas sortir de ce petit bout de carton. J'ai envie de la serrer contre moi fort, c'est comme instinctif, je me retiens de ne pas faire ce geste avec mes bras ! Mais mon Aimée, il ne faut pas que ton impatience te rende triste, pour moi aussi tu le sais ces dimanches sont exténuants avec leur interminable lenteur. Et puis maintenant il ne doit plus y en avoir pour très longtemps car voilà presque un mois et demi que j'ai commencé les démarches pour passeport et visa. Oh je sais bien Chérie que pour toi aussi de m'attendre comme ça de jour en jour sans savoir rien de précis, tu dois être mise à dure épreuve, mais tu verras mon Amour bientôt j'arriverai.

Dans ta lettre je vois que tu m'attendais pour Pâques mon Chéri, mais ton Lino, Pâques, il le passera à la caserne. D'ailleurs pour moi ce sera un jour comme les autres, voilà tout, parce que je suis loin de toi ; mais le jour où je te reverrai, eh bien il n'y aura pas de fête plus belle pour moi que celle-là !

Dans ma dernière lettre, je te disais que pour la première quinzaine de mai je devrais être en possession de tous mes papiers et enfin pouvoir partir et je ne crois pas me tromper.

Tu sais, je m'arrête de t'écrire pour te regarder (j'ai mis le tampon-buvard derrière ta photo comme ça, elle est debout devant moi) et j'ai une envie folle de t'embrasser, Mouky ! Mon Amour, maintenant il faut que je te quitte. Je t'aime Mouky et bientôt peut-être je pourrai te le dire en te serrant dans mes bras.

Ton Lino

Je suis encore tout à tes yeux quand un soldat vient me chercher.

— Vous êtes prié de vous rendre au commando sur-le-champ.

Je me lève en maugréant. Je ne supporte pas d'être dérangé quand je suis en conversation avec toi. J'espère que cette fois c'est la bonne. Que je ne m'y trompe pas ! Et qu'ils ne m'annoncent surtout pas que je dois remonter en campagne, j'en ai assez soupé des cailloux de Postumia !

À peine ai-je poussé la porte des bureaux que Piatelli me saute dessus.

— Ah Ventura, vous voilà enfin ! J'ai d'excellentes nouvelles ! Pour votre passeport, plus besoin du visa de la commission de Turin !

Je suis interloqué. Lui me regarde circonspect.

— Eh bien, Ventura ? Vous m'avez entendu ?

— Oui, mon commandant, mais… Et Vichy alors ? dis-je, un tant soit peu déstabilisé.

— Plus besoin non plus ! Plus besoin de rien, vous dis-je ! Tout est en ordre, vous pouvez dès à présent vous rendre à Paris.

Je manque de vaciller. « Vous pouvez dès à présent vous rendre à Paris. » Il se fiche de moi. Il me dit que non.

— Depuis que les Allemands ont pris le contrôle de la France libre et que nous, nous avons poussé jusqu'à Nice, reprend-il, le cafouillage de l'administratif français a visiblement cédé la place à la rigueur allemande et au laisser-aller italien. Alors maintenant que vous avez votre passeport et l'aval des autorités, plus rien ne peut vous arrêter.

Je ne sais que dire. J'ai besoin de m'asseoir, je crois.

De retour dans mes quartiers, tout autour de moi n'est plus que murs éphémères.

Je ne rêve plus. Je vais revoir Paris. Je vais te revoir.

Et en te retrouvant toi, c'est ma vie que je retrouve.

XXVI

Gradisca, lundi 26 avril 1943

L'heure a sonné. Je pars !

J'ai plié mes dernières affaires, tout rendu à l'intendance. J'ai troqué mes vêtements de laine contre mes vêtements de ville. Et c'est un incommensurable plaisir, comme l'impression de m'être rapproprié, d'avoir retrouvé mon vrai moi.

Je suis sur le point de quitter mon baraquement quand je vois Stalo venir à ma rencontre.

— Je venais te souhaiter bon voyage.

— C'est gentil ça, je te remercie.

— Et puis pense à donner des nouvelles !

Une dernière accolade, puis il fait demi-tour. Les mains dans les poches, il s'éloigne. Je le siffle.

— Eh, l'Animal !

Il s'arrête net et se retourne.

— *Vinceremo*, l'ami !

J'accélère le pas vers la sortie. Dans l'euphorie qui m'anime, je repense à chaque recoin de cette caserne qui a entendu mes plaintes et ma tristesse. Je les quitte ici avec l'exaltation d'un formidable « Adieu ! ».

Cela fait plus d'un an que je me dessine le moment de notre revoir et jamais je n'en ai été aussi près. Je t'imagine, toi, ma Grosse Boule, ma Mouky, mon Aimée, m'attendant gare de Lyon parmi une foule de gens pressés… « Nous », de nouveau ensemble !

Mais je ne veux pas me figurer ce « nous », même si je le sais inaltérable au brouillard du temps. Non, je ne veux pas ! Pas entièrement. Pas tout de suite.

En passant la grille et son impassible sentinelle, je ne peux m'empêcher de penser :

« Devrai-je seulement revenir ? »

Parme, mardi 27 avril 1943

À peine sorti de la gare, j'entends le carillon du Duomo sonner trois heures.

Première chose à faire : retrouver Maman pour lui annoncer la bonne nouvelle.

Arrivé en haut de l'escalier du Borgo Fiore, j'ai beau toquer et appeler, personne ne répond. Je plaque mon oreille contre la porte. Pas le moindre bruit, ne serait-ce que la course d'une souris sur le plancher.

J'étais pourtant persuadé qu'elle serait chez elle à cette heure-ci. L'idée qu'elle soit à Busseto me traverse l'esprit. La barbe ! Je ferai l'aller-retour s'il le faut, je dois la trouver coûte que coûte. Je ne peux pas partir pour Paris sans l'avoir vue, sans même l'avoir embrassée.

Je fais demi-tour pour me rendre à son travail.

Là aussi, je trouve porte close. Le nez collé à la vitre, j'aperçois la silhouette d'un homme affalé sur un coin de banquette.

Je tambourine à la porte. Rien n'y fait. Je redouble de vigueur tant et si bien que l'écriteau « *Chuiso* » vacille à tomber. L'ombre se lève enfin. Mollement. Les cheveux en pagaille, les yeux gonflés, la joue droite marquée par les plis du sommeil, il m'ouvre.

— Vous ne savez pas lire !?! C'est fermé ! grogne-t-il d'une voix pâteuse.

— Je vous prie de m'excuser, mais je suis à la recherche de ma mère.

— C'est quoi cette question ? C'est qui votre mère, d'abord ?

— Louisa Ventura. Vous devez sûrement la connaître ! Elle travaille ici.

À ce nom, je vois l'ombre disparaître de son front.

— Louisa, oui, bien sûr ! Mais voilà près de trois semaines qu'elle ne vient plus. Elle m'a d'ailleurs mis dans une sacrée panade. Et d'après ce que je sais, elle serait à l'hôpital.

Cette nouvelle me fait l'effet d'un uppercut. Ma mère hospitalisée, c'est une mauvaise plaisanterie !

— À l'hôpital, vous dites, mais lequel et pourquoi ?

— L'hôpital Maggiore, je crois. Pour le reste, je suis *barista*, pas médecin.

Complètement sonné, je l'abandonne. Je suis déjà ailleurs. Quinze jours au moins que ma mère est souffrante et personne, pas même mes oncles, n'a pris la peine de me prévenir. Une colère sourde monte en moi.

Je suis transporté tel un fantôme vers cet hôpital de malheur. Hagard, je me mets à parler tout seul. Je maudis une fois de plus Dieu et tous ses saints qui ajoutent une nouvelle pierre à l'édifice de mes tourments. Et plus je me rapproche, plus mes beaux mirages de bonheur s'évanouissent.

J'y étais presque pourtant !

À l'hôpital, une file d'attente interminable s'étire jusqu'à l'accueil. À croire que tout Parme est tombé malade. Je parviens à remonter peu à peu cette morne colonne jusqu'à la secrétaire.

Là, la coiffe blanche lève à peine les yeux sur moi.

— C'est pour quoi ?

— Je viens voir ma mère, Louisa Ventura. On m'a dit qu'elle était entrée ici il y a deux semaines environ, peut-être plus, dis-je, nerveux.

— Et pour quelle raison est-elle ici ? dit-elle, blasée, rompue à ce genre d'exercice.

— Je n'en sais rien, je viens d'arriver en permission.

Mon air abattu semble la désarmer.

— Bien. Nous allons voir ça, dit-elle en attrapant un registre avec un regain de vigueur insoupçonnée.

Mais à la voir parcourir au ralenti les noms de la lettre V, je m'impatiente. Mes doigts s'agitent nerveusement sur le rebord du comptoir, mes palpitations cardiaques s'accélèrent. Je ne peux m'empêcher de déchiffrer l'envers de chaque nom.

J'y vois celui de ma mère ! Une crampe me prend aux tripes. Je vais pour lui arracher le registre des mains quand son doigt s'arrête.

— Voilà ! Mme Ventura Louisa. Oui… En effet elle est encore chez nous, elle est entrée ici le 16 avril en pneumologie. Vous la trouverez en salle 3, dans l'aile nord. Tout droit au fond du couloir puis à gauche. Là, ils vous diront.

Je n'en attends pas plus. Il ne manquerait plus qu'on m'empêche de voir ma propre mère.

Devant la salle 3, une infirmière à son bureau m'accueille avec un sourire bienveillant. Je la questionne.

Elle me rassure. Un peu. « Une infection pulmonaire prise à temps, fort heureusement. »

Malgré tout, elle hésite à m'emmener à son chevet. Son état est maintenant stable, mais elle est encore très faible. J'insiste. Face à mon accablement, elle abdique et me demande de la suivre.

En entrant dans la salle, une forte odeur de camphre me prend au nez. Une douzaine de lits encadrés par des cloisons de tissu blanc sont alignés de part et d'autre d'une allée centrale où s'affairent trois infirmières autour d'une table de soins.

— C'est ici, me dit-elle.

Elle m'accorde quelques minutes. En passant le rideau de lin, un éclair me traverse le cœur. La vue de ma mère sur ce lit d'hôpital, le visage pâle, les yeux clos, amaigrie un peu plus encore, me ramène neuf ans en arrière. Je me prends de plein fouet le souvenir de Lariboisière où, durant le printemps 1934, la pleurésie s'était emparée d'elle. Je me rendais à son chevet tous les jours sans savoir si elle allait en sortir vivante. J'avais tellement eu peur de la perdre.

Je m'approche doucement et m'assieds sur le bord du lit. Elle n'a pas bougé. Je prends sa main inerte et une larme jaillit sans que je ne puisse rien contrôler.

— Linetto, tu es là ? demande-t-elle d'une voix blanche.

— Oui, Mamma…

Je sens sa main reprendre vie dans la mienne. Je la serre un peu plus et l'embrasse.

— Je ne peux pas me mettre en colère ici, mais si tu savais toute la rage que j'ai à cette heure. Pourquoi personne ne m'a prévenu ? Pourquoi ne vois-je personne à ton chevet ? Que fait Paride ? Et Emilio ?…

— Mais cesse donc de t'agiter comme ça, Linetto. Si tu n'es au courant de rien, c'est parce que j'ai interdit à quiconque de te prévenir. Je ne voulais pas que tu t'inquiètes. Et n'en veux surtout pas à Paride ni aux autres, car c'est moi qui leur ai dit de ne pas venir. Je n'avais pas envie de les voir défiler pour s'apitoyer sur mon sort. Non merci ! Et puis on s'occupe très bien de moi ici.

Je n'ai pas le temps de répondre qu'un médecin fait irruption. Il a à peine franchi le rideau que je suis déjà accroché à son stéthoscope.

Je demande tout ce qu'il est possible de demander à un médecin. Mais comme tout homme de sa profession, il ne sait jouer qu'avec les mots savants.

Je finis par perdre patience.

— Cela vous ennuierait de m'expliquer clai-re-ment !

— Eh bien… Pour nous prononcer, nous attendons les résultats des analyses complémentaires, dit-il d'un air supérieur.

— Si je comprends bien, vous ne savez rien ! m'exclamé-je, fou de colère.

— Linetto, s'il te plaît !

— Pardon, Mamma. Mais cela fait bientôt trois semaines que tu es ici et il n'y a personne ici qui soit fichu de me dire ce que tu as !

— Cher monsieur, sachez que nous faisons de notre mieux et que votre mère a toute notre attention, dit-il, opiniâtre. Maintenant, si vous voulez bien…

Il me contourne pour examiner ma mère.

Après deux trois palpations, une prise de médicaments douteux et un sourire hypocrite, il s'en va.

Il n'est pas parti depuis cinq minutes que l'infirmière vient me chercher pour me demander gentiment de me retirer.

Dans le couloir, je trouve de quoi m'asseoir. J'ai besoin de réfléchir. La tête entre les mains, je reste là avec mes questions. Comment lui annoncer mon départ ? Comment trouver les mots ? Le pourrai-je seulement ?

Parme, lundi 3 mai 1943

Mon Amour !

Je ne sais pas très bien ce que je pourrais te dire dans ma lettre Chérie, mais tu sais, je n'ai pas très bien la tête en place, je t'assure.

À l'instant je reviens de voir Maman. J'y vais matin et après-midi et je passe le restant de la journée à courir à droite à gauche pour éviter de lui faire payer le loyer, lui faire avoir un peu d'argent, enfin toutes ces démarches qui demandent des heures d'attente à chaque endroit.

Maman est toujours au même point et on ne peut pas savoir ce qu'elle a exactement. Demain, on va lui faire une radio et peut-être qu'on saura me dire quelque chose. Depuis le 16 avril, elle est à l'hôpital et je n'en savais rien ! Et pour moi d'aller la voir, c'est un vrai martyre, je donnerais tout plutôt que de voir ma mère comme ça !

Heureusement que j'avais mis un peu d'argent de côté pour m'acheter quelques affaires avant de partir car comme ça, j'ai pu le lui donner. Je me demande vraiment ce qu'elle a bien pu faire pour mériter une vie pareille ! Je t'assure que moi aussi pour cette permission je suis servi !

Mon Amour, comme je te voudrais près de moi ! Au moins si je t'avais à mes côtés, eh bien ça me serait bien plus facile de supporter tout ça.

Déjà avant mes permissions n'étaient pas bien folichonnes, mais celle-ci sert de couronnement ! Je n'ai même pas une personne avec qui passer un moment. Si au moins Bruno était à la maison, j'aurais un ami. Et puis je vois bien que Maman est sans doute bien plus peinée que moi de s'être fait trouver comme ça.

Je voudrais rester toute la journée près d'elle, mais je ne peux pas, ça m'est impossible. Au bout d'une heure ou deux, il faut que je la quitte et si je pouvais, je n'irais même pas la voir. Tu ne comprendras sans doute pas Mouky, mais je ne peux pas supporter la vue de ma mère dans un hôpital. Je te jure que si j'avais les moyens, elle n'y aurait même pas mis les pieds !

Je sais que ces nouvelles te rendront bien triste, Chérie, mais pense aussi que bientôt je serai près de toi.

Au revoir mon Aimée,

Ton Lino

Parme, mardi 4 mai 1943

Maman voit bien que quelque chose ne tourne pas rond. Une semaine maintenant que j'esquive chaque fois qu'elle cherche à savoir. Mais aujourd'hui, la nuit sans sommeil se lit sur mon visage plus que de raison.

— Bon sang, Linetto ! Maintenant, ça suffit, s'il est arrivé malheur, tu dois me le dire !

— Non Mamma, qu'est-ce que tu vas penser là ? Non !

— Alors, quoi ?!

— Eh bien…

Ces derniers mots la font se redresser à angle droit.

— Cette permission Mamma, je l'avais obtenue pour aller à Paris.

— Et tu peux me dire ce que tu fais encore ici ? Moi qui pensais que tu me cachais une mauvaise nouvelle ! explose-t-elle à la fois furieuse et soulagée.

— Mais Mamma, si je suis resté, c'est pour toi ! Je ne peux pas te laisser comme ça, j'attendrais que tu ailles mieux pour partir.

— Et si ce mieux n'était que dans dix jours ou même dans un mois, que sais-je encore ? Je n'ai pas besoin d'être veillée comme si j'allais mourir !

— Mamma, ne parle pas comme ça.

— Je parle comme je veux et je te le dis : ne te préoccupe pas de moi ! Ta place est auprès de ta femme ! Tu sais combien j'ai souffert de l'absence de ton père...

— Oui, je sais... Mais Mamma...

— Il n'y a pas de *mais* qui tienne ! Je te jure mon fils que si je me lève, c'est à coups de pied dans le derrière que je vais te faire aller à Paris !

— Mamma... Je referai une demande, je leur expliquerai la situation, ils m'accorderont une autre permission.

— Et s'il n'y avait pas d'autres occasions ? La chance, parce que c'est une chance, elle ne se présente pas deux fois, alors tu vas me faire le plaisir de prendre le prochain train pour Paris et rejoindre ta femme, tu m'entends ?

J'acquiesce en silence. Je sais qu'elle a raison.

— Bien. Voilà qui est bien. Maintenant, embrasse-moi !

J'ai le cœur qui se resserre de devoir la laisser et pourtant le moment est venu de se dire au revoir.

Parme, vendredi 7 mai 1943

Après une nuit marquée par la confusion des sentiments, je me lève avec le cœur en point d'interrogation. Étrangement, j'ai retrouvé cette sensation que j'espérais ne plus jamais retrouver : agir comme un automate. Alors pour me redonner un peu de force, je ne cesse de me remémorer les paroles que m'a dites Maman hier. Mais après m'être passé de l'eau sur le visage, je croise mon image dans le miroir. Dans cet instant suspendu face à moi-même, les yeux rivés sur mon âme, je me décide pour de bon cette fois : je pars !

Dans le hall déserté de la gare, un guichet est ouvert. Je fonce.

— À quelle heure est le prochain train pour Paris ?

Il émet un long sifflement, trouvant manifestement la demande peu ordinaire.

— Paris ? Pour ça, je ne peux pas vous répondre…

— Comment ça ?

— Tout ce qui concerne l'étranger, c'est mon chef qui s'en occupe.

— Eh bien allez le chercher, dis-je en essayant de ne pas m'impatienter.

— Avant de le déranger, si ça ne vous ennuie pas, on va déjà vérifier vos papiers, dit-il en me tendant une main molle.

Je ne me le fais pas dire deux fois et lui donne le paquet complet. Il se met à examiner chaque document sous toutes les coutures avec la minutie d'un orfèvre. Une fois, deux fois, cinq fois ! Je ne sais pas à quoi il s'amuse, mais c'est à croire qu'il le fait exprès. « Ne le chauffe pas plus Lino, me dis-je, sinon il va allonger l'espace-temps celui-là ! »

— C'est bon ! finit-il par dire. Attendez là, je vais voir quelles sont les directives.

Il disparaît en emportant tous mes papiers. Je n'aime pas ça. Les minutes passent et elles sont longues.

Bon sang de bon sang ! Pourquoi met-il autant de temps !

J'ai fait le tour de tous les scénarios quand je le vois enfin réapparaître.

— C'est bon. Tout est en règle. Vous allez donc prendre le prochain train pour Milan. De Milan vous prendrez la correspondance pour Turin. Puis à Turin vous devrez prendre celle pour Modane et pour finir Lyon. Une fois là-bas, il faudra faire viser vos papiers auprès des autorités avant de pouvoir acheter votre billet pour Paris.

Il me rend mes papiers et me donne les quatre billets qu'il a estampillés de l'effigie du Duce. En les prenant en main, c'est à peine si j'y crois. Toujours est-il que c'est bien réel cette fois : je rentre chez nous !

Ça démarre. Et dans ce train qui m'emmène vers toi, il y a des gens sages aux visages las. Il y a le soleil de mai et les nuages de coton. Il y a les champs de blé dansant et les maïs en rangs. Il y a les passages à niveau et des âmes qui saluent. Il y a les cerisiers rougeoyants et les oliveraies en fleur. Il y a des ponts qui crissent et des rivières de diamant. Il y a des bêtes qui ruminent et des chevaux qui triment. Il y a le cri strident de la locomotive et les arrêts en gare.

Puis il y a Milan et la nuit… Le jour et Turin… Il y a les gens qui montent et ceux qui descendent. Il y a les embrassades des retrouvailles et les adieux des amoureux. Et ça siffle et ça redémarre. Il y a le temps qui file et dimanche qui défile. Ça roule.

Au petit matin, dans l'horizon bleu cobalt se dressent maintenant les glaciers de Savoie. Mon cœur fait un bond. Bientôt, tout bientôt, je serai dans tes bras.

XXVII

Lyon, lundi 10 mai 1943

« Lyon, tout le monde descend. » L'annonce me fait sursauter. J'ai dû piquer un sacré somme, la dernière image dont je me souvienne, c'est le panneau « Chambéry ». Le temps de rassembler mes esprits, je me retrouve sur un quai grouillant de soldats et de gens pressés.

Après avoir fait la queue plus d'une heure pour atteindre un guichet, je tiens enfin mon ticket gagnant : « Place entière réservée – Destination Paris – Train n° 109 du 10 mai – 2de Classe – Voit. N° 7 – Compartiment 3 ». Seulement, il va me falloir attendre demain matin. Le dernier train a été annulé et je suis bon pour passer la nuit dans la salle des voyageurs. En passant devant le buffet de la gare, j'hésite. Si je pouvais avaler un morceau, je ne dirais pas non. Le saucisson de Stalo et mes deux pommes n'ont pas fait long feu. Je me décide à pousser la porte. Je jette un coup d'œil circulaire à la salle. Les gens attablés là sont fermés à double tour. Pas franchement engageant.

Au comptoir, je demande si je peux avoir à manger. Je me fais envoyer bouler. Pour prétendre à un casse-croûte, il faut les tickets de pain correspondants. Je ne les ai pas.

Je tente l'explication. Le gars ne veut rien entendre. Pire encore : mon histoire le conforte ! En douce, il me glisse que ça lui ferait mal d'être aimable avec un Macaroni. Et voilà, c'est reparti !

— Vous, les Ritals, ça ne vous a pas suffi d'être venus manger le pain des Français, il a fallu que vous alliez lécher les bottes aux boches ! Ici on ne sert pas les gens comme vous !

Avec sa tête à claques triomphante et le portrait du Maréchal dans ma ligne de mire, le silence est de mise. Insister ne servirait à rien. Il ne me reste plus qu'à prendre ma valise et m'en aller trouver un coin pour attendre demain.

Après une nuit sans sommeil, je me présente au point de contrôle. Pour Paris, pas beaucoup d'amateurs. Et forcément un Italien au français parfait, en route pour la capitale, ça soulève des doutes. L'un des cerbères tique et me voilà bon pour une nouvelle vérification. Les képis sont nerveux. Moi aussi. Avec leur flair de chien de salon, ils vont finir par me faire rater mon train. Seulement voilà : tout est en règle. Alors, presque comme à regret, ils me laissent aller.

J'ai à peine grimpé sur le marchepied que retentit le sifflement du départ. Mon cœur bat son plein. Les portes claquent, le train s'ébranle.

Dans mon compartiment, un couple avec un jeune garçon qui a bien du mal à rester en place. En face, un homme aux alentours de la soixantaine est plongé dans son *Je suis partout.* À ses côtés une femme aussi raide que laide. Si nous n'étions pas en guerre, j'aurais parié sur une rouquine sortie tout droit du fin fond du Sussex. Elle fixe d'une moue détestable l'enfant qui s'amuse maintenant à

Tarzan avec les rideaux. Je salue poliment. En guise de réponse : un vague lever de menton. J'aurais dû m'en douter. Comment ai-je pu oublier ? Personne ne se dit plus bonjour. Je range ma valise et mon pardessus dans le filet à bagages et prends place près de la fenêtre.

Passé Macon, l'enfant a fini par s'assoupir, les parents aussi. L'aigrie, elle, n'a pas bougé d'une ride, seules ses paupières se sont laissées aller à se fermer. Même l'homme au journal a fini par piquer du nez. Dans mon coin, le front collé à la vitre, bercé par le carrousel des verts paysages, des idées bien trop joyeuses m'animent pour que je les laisse s'endormir.

Chalon… Chagny… Beaune… Dijon… Joigny… Sens… Montereau… Melun…

Aux abords de Villeneuve-Saint-Georges, ma gorge se resserre. Peu à peu, la campagne fait place aux petits pavillons et aux modestes immeubles. C'est à peine si j'y crois. Un an, deux mois et deux jours que je n'ai pas mis les pieds à Paris. Et tandis que le train ralentit sa course, mon cœur s'accélère. Huit mois et huit jours que je ne t'ai plus vue, sentie, respirée, aimée…

« Paris, Terminus !… » annonce le chef de train.

Je retiens mon souffle. Ces deux mots, je les ai tant rêvés.

Et voilà nous y sommes : nous rentrons dans Paris par Charenton.

Les aiguillages se font et se défont et nous, voyageurs à l'unisson, nous tanguons en cadence. Les essieux couinent et la locomotive siffle l'arrivée. Nous pénétrons alors au ralenti sous la grande arche de fer et de verre. Plus que quelques mètres et nous serons à l'arrêt complet. J'aurais bien sauté sur le quai, mais les fridolins nous attendent mitraillette au poing. Ça calme tristement mon ardeur.

Au bout du quai, un nouveau comité d'accueil nous attend. Ils sont au grand complet. Les miliciens se sont invités au bal. Jusque-là, je n'en avais qu'une image de journal. Ils me paraissent encore plus terrifiants que les autres. Leur regard vide en dit long sur leur pauvreté d'esprit et pourtant, leur uniforme leur accordant les pleins pouvoirs, ils se permettent de scruter chaque visage avec dédain. Et pendant qu'eux cherchent une proie, ces messieurs de la police s'occupent de la fouille. En retrait, deux hyènes de la Gestapo parachèvent le tableau. Devant cette belle réunion de famille, nous nous exécutons sans montrer le moindre signe de mécontentement. Il y a bien une chose que nous avons apprise avec ces gens-là : ne rien laisser paraître. Ni sentiment ni émotion. Et encore moins la peur.

C'est à mon tour. Je présente mes papiers à un des miliciens tandis que le représentant de l'ordre inspecte chaque recoin de mon bagage, décortique chaque pli du moindre vêtement. Moi, j'attends. Parfois il me jette un regard oblique qui suppose. Malheureusement pour lui, il n'a rien à se mettre sous la dent.

— Rien à signaler ! lance-t-il vexé au milicien qui, lui, est toujours à tenter de décrypter ma liasse de documents.

Tout dans son attitude laisse entrevoir qu'il n'y comprend rien. Entre mon passeport italien, le visa allemand, ton certificat de santé, le courrier du consulat, mes billets de train, deux lettres de toi et une photo égarée, il y a de quoi y perdre ses sens. Surtout quand, comme lui, on ne maîtrise ni l'allemand ni l'italien, sans parler du français.

— Vous pouvez m'expliquer ? finit-il par lâcher, méprisant.

Alors je lui explique calmement, lui faisant remarquer qu'autant de paperasse pour une simple permission répond point par point aux exigences imposées par ses maîtres. Mais à quoi bon… À sa tête, je vois bien qu'il ne se fait pas à l'idée qu'un Italien soit non seulement marié à une Française, mais qu'en plus il soit en permission à Paris ; ça hérisse son poil de collabo.

— Vous n'êtes pas censé vous battre contre les bolcheviks, vous ? me lance-t-il, dédaigneux.

— Je vous l'ai dit, monsieur, je ne fais pas partie des territoriaux. J'ai ma carte de séjour française depuis plus de dix ans. Je suis marié depuis le 8 janvier 1942. Et présentement je suis un simple appelé en permission venu voir sa femme.

— Oui, bon, circulez ! dit-il, excédé d'avoir à abandonner.

Et tandis qu'il scrute déjà le suivant d'une moue suspicieuse, il me rend mes papiers.

Après avoir traversé le grand hall, je me retrouve sur l'esplanade où je m'attarde un instant. Je suis de retour à Paris ! Mon regard s'égare par-dessus les toits et de te savoir maintenant à quelques minutes de moi me donne de sacrés frissons.

En descendant les escaliers du métropolitain, je regarde ma montre : dix-sept heures quinze. Et même si je suis fébrile à l'idée d'être en retard, jusqu'ici tout va bien : je devrais arriver à Saint-Honoré juste à temps avant que tu ne baisses le rideau.

Je m'empresse d'accéder au quai en direction du pont de Neuilly. Mon ticket est poinçonné en bonne et due forme par l'homme à casquette bleu nuit quand une rame arrive.

Six stations me séparent maintenant de tes bras. La joie qui m'habite contraste avec la morosité ambiante. Tête baissée, la mine creuse, le regard absent, le Parisien fait peine à voir. Mais je refuse de me laisser accabler ici par toute cette tristesse et rien ne viendra gâcher notre revoir tant espéré.

Arrivé à Concorde, je descends. Les bannières nazies flottent toujours au-dessus de nos têtes. Devant le Crillon, soldats et souris grises pullulent plus que de raison. Autour de l'obélisque de Louxor, des képis bien de chez nous font circuler à coups de sifflet des dizaines et des dizaines de vélos qui sillonnent la place tous azimuts. Sur les trottoirs, les gens se croisent et les regards s'évitent.

Décidément, Paris porte bien son surnom : « La ville sans regard. »

Le vert-de-gris a réussi son coup : la peur domine les hommes.

Moribonde, Paris est à genoux. Pas moi. Je ne suis pas arrivé jusqu'ici pour me laisser intimider. Cela dit, je ne m'attarde pas pour autant. Après avoir remonté la rue de Rivoli sur quelques mètres, je bifurque dans la rue du Mont-Thabor pour gagner la rue Cambon. Arrivé au pas de charge à l'angle de la rue Saint-Honoré, je m'arrête net. Cloué sur place. Coiffé au poteau.

Tu es là. De l'autre côté de la rue. À quelques mètres de moi à peine. Tu ne m'as pas vu. Pas encore. Le cœur à dix mille battements par seconde, je te suis des yeux.

Dieu que tu es belle !

Ta robe à fleurs qui danse au vent léger me fait tourner la tête. Tes jambes sans fin, l'ondulation de tes hanches, l'esquisse de tes seins. Et ta boucle… Toujours cette boucle qui caresse ta nuque de porcelaine. Ce moment, fruit de mes désirs, film de mes pensées, je me le suis imaginé des centaines, des milliers de fois. J'en ai pleuré comme un gosse, parfois trop lâche, souvent trop amoureux peut-être. Mais me voici. Et je sens ce rêve prendre vie.

J'aimerais crier ton nom, mais j'en suis incapable. La respiration coupée, j'ai des sueurs froides. J'ai le trac, je crois.

Sans plus réfléchir, je m'élance à ta poursuite. Je n'ai pas le temps d'atteindre le trottoir d'en face que je manque de me faire renverser par un vélo-taxi. Le type s'agace sur son klaxon, il vocifère tout ce qu'il sait. Toujours planté au beau milieu de la chaussée, je lui crie des excuses, mais il est déjà loin. Je me retourne pour m'assurer que tu es toujours là. Te perdre de vue maintenant serait la quintessence du mauvais sort.

Mais non, tu es là, immobile, à me fixer de tes grands yeux bleus.

L'un comme l'autre, nous restons un instant interdits sans pouvoir faire le moindre mouvement.

Je te souris et j'ose enfin m'approcher. À chaque pas que je fais vers toi, je me délecte de sentir toute ma tristesse, toute mon amertume tomber en déliquescence. Le temps n'est plus. Je flotte. Je ne rêve pas. Je te tiens dans mes bras. J'ai le sentiment d'exister de nouveau.

Tu brises le silence pudique de nos retrouvailles.

— Mon Amour… Tu as réussi ! Quand es-tu arrivé ?

— À l'instant, dis-je tremblant d'émoi. Je ne saurais te dire tous les mots qui me passent par la tête.

— Tu es là, c'est tout ce qui m'importe ! Si tu savais comme je désespérais…

Nos mots sont imbibés de larmes, des larmes de joie.

Je resserre un peu plus mon étreinte et me plonge dans ta nuque. L'odeur de ta peau ! Cette odeur d'ambre qui m'a tant fait souffrir par son absence. Tous ces mois à me la figurer en allant à sa recherche dans les tréfonds de ma mémoire. Aujourd'hui, je la retrouve enfin et de nouveau je peux m'y abandonner jusqu'à l'ivresse.

Nous reprenons le chemin de nos habitudes, le cœur gonflé par un trop-plein de bonheur. Mais n'y en aura-t-il jamais assez pour rattraper le temps que nous nous sommes laissé voler ? Alors nous nous blottissons un peu plus l'un contre l'autre. Par peur de nous perdre une nouvelle fois, sans doute.

Avec l'insouciance propre aux amoureux, nous regagnons la rue Hamelin, enfin. Le Paris occupé, la guerre et le reste ont disparu de notre présent. Il n'y a que nous et rien d'autre.

Le bruit de la clé dans la serrure me donne le sourire. La gorge nouée, je retrouve les quelques affaires que j'avais laissées. Mes souvenirs sont intacts et mon bonheur entier. Qu'il est doux et violent tout à la fois, cet instant rêvé. Je t'ai, toi, dans notre chez-nous !

J'ai quelque peu de mal à croire en cette réalité ; comme si je m'attendais à ce que le destin puisse venir, là encore, me jouer un de ses sales tours. Mais non ! Je revis de t'avoir près moi.

Quand je pense que c'est moi qui suis parti. Que je t'ai quittée. Que je t'ai laissée seule ici, si longtemps… Qu'est-ce qui m'a pris ? Et dire que bientôt, bien trop tôt, je devrai repartir. C'est impossible ! Je ne veux plus jamais connaître la déchirure des mois passés. Et si je déserte, je risque le peloton. Eh bien, soit !

Accoudé à la rambarde de la fenêtre, je suis perdu dans mes idées folles, à fumer ma cigarette ; tu m'enlaces.

— À quoi penses-tu ?

Je ne peux te répondre. Pas tout de suite.

Dans mon esprit confus se mêlent les images de ces heures impossibles loin de toi. Je ressens de nouveau cette solitude qui me prend à la gorge tel un loup affamé. Je revois la caserne, j'entends les ordres ubuesques. Je repense à Stalo, Yvan, Francesco, et toutes ces âmes juvéniles sacrifiées au nom du sans-avenir. Je revis ces jours interminables à attendre un mot de toi. Tout ce temps inutile et perdu. Toutes ces nuits éloignées l'un de l'autre à se demander pourquoi. N'ont-elles pas suffi ? Comment m'imaginer devoir repartir ? Comment pourrais-je souffrir d'être séparé de toi une nouvelle fois ? Comment supporter d'avoir à te laisser seule dans cette ville sans merci ? Mille fois je me le suis demandé, mille fois « le pour et le contre » ont été posés. Mille fois le temps ne fut jamais assez long.

Je te serre un peu plus contre moi et dépose un baiser sur tes boucles de soie. Nous ne disons mot, nos regards seuls suffisent. Ils perçoivent en silence le ruissellement de nos cœurs amoureux.

Alors que je suis encore perdu dans mes réflexions, tu poses ta tête sur ma poitrine.

— Quand dois-tu rejoindre ton régiment ?

Ta voix qui tremble me crève le cœur et de sentir ainsi ta désespérance, c'en est trop.

Je me détache de toi juste assez pour prendre ton visage entre mes mains, te regarder au fond des yeux et me rendre à l'évidence. Je n'ai pas survécu à mon enfance pour voir mes rêves mourir au nom d'une guerre.

— Je ne repars pas, mon Amour. Je reste !

Lino avait donc fait son choix : risquer le peloton d'exécution. Non pas par péché d'orgueil, ni même par bravade, encore moins par héroïsme. Mais par amour.

« Je reste parce qu'il est inutile ce jour où je ne t'ai pas près de moi. »

Le moment de grâce de leurs retrouvailles passé, la réalité de l'état de guerre les rattrapa. La fin de la permission approchait à grands pas et il fallut organiser l'imminence de sa vie de « hors-la-loi » dans une ville privée de tout. Désormais leur amour, après avoir traversé la solitude, allait devoir affronter la clandestinité.

La priorité fut de trouver quelqu'un pour établir de faux papiers sans lesquels il était impossible de faire trois pas. Mais en qui avoir confiance ? La délation était devenue sport national.

Lino, qui était retourné travailler au garage de Georges pour pouvoir subsister, décida avec Odette de le mettre dans la confidence. Celui-ci réussit à lui dégoter une carte d'identité à prix d'or. Seulement, elle était tellement fausse qu'un aveugle aurait pu déceler le pot aux roses.

Ce faisant, la faim et le manque d'argent n'étaient rien comparés au risque permanent de se faire arrêter. Les contrôles d'identité, les arrestations et les exécutions d'otages étaient continuels. Malgré cette conscience du danger, Lino refusait de se figurer un nouveau mauvais coup du sort. Être auprès de son aimée était la seule chose qui l'obsédait.

Le 1er juin 1943, un officier consulaire se présenta rue Hamelin pour annoncer à Odette que son mari n'avait pas regagné son régiment au terme légal de sa permission, qu'il était désormais déclaré au fichier central des « déserteurs à l'ennemi » et pouvait être puni de mort.

Quelques jours plus tard, Odette fut convoquée à la Gestapo. La comédie d'épouse abandonnée qu'elle joua dut sembler vraisemblable à l'officier allemand puisqu'il finit par la laisser partir, en précisant que le dossier de son mari allait maintenant être remis à la police française.

Lino désormais recherché, il était urgent pour lui de quitter la rue Hamelin.

Il se tourna vers Anna Graziani, celle-là même qui les avait recueillis, lui et sa mère, quand ils s'étaient retrouvés à la rue à leur arrivée à Paris en juin 1926. Il savait que jamais elle ne parlerait. Et tout comme la première fois, elle ne demanda pas pourquoi et lui ouvrit sa porte.

Malgré l'épée de Damoclès au-dessus de sa tête, Lino, continua de travailler chez Georges. Il ne prenait jamais deux fois le même itinéraire et voyait sa femme dans le plus grand secret. Jusqu'au jour où il se retrouva nez à nez avec un cordon de képis et de vert-de-gris. Ce jour-là, la chance était au rendez-vous. Mais allait-elle l'être la prochaine fois ?

Se procurer de vrais faux papiers devint l'urgence absolue. Un rendez-vous fut mis sur pied avec un certain

Rousseau, un des cousins d'Odette fonctionnaire de police, frayant avec la Résistance.

Ce dernier fut très clair : rester à Paris n'était que pure folie ! Lino risquait non seulement sa vie, mais également celle de sa femme.

« Dites-vous bien que les nazis ne connaissent qu'une seule langue : la balle dans la nuque ! »

Être séparé d'Odette encore une fois était, pour Lino, la pire des sentences. Mais comme il était impensable qu'il lui arrive malheur, il se résigna.

C'est ainsi que Lino devint breton : il s'appelait désormais Lucien Vernot, né à Lorient – toutes les archives d'état civil avaient brûlé lors du bombardement de la préfecture, un gage majeur rendant toute vérification impossible – et fut exfiltré début juillet 1943 à Baracé, une bourgade de deux cents âmes perdue au milieu de nulle part en Anjou.

Dans cette vie clandestine à la campagne, Lino retrouva la solitude et l'attente interminable, malgré les travaux aux champs et les quelques coups de main au maréchal-ferrant. Il pensait à sa femme : lui qui avait tant fait pour revenir près d'elle afin de la protéger, voilà que c'était en étant loin d'elle qu'elle était maintenant en sécurité.

Le 4 septembre au soir en lisant les titres de *L'Ouest-Éclair*, Lino n'en crut pas ses yeux.

« Des bombes anglo-américaines sont tombées pour la première fois au cœur même de Paris !

L'agression s'est portée sur la rive gauche et la banlieue sud-ouest

De nombreux tués et blessés »

Il ne pouvait rester là sans agir une fois de plus. Malgré le danger, il prit la décision de regagner Paris sur-le-champ et à vélo, les communications ferroviaires étant coupées.

Après avoir roulé de jour, de nuit, sous la pluie, sous le soleil, s'être arrêté dans des granges ici et là et avoir évité patrouilles et barrages, Lino arriva à Paris le 7 septembre 1943.

Cette fois-ci, on aurait beau le mettre en garde, pour rien au monde il ne laisserait Odette désormais. Grâce à Rousseau, ils quittèrent la rue Hamelin trop exposée pour le 196, avenue de Versailles, à deux pas de la porte de Saint-Cloud – le quartier ayant été fortement touché par le bombardement du 4 septembre, les képis étaient moins regardants au milieu des décombres… – et Lino enchaîna les petits boulots à droite à gauche.

Mais la plupart du temps, il était assigné à résidence et tournait comme un fauve en cage. Il décida alors de reprendre contact avec ses amis lutteurs du club sportif de la Bourse. Quelle ne fut pas la surprise du capitaine Bessac, le secrétaire général, de voir Lino débarquer dans son bureau au 129 de la rue Montmartre ! Il lui apprit que ses vieux compères Henri Cogan et Gilbert Leduc continuaient à s'entraîner dans une salle de culture physique au 100, rue Réaumur, un endroit sûr mais situé dans l'immeuble du *Pariser Zeitung*, le quotidien de propagande allemande.

« Se jeter dans la gueule du loup pour s'y cacher, après tout pourquoi pas ? »

Le défi était à relever.

Malgré les supplications d'Odette, c'est sans la moindre hésitation que Lino Ventura, alias Lucien Vernot, présenta ses papiers et sa carte de membre.

Lino avait appris à devenir passe-muraille, à se fondre dans la masse. Esquiver les contrôles était désormais son quotidien.

Durant l'automne 1943, il ne faisait pas encore assez froid à Paris pour porter le manteau, et pourtant, l'odeur des cirés noirs flottait partout. Il se disait secrètement que la guerre avait pris un tournant. Mais lequel ? Les Allemands avaient envahi l'Italie. Les Alliés, la Sicile. Hitler avait délivré Mussolini. Staline marchait main dans la main avec les Américains. La mascarade n'en finirait donc jamais.

Au printemps 1944, il n'y avait plus la moindre nourriture nulle part. Le gramme de farine atteignait le prix du caviar et le charbon celui du diamant : la faim l'emportait.

Le 4 juin 1944, le débarquement tant attendu eut enfin lieu !

La Résistance sortait au grand jour. Dans Paris, plus les semaines passaient, plus l'ambiance était électrique. Les arrestations et les exécutions sommaires jusqu'aux exactions les plus sauvages se multiplièrent.

Le 19 août, la bataille pour libérer Paris commença, et la Ville lumière devint rapidement le théâtre d'une guérilla incessante.

Puis le 24 août 1944, toutes les cloches de la capitale raisonnèrent dans le ciel ! Les premiers chars alliés, ceux de la « Nueve », entraient dans Paris.

Le lendemain, c'était au tour du général Leclerc de faire son entrée. Alors que les derniers Allemands se rendaient, une allégresse sans pareille s'empara des cœurs parisiens. Le général Von Choltitz signait la reddition à quatorze heures quarante-cinq et à l'Hôtel de Ville, le général de Gaulle déclamait pour l'Histoire :

« Paris ! Paris outragé ! Paris brisé ! Paris martyrisé ! mais Paris libéré ! »

En pleine liesse, à vingt-trois heures, retentissaient les sirènes. Paris était bombardée pour la dernière fois par Luftwaffe.

La paix revenue…

Coco ne reviendrait pas d'Allemagne.

Fausto, fait prisonnier, regagnerait Paris à l'automne 1945 où il épouserait Jacqueline.

Louisa devrait attendre l'hiver 1946 avant de pouvoir rentrer en France.

Odette reprendrait son emploi de vendeuse rue Saint-Honoré.

Lino, lui, poursuivrait son rêve de champion.

Il ne sut jamais ce qu'était devenu Stalo.

En mémoire de Lino et Mouky…

Remerciements

Nous remercions nos chers intimes qui nous ont soutenus tout au long de cette aventure.

Nous remercions particulièrement Louise Danou, notre éditrice, et toute l'équipe de Flammarion.

Un grand merci aussi à tous les Artistes qui nous ont accompagnés…

Tchaikovsky – Hymne des chérubins ; Léo Marjane – Attends-moi mon amour ; Rossini Le Barbier de Séville – « Largo al factotum » ; Enrico Caruso – Una Furtiva Lagrima ; Beethoven Concerto N°7 Concerto pour Piano N°3 et Concerto en D majeur Op61 ; Jerome Kern – Show Boat ; André Claveau – Seul ce soir et Ton sourire est dans mon cœur ; Raymond Legrand – Mademoiselle Swing ; Charles Trenet – Menilmontant.

Mais aussi…

Ennio Morricone – Il était une fois en Amérique ; Ryuichi Sakamoto – Amore et Rain (From « The Last Emperor ») ; Schubert – Trio N°2 op 100 Andante con moto ; Schubert – Serenade ; Jacques Brel – Le bon Dieu.

Salute Pace e Amore

Clelia et Léon

Cet ouvrage a été mis en pages par

<pixellence>

Achevé d'imprimer en mai 2021
par Normandie Roto Impression s.a.s.
61250 Lonrai
N° d'impression : 2102565
N° d'édition : L.01ELIN000567-A002
Dépôt légal : avril 2021

Imprimé en France